青春의 野望

第四部 下 學生作家들

目　次

【下卷】

거리의 娼女들	4
觀念的인 少女	20
情熱的인 女子	37
훔쳐보는 재미	53
賣春婦와 處女	69
異端者	84
엉뚱한 提案	100
두마리의 나비	116
망설임	133
男子의 未練	149
木材集積所	165
歸京의 窓가	181
合評會	197

友情과 競爭心⋯⋯⋯⋯ 213
亦是, 헤어진 男子⋯⋯ 229
女子의 다부짐⋯⋯⋯⋯ 245
兩者擇一⋯⋯⋯⋯⋯⋯ 261
이른 아침 길⋯⋯⋯⋯⋯ 277
한밤의 訪問者⋯⋯⋯⋯ 293
立會人⋯⋯⋯⋯⋯⋯⋯ 308
이불속에서⋯⋯⋯⋯⋯⋯ 324
見學의 밤⋯⋯⋯⋯⋯⋯ 339
脫會者⋯⋯⋯⋯⋯⋯⋯ 354
計劃性⋯⋯⋯⋯⋯⋯⋯ 370
한밤의 산속⋯⋯⋯⋯⋯ 386
約束⋯⋯⋯⋯⋯⋯⋯⋯ 402
後記 其-IV⋯⋯⋯⋯⋯ 418
附錄⋯⋯⋯⋯⋯⋯⋯⋯ 420

1
거리의 娼女들

유우꼬(裕子)는 도쿄(東京)에 살고 있다. 무라세끼(村瀨)는 교오토(京都)이다. 무라세끼(村瀨)와 戀愛中이라면 유우꼬(裕子)가 도쿄(東京)에 살고 있다는 것이 어찌 보면 異常하다.

그러나, 이런 일도 있을 수 있겠다. 特히, 自主性이 强한 유우꼬(裕子)의 性格을 생각해 본다면, 사랑과는 別途로 自身의 길을 開拓한다는 것은 결코 矛盾되는 것은아니다. 그래서 유우꼬(裕子)는, 當分間 兩親으로 부터 結婚을 强要當하지 않으면 그것으로 足한 것이다. 구태여 相對를 료헤이(良平)로 해야할 理由가 없다. 그렇게 생각했기 때문에, 료헤이(良平)는 속이고 있다는 생각이 들지도 않았고 거짓말을 할 수가 있었다.

「무라세끼(村瀨)를 알고 계시죠? 秀才이고 誠實하고 純粹한 子息입니다. 저의들 親舊사이에서도, 보다 더 健康的인 사람이세요. 유우꼬(裕子)氏의 戀人은 바로 그 무라세끼(村瀨)君 입니다.」

료헤이(良平)의 말은 유우꼬(裕子)의 어머니로서는 생각치도 못한 말임에는 틀림없겠다. 어처구니가 없어 했다.

「그러니까, 그것을 저의 입으로 들려드리려고, 유우꼬(裕子)氏는 저를 指名했던 거라고 생각 되네요. 첫째, 저는 도쿄에서 유우꼬(裕子)氏를 만난 적이 없습니다.」

「무라세끼(村瀨)氏에 對해서는 들은 적이 있긴 해요. 그렇지만⋯⋯.」

「直接 말씀 드리지 못한 것은 부끄러워서 였겠죠. 어느程度의 사이인지는 저도 잘 모르겠습니다만, 유우꼬(裕子)氏가 좋아하고 있는 사람은 무라세끼(村瀨)라는 것은 틀림없는 事實입니다.」

「그런, 번거롭게스리 왜 그런 일을⋯⋯.」

「무라세끼(村瀨)가 어떤 사람이라는 것은 제가 第一 잘 알기 때문이겠죠. 그는, 普通 文學靑年과는 달라요. 文學은 興味일 뿐입니다. 確實하게 工夫하고 있어요. 將來에는 大學의 敎授쯤 되겠죠. 學究派의 男子거든요. 한번 만나보시죠. 오직 한마음으로

유우꼬(裕子)氏를 사랑하고 있습니다. 이건 틀림없
　는 事實입니다.」
유우꼬(裕子)의 어머니가 가시고 난뒤에 兄嫂님이
말씀하셨다.
「그러나 그는 그렇다 치고서래도, 그 애, 도련님의
　이름을 말 한 것은 異常하지 않아요?」
고개를 갸웃거리고 있다. 료헤이(良平)가 妙하게도
熱辯을 吐하는 것이 納得이 되지 않는다는 表情이다.
『호로瓶(병)에서 말(馬)이 나오다.(豫期치않는일이
일어나다.)』라는 俗談이 있다. 료헤이(良平)의 마음
먹은 대로의 虛構의 申告에 對해서 유우꼬(裕子)와
무라세끼(村瀨)의 사이가 急進展 되리라는 것은 充
分히 생각 되어 진다.
그것이 어떻게 될 것인가 가 즐겁기만 하다.
暫時 後, 用務를 끝낸 두 사람의 店員이 차례 차례로
돌아오자, 료헤이(良平)는 當番에서 解放 되었다.
「헌 冊房에라도 돌아보고 오겠습니다.」
兄嫂님에게 그렇게 말하고, 료헤이(良平)는 商店을
나섰다.
빙글빙글 멀찌감치 돌아서, 사찌꼬가 사는 아파-트로
갔다.

瞥眼間에, 발가벗은 女子가 부딪쳐 왔다. 亦是, 얼굴을 알고 있는 賣春婦다.
「뭐에요. 몰래 살짝 들어오는 것은.」
재빨리 들고있던 타올로 앞을 가리고는, 女子는 료헤이(良平)에게 다가왔다. 그러나, 료헤이(良平)라는 것을 알아보고서는,
「어머머, 當身이군요.」
表情이 부드럽게 變하면서,
「빨리 문 닫아요.」
房에서 나오는 瞬間 이었다. 도어는 아직 열려있는 채로인데도, 避하려 하지 않는다. 료헤이(良平)는 계면쩍스럽게, 何如튼 玄關의 門을 닫았다. 앞을 지나치는 사람들에게 女子의 裸體를 보이게 해서는 안 되기 때문이다.
「二層의 사찌꼬氏에게 用務가 있어서 들렸습니다.」
「사찌꼬와의 關係는 들어 알고 있어요.」
女子는 싱긋 웃으면서 앞가슴에 올려놓았던 손을 내렸다.
검은 부분이 료헤이(良平)의 視野에 들어왔다.
「當身, 그럭저럭 사찌꼬에게 誘惑 當하고 말았군요.」

女子는 료헤이(良平)의 反應을 즐기고 있다. 다가왔다.

료헤이(良平)는 낮은 발판에 서있기 때문에 바로 눈높이에 女子의 젖가슴이 다가온다.

「사찌꼬氏가 그렇게 말 하던가요?」

「아 아니, 그女는 말 안 해요. 다른 사람이 그러든데요. 그렇죠.」

女子는 료헤이(良平)의 어깨에 손을 얹는다.

「나와도 한번만 만나줘요. 자, 내 房으로 들어가요. 只수막 冷水를 끼얹고 오는 길이에요.」

이렇게 되어서 裸體를 보게 되었지만, 均衡이 잘 잡힌 스마트(Smart)한 몸매이긴 하다.

「네에. 요다음에. 只수은 잠깐 사찌꼬氏와 할 이야기가 있어서요.」

「用務는 하고 나서도 괜찮잖아요.」

료헤이(良平)는 女子를 避해서 올라가려 했다. 한데, 女子는 양팔을 벌리고 안아왔다.

「사찌꼬보다 내가 훨씬 더 서-비스가 좋아요. 그女, 얼굴만 뺀드롬한 것 뿐 이세요. 當身이 빠질 데가 아니라니까요.」

「그렇지가 않다니 깐요. 난 그 사람과 關係하지 않

왔어요. 비켜 주세요.」

밀치락 달치락 거리고 있을 때, 二層에서,

「무슨 일이세요?」

하는 목소리가 들렸다. 사찌꼬가 내려다보고 있다.

「아, 사찌꼬氏, 도와주세요.」

「어머나, 當身이.」

사찌꼬는 當然하다는 듯이 내려왔다. 그렇지만, 全裸의 女子는 료헤이(良平)를 안고 있는 채로 놓아주지를 않는다.

「이거 놓아, 미찌.」

「노랭이처럼 굴지 말아요. 한 番 程度, 돌려주어도 좋잖아?」

「미찌, 왜 이래?」

「나도 말 야, 이따금은 장사 속을 쑥 빼고 이런 男子를 안고 싶단 말이야.」

잡아떼려는 사찌꼬의 손을 뿌리치고, 繼續 미찌는 료헤이(良平)에게 찰싹 달라붙는다.

如何튼 발가벗고 있는 몸뚱이이므로, 료헤이(良平)는 손 둘 바를 모르고 있다.

「바보 같은 이야기는 그만 둬. 이 사람은 말이야, 너와 같은 사람을 相對하실 分이 아니야.」

「옳거니, 너, 말 잘했다. 너와 난 어디가 다르지? 똑 같은 팡팡 이잖냐. 모두에게 나오라 해서 물어 볼 꺼나?」

「나와는 아무런 關係도 없다는 말이다. 主要한 이야기가 있어서, 와 달라고 했던 거다.」

「거짓말 그만 해. 分明히 알고 있단 말이야. 그렇지, 總角. 죄끔만 내 房으로 들어가요. 그렇지 않으면, 나 이 모습 그대로 달려가서 當身의 아버지를 만날래요. 아 아, 달려가서 보여주고말고.」

「엉터리 같은 酬酌 그만 떨어.」

「넌 입 다물고 있어. 나 이 사람에게 말하고 있는 거야.」

미찌는 心術이 나 있는 것 같다. 료헤이(良平)를 房으로 밀어 넣으려고 한다.

「何如튼, 와 봐요.」

「그럼, 사찌꼬氏의 房으로 갑시다.」

「좋 구 말구요, 場所는 어디든 相關없어요.」

이러한 곳에서 우물쭈물하다가는 언제 누가 들어 올 는지도 모른다. 미찌는 료헤이(良平)에게 찰싹 달라 붙어서 二層 階段을 올라갔다. 세 사람은 사찌꼬의 房으로 들어갔다.

사찌꼬는 壁에 걸려있는 유가다를 걷어서 미찌에게 건네준다.

「자, 이걸 입어.」

「必要없어.」

미찌는 고개를 흔들면서,

「그보다도, 當身도 발가벗는 게 어때? 두 사람이서, 이 사람에게 『휘파람새 溪谷 넘나들기』를 가르쳐 주지 않을래.」

「醉하지도 않았는데, 무슨 짓이야.」

「이 사람에게 눈독을 드리고 있는 것은 너 뿐만이 아니야. 나도 말이야, 옛날부터 노리고 있었걸랑.」

미찌는 몸을 껴안은 채 료헤이(良平)를 베-드에 눕히려고 한다.

료헤이(良平)가 베-드에 걸터앉자, 사타구니를 벌리고 위로 걸터앉으면서, 양팔로 껴안는다.

「돈 같은 거 必要 없어요.」

「잠깐 기다려요.」

얼굴을 돌리면서, 료헤이(良平)는 相對方의 입술을 避했다.

「나와 사찌꼬氏와는 그런 사이가 아닙니다.」

하자, 턱을 끌어 드리면서, 미찌는 료헤이(良平)를

노려본다.
「거짓말 그만 해요.」
「아니요, 정말입니다.」
재빨리, 미찌의 손이 움직이더니, 료헤이(良平)의 손을 붙잡고 自身의 몸으로 끌고 갔다. 료헤이(良平)의 손은 부드럽고, 따스한 部分에 닿았다. 손을 빼려고 했지만, 女子로서는 意外로 힘이 세어서 놓아 주지를 않는다.
「이봐, 흠뻑 젖어있죠? 장사할 때에는 이렇게 나오지 않아요. 그리고, 나, 病같은 거 없어요.」
「이봐요, 미찌.」
사찌꼬가 미찌의 발가벗은 어깨에 손을 얹는다.
「나와 이사람, 네가 생각하는 것처럼 그런 사이가 아니야. 넌 誤解하고 있는 거야.」
「그렇담,」
미찌는 엉덩이를 흔들기 始作했다. 료헤이(良平)의 손가락이 젖어온다.
「더더욱 좋지 뭐야. 나 이 사람과 하고 싶어.」
사찌꼬는 료헤이(良平)의 손이 어디에 닿아있는지도 알고있다.
「어머, 미찌, 뻔뻔도 너무해. 그런 거 容恕할 수 없어.」

瞥眼間, 미찌를 밀었다. 미찌는 베-드위에 나뒹굴었다. 사찌꼬가 료헤이(良平)에게 말한다.

「다음에 만나요. 오늘은 돌아가세요.」

「나를 밀었겠 다, 이런 팡팡.」

미찌는 쇳소리를 내면서 사찌꼬에게 달려들었다. 사찌꼬는 그 얼굴을 쥐어박았다. 미찌도 질세라 두들기며 달려든다.

이대로 두면 傷害 事件이 일어날 念慮가 있다.

료헤이(良平)는 두 사람사이로 끼어 들었다.

「알겠어요, 알았다니 까요. 나 미찌氏의 房으로 가 지요. 저쪽에서 이야기 합시다.」

「안 돼요, 그 房으로 가면.」

미찌와 엉켜 있으면서, 사찌꼬는 고개를 저었다.

「當身은 이런 女子를 相對할 사람이 아니에요.」

「주둥아리 놀리지 마. 너야말로, 肺病쟁이 여편네인 주제에.」

어떻게 보면 료헤이(良平)를 미찌가 誘惑해 보려고 한 것은, 사찌꼬에 대한 反感에서 였을 게다. 事實로 말하자면 료헤이(良平)는 어떻게 되든 相關이 없다. 료헤이(良平)는 그렇게 생각해 보았다.

료헤이(良平)는 등 뒤에서 미찌의 어깨 아래쪽을 껴안고서,
「그럼, 當身의 房으로 갑시다.」
하고 말하고선 門쪽으로 나아갔다. 미찌는 몸을 떨면서 사찌꼬를 向해서,
「너 말야, 요다음에 죽여 버릴 거야. 이쪽저쪽 同僚들의 손님을 뺏어 가는 주제에.」
료헤이(良平)는 미찌를 門밖으로 밀어 내면서, 自身도 나왔다. 階段을 내려갔다.
그대로 함께 미찌의 房으로 들어갔다. 다다미가 깔려 있는 房으로서, 이불이 펴져 있는 그대로다. 벗은 옷이나 食器들이 이리저리 널려 있다. 깔끔히 整理되어 있는 사찌꼬의 房과는 좋은 對照를 이루고 있다.
미찌가 껴안아 왔다.
「이봐요, 當身도 벗어요.」
「아니요, 난 사찌꼬氏와의 關係를 說明하려 왔어요. 當身도 뭔가 입으세요.」
료헤이(良平)는 다다미위에 兩班다리를 하고 앉아서, 담배를 꺼내어 피워 물었다.
미찌는 맨살에 겉옷만 걸쳤다.
「當身은 말이에요, 그 女子에게 속고 있어요. 그 女

子는 야쿠자인 기둥書房과 함께 살고 있어요.」

「잠깐만요. 난 그 사람의 손님이 아니세요. 그 사람에게 빠져있는 것은 저의 親舊로 난 그 親舊의 심부름으로 왔을 뿐입니다.」

아직도 곤도(近藤)가 칭얼대고 있는 걸로 한 것은, 그렇게라도 하지 않으면 이런 類의 사람은 納得하지 않을 것이라는 것을 생각했기 때문이다.

곤도(近藤)를 데리고 온 그날 밤의 自初至終을 료헤이(良平)는 말했다.

「헤에, 그래요! 當身의 親舊分도 바보 천치군요. 허지만, 그렇다면 좋아요. 當身, 두 사람이서 關係를 맺으면 못써요. 손을 끊어요. 저런 女子에게 휘말려 보았자 좋은 일이라곤 없을 테니까요. 저 女子 말이에요, 男子가 일을 끝내고 疲困해서 잠이들면, 紙匣에서 돈을 슬쩍하는 形便없는 女子라구요. 얼굴만 보고 속아 넘어갔다가는 큰일 나요.」

료헤이(良平)가 사찌꼬와는 아무 일도 없었다는 것을 알고서, 미찌는 따라 오려 고는 하지 않으면서 繼續해서 사찌꼬에게 욕지거리를 늘어놓았다.

「저 女子는요, 刑事를 단골로 갖고 있어요. 그래서 團束 情報를 캣치해요. 그날 밤에는 自身은 장사를 하지 않아요. 그런데도, 同僚들에게는 알려주지도 않구요. 同僚들이 끌려가는 것을 좋아하고 있는 계집애 에요.」

「그렇담, 同僚들 間의 사이가 좋지 않겠군요?」

「그야 勿論이죠. 當身, 저런 女子와 사이좋게 지내다가는 좋은 일이라고는 없을 테니까요. 내가 한 말은 틀림이 없다는 것을 알게 될 거에요.」

「그렇지만 親舊의 傳하는 말은 들려주어야만 하니까요.」

앉아서 이야기를 하고 있는 사이에, 미찌의 興奮도 가라앉았다.

그런 모습을 計算해 보고서, 료헤이(良平)는 일어섰다. 미찌는 더 以上 붙잡지 않는다.

그 房을 나선 료헤이(良平)는 다시 二層으로 올라갔다. 사찌꼬는 슈미-즈 차림으로 하고 있다. 相關없이 료헤이(良平)를 房으로 들게 하고, 兩팔을 붙잡는다.

「안아 주고 왔나요?」

嚴한 얼굴이다. 이쪽에서도 저쪽에 對해서 敵愾心을 품고 있는 것이다.

「아니요, 사찌꼬氏와 나에 對해서 說明을 하고 왔어요.」

「자, 손을 씻어요. 손에서 病菌이 옮을 테니까요.」

료헤이(良平)는 부엌으로 가서 손을 씻었다. 비누를 듬뿍 묻혀서 精誠드리 씻었다.

등 뒤에서 사찌꼬는,

「이 周邊의 女子들은, 全部 病菌 保有者라고 생각하면 되는 거에요.」

「當身은?」

「난 걱정 없죠. 確實하게 豫防하고 있으니까요.」

건네주는 타올로 손을 닦으면서, 椅子에 걸터앉았다.

「眞짜, 아무 일 없었나요?」

「하지 않았어요.」

「多幸이군요.」

사찌꼬는 베-드에 걸터앉았다.

「괘씸한 妨害꾼이 나타났지 뭐에요. 모처럼 招待를 했는데.」

「무슨 일입니까?」

「罪悚해요. 그럭저럭, 이곳에 있을 수 없게 되었어요.」

「…………」

「어젯밤의 손님이 도쿄(東京)의 그 사람을 아는 사람 이었어요. 저쪽은 모른 척 하고 있었지만, 내가 하고있던 商店에도 왔었고, 알아챘는 것 같아요.」
「이 房으로 왔단 말입니까?」
「아 아니. 旅館에서 기다리고 있었어요. 난 불려가서, 그곳에서 만났어요. 唐慌했지만, 벌써 늦었어요. 모른척하고 相對를 했지만, 도쿄(東京)에 돌아가면 말 할게 틀림없거든요.」
「그 사람도 야쿠자 입니까?」
「아니요. 아메리카軍의 醫療品의 브로커에요. 그렇게 나쁜 사람은 아니지만, 말 할게 틀림없어요. 오구라(小倉)에 있다는 것을 알게 된 以上, 반드시 찾아 나설 거 에요.」
「어떻게 하실 作定입니까?」
「그러니까, 우물쭈물 할 겨를이 없어요.」
사찌꼬는 上體를 구부려 료헤이(良平)의 무릎위에 손을 얹는다.
「오늘밤, 도쿄(東京)로 떠날래요. 이렇게 된 以上, 그곳이 더 安全해요.」
「病을 앓고 있는 그분은?」
「불쌍하지만, 하는 수 없어요. 두고 떠날 수 밖에요.」
「그는 곧 發見되고 말아요.」

「殺害되겠죠. 하는 수 없어요. 그 男子를 죽이면, 더 以上 저를 찾지는 않게 될 테니까요.」
 아름다운 얼굴로 冷酷스런 말을 서슴지 않고 한다.

2
觀念的인 少女

사찌꼬의 情夫를 료헤이(良平)는 만나본 적이 없다. 自身의 女子를 賣春시키면서 生活하고 있는 찐삐라다. 小惡黨이다. 그래서, 同情의 餘地가 없다.

그러나 亦是, 사찌꼬의 冷酷스런 말에는 놀랄 수밖에 없다.

「男子를 그대로 두고, 혼자서 逃亡친다는 겁니까?」

「介意치 않아요. 그런데, 저가 없어지고 나면, 그 男子도 斷念하고 病院에 入院 할는지도 모르잖아요. 도쿄(東京)의 야쿠자 무리들이 찾아 나서지 않을는지도 모르구요. 벌써 전에 逃亡 갔어야만 했어요.」

「……………」

「나와 그 사람이 함께 있으면, 도쿄(東京)側에서도 괘씸하게 여기겠죠. 함께 있지 않는다면 殺害 當하지 않을는지도 몰라요.」

「그도 그렇군요.」

「그래서 當身과 함께 갈 수가 없게 되었어요. 그 말을 하고 싶었던 거 에요.」

「언제, 여기를 떠날 豫定인가요?」

「오늘밤, 夜行. 그리고, 집에는 가지 않을 거 에요. 도쿄로 돌아가서, 이젠 이런 장사는 그만두고, 자그마한 店鋪를 내려고 해요.」

「그게 좋겠군요.」

「當身의 下宿집의 住所를 알려주지 않을래요. 자리가 잡히는 대로, 便紙를 띄울게요.」

拒否할 理由가 없다. 료헤이(良平)는 사찌꼬가 내미는 手帖에 下宿집의 住所를 적어 주었다.

사찌꼬가 말했다.

「이 房의 道具들, 요전번의 그 애에게 모두 넘겨주었어요.」

「眞짜로, 그 男子에게는 아무런 未練도 없단 말씀입니까?」

「없어요. 미움만 남았을 뿐. 나를 이런 女子로 만든 張本人이니까요.」

사찌꼬는 료헤이(良平)의 어깨를 껴안는다.

「난 이제부터 賣春婦가 아니에요. 紀念으로, 한 番 안아주지 않을래요?」

료헤이(良平)는 고개를 저었다.

「아니요, 이대로가 좋습니다.」

「誠實한 사람이군요.」

사찌꼬는 료헤이(良平)의 뺨에 입을 살짝 대고서 일어 섰다.

「그럼, 이젠 돌아가세요.」

玄關까지 사찌꼬는 바래다주었다.

마지막으로,

「반드시 便紙를 띠울게요.」

하고 말했다.

그날 밤 以後로, 사찌꼬의 모습이 사라졌다.

女子들은,

「돈이 모아졌으므로, 前歷을 알지 못하는 곳으로 가서 자그마한 料理店이라도 차리려는 것 같다.」

라고들 이야기를 하고 있는 것 같다. 極히 드문 일이긴 하지만, 그러한 女子들이 이들 賣春婦 사이에는 있었던 것이다. 며칠이 지나서, 沐浴湯으로 가는 途中에, 사찌꼬가 곤도(近藤)와 어울리도록 해 주려 했었던 치아끼 라는 女子를 만났다. 그 女子는 길 모퉁이에 서 있다가 료헤이(良平)가 지나가자 다가왔다. 료헤이(良平)라는 것을 알아보자 멈춰 섰다.

「여어.」

이번에는 反對로 료헤이(良平)가 다가갔다.

「사찌꼬氏에게서 버림받은 男子, 어떻게 지내고 있는지 알고 있나요?」

「죽었어요.」

無表情하게 女子는 그렇게 말했다.

「죽었다고?」

「그래요. 窓門에서 떨어져 죽었어요. 殺害 當했는지도 모르죠. 自殺할만한 사람은 아닌데. 事故일는지도 모르구요. 고소하지 뭐에요. 능구렁이 같은 子息이에요.」

「當身은, 사찌꼬氏의 房안 道具를 全部 물려받았다면서?」

「흥.」

女子는 어깨를 으쓱했다.

「그 女子가 공짜로 줄 것 같아요? 全部, 古物商에게 팔아버리고 내 뺐는걸요.」

이렇게 되고 보니, 사찌꼬라는 女子는 료헤이(良平)에게 보여 주었던 얼굴과 또 다른 얼굴을 가지고 있었는 것 같았다.

걸어가면서 료헤이(良平)는,

(글쎄, 이런 거겠지. 娼婦의 말을 곧이곧대로 信用한 내가 너무 어수룩한 거지.)

그렇게 생각을 하면서도 亦是 背信 當한 氣分이었다. 그러나, 利用價値가 없는 료헤이(良平)에게, 사찌꼬가 왜? 好意를 베풀었는지, 궁금했었고 또한 그것이 수수께끼로 남았다.

그런 다음날, 억수같이 퍼 붓는 빗속에서, 나까가와·유우꼬(中川裕子)가 商店으로 뛰어 들었다. 손님은 없었다. 商店에는 店員 두名과 료헤이(良平) 가 있었다.

店員이 손님인 줄 알고,

「어서 오십시요.」

하고 말했다

유우꼬(裕子)는 그에 對해서,

「未安해요. 손님이 아니에요.」

하고 對答하고서는, 매서운 눈으로 료헤이(良平)를 쏘아본다,

「거짓말쟁이.」

「아니, 그렇지 않아. 何如튼, 說明하지 않으면 안 되

겠어.」

료헤이(良平)는 유우꼬(裕子)를 가까운 찻집으로 案內했다.

작은 테-블을 사이로 마주 앉았다. 室內의 照明이 어두웠다. 유우꼬(裕子)의 머리가 빗물에 젖어있다.

흘러내리는 빗물을 닦으려고도 하지 않고, 유우꼬(裕子)는 료헤이(良平)를 노려보고 있다.

「싫다면, 애초부터 싫다고 말했으면 될 게 아닌 가요.」

억울하다는 듯이 입술을 깨문다. 어딘지 모르게, 그 表情이 더없이 魅力的으로 보인다.

(이것 봐라, 이애는 恒常 생글생글하고 있었는데, 火가 나있는 表情도 제법이로구나.)

「아니야, 마음이 變했단다. 글쎄, 들어 봐. 요전 날, 우린 사까다(酒田)의 집에서 무라세끼(村瀨)와 만났다. 그곳에서 난, 처음으로 무라세끼(村瀨)의 자네에게 對한 氣分을 알았단다. 거짓말이 아니야.」

「……………….」

료헤이(良平)는 自身이 생각하고 있는 그대로를 이야기했다.

섣불리 속이려 했다가는 恰悧하고 明晳(명석)하다고

認定을 받고 있는 유우꼬(裕子)에게 通하지가 않기 때문이다. 誠意를 다해서 說得시키는 道理밖에 없다, 고 判斷했다.

유우꼬(裕子)는 잠자코 듣고만 있다가,

료헤이(良平)의 말이 끝나자,

「말하자면, 나와 무라세끼(村瀨)氏를 맺어 주려는 뜻이었군요?」

하고 다짐하듯 물어 보는 것이다.

「그렇단다.」

「알겠어요. 그렇지만, 그렇다면 그렇다고 귀띔이래도 해 주었어야지요. 깜짝 놀랐지 뭐에요.」

「未安.」

료헤이(良平)는 머리를 숙였다.

「그래서, 어떻게 되었니?」

「하는 수 없잖아요. 相對는 事實은 무라세끼(村瀨)氏라고 말 할 수밖에요.」

「그것으로 좋아.」

「좋긴 뭐가 좋은데요. 모두들에게서 無知하게 꾸중만 잔뜩 들었 잖아요. 마치, 애먹이려 보낸 것처럼 되어버렸지 뭡니까.」

「아니야, 난 分明히, 자네의 말 못하는 事情을 說明

해 드렸단다. 그렇지만 무라세끼(村瀨)君은 즐거이 자네의 戀人役을 해 줄 꺼야.」
「어제, 어머니께서 무라세끼(村瀨)氏를 만났어요.」
료헤이(良平)는 무릎을 가까이 밀었다.
「어떻게 됐는데?」
「무라세끼(村瀨)氏, 眞짜로 놀랜 것 같았어요. 처음에는 이야기의 앞뒤가 달랐던 것 같았어요. 그렇지만, 認定 했던 것 같아요.」
「認定하는 것은 뻔한 事實이지.
무라세끼(村瀨)로서는, 이런 幸運이 없었을 테니까.」
「그래서,」
유우꼬(裕子)는 時計를 바라본다.
「두時에, 무라세끼(村瀨)氏와 驛에서 만나기로 되어 있어요.」
「그럼, 만나야지. 只今 한時니까. 무라세끼(村瀨)는 매우 좋아 하겠는데. 그럼, 父母님들은 무라세끼(村瀨)와의 關係를 認定하셨단 말이지?」
「아니요.」
고개를 젓는다.
「認定하지는 않았어요. 但只, 내겐 더 以上 다른 사람과의 結婚을 勸誘하는 것을 斷念한 것 뿐이세요. 틀

림없이 只今 부터 무라세끼(村瀨)氏와의 사이를 갈
라 놓으려고 애를 쓰시겠죠. 있지도 않는 사이를.」
「무라세끼(村瀨)가 교오또(京都)에 있고 자네가
도쿄에 있다는 것에 對해서는 아무 말씀도 안 하
시던?」
「하 시던걸요. 適當히 넘겼지만, 若干은 異常하다고
여겼을 거에요.」
「하지만 자네와 무라세끼(村瀨)가 認定했고 내가
證人인 以上, 疑心하지는 않겠지.」
유우꼬(裕子)는 턱을 끌어 드리면서 료헤이(良平)를
바라본다.
「거짓말이 들통나기 前에라고 생각하고, 그래서 이
제부터 무라세끼(村瀨)氏와 만나려는 거 에요.」
「호오.」
「그리고, 旅館으로 가려고 해요. 와까스기(若杉)氏
와의 거짓을 現實로 만드는 겁니다.」
「알만 해.」
유우꼬(裕子)의 양 볼이 발갛게 달아오른다.
「그래서, 오늘은 료헤이(良平)氏에게 不滿을 늘어
놓자고 온 것만은 아니에요.」
「………….」

「저가 무라세끼(村瀨)氏를 만나기 前에 료헤이(良平)氏가 먼저 만나서, 저의 意志를 傳해 주셨으면 해요.」
「旅館으로 간다는 것을?」
「네에.」
크게 고개를 끄덕인다.
「女子인 저로서는 亦是 말 할 수 없네요.」
「자네도 어처구니없는 짓을 하려는 구나.」
「하지만, 旣定事實로 만들어 버리고나면, 누가 뭐라 해도 끄떡도 하지 않을 테니까요.」
「헌데, 자네는 무라세끼(村瀨)를 좋아는 하는 건가?」
「좋거나 싫거나가 없어요. 그것도, 오늘 뿐이세요. 以後로는, 形式的인 만남은 있을는지 모르겠지만, 서로 사랑하는 戀愛關係로서는 아니에요.」
「오늘 뿐이라고?」
「네에. 事實을 만들기 爲해서니까요.」
最初에 依賴를 받았을 때보다 그 以上으로 료헤이(良平)는 쇼크를 받았다. 只今까지 많은 女子와 사귀어 왔었지만, 이런 境遇는 처음 있는 일이다. 亦是 觀念的으로 살아가고 있다.
「이렇게 한 다음은 더 以上 繼續하지 않는다고?」

「그럼요. 그러니까, 그런 것도 이야기 해 주세요. 이러한 條件으로 좋은지 아닌지를. 싫다면, 하는 수 없구요. 전. 조만간에 도쿄로 돌아가요.」
「本心이니?」
「네에.」
「자넨 處女겠지?」
「네에.」
「그것을 이러한 일 때문에 버려도 좋다고 말 하는 거니?」
「좋아요. 저요, 處女가 그렇게 所重한거라고는 생각 하지 않아요. 只今까지, 그러한 찬스가 없었을 뿐 아니라, 또한 나 自身 그러고 싶은 마음이 없었기 때문에 體驗하지 않은 것 뿐 이에요.」
「으-음.」
「이젠 그럭저럭 體驗해 보아도 좋다고 생각했어요. 어떤 것인지, 自身을 알기 爲해서도요. 若干 거북 스럽기도 하 구요.」
「그렇담, 그 두 가지에 무라세끼(村瀨)를 利用하겠 다는 셈이니?」
「於此彼 누군가와 體驗을 하려한다면, 한꺼번에 利 用하는 것이 좋지 않겠어요. 그렇게 생각되네요.」

「…………..」

「놀라고 있군요.」

「當然하지.」

「그래서 싫다면 싫은 대로 좋아요.」

「좋아, 알겠다. 무라세끼(村瀬)에게 말해보지. 글쎄, 재미있겠는데. 무라세끼(村瀬)가 어떤 對答을 할 것인가, 興味津津해 온다.」

午後 두 時 定刻.

비는 이슬비로 바뀌었다. 료헤이(良平)는 찻집에 유우꼬(裕子)를 남겨둔 채 驛으로 向했다.

무라세끼(村瀬)는 待合室의 벤치에 걸터앉아서 册을 읽고 있었다. 그 앞에 우뚝 섰다.

얼굴을 들은 무라세끼(村瀬)는,

「어엇.」

하고 소리치고는 벌떡 일어섰다.

「이봐, 모든 것은 全部 내가 꾸민 짓이다. 何如튼, 只今의 유우꼬(裕子)에게는 戀人役이 必要하니까.」

「알고 있다. 난 幸運兒지 뭐니.」

「너, 유우꼬(裕子)를 만나려 왔겠지?」

「그럼.」

료헤이(良平)는 무라세끼(村瀬)의 팔을 끌고, 待合室을 나섰다. 사람이 없는 모퉁이로 돌아갔다.
「만나서 어떻게 할 참이냐?」
「이제부터의 作戰을 協議하는거다. 나 말이야, 舞臺 위에서의 役으로도 充分해. 그런 일로해서 자주 만나는 사이에, 그女의 마음을 사로잡아 보이겠다.」
「太平스런 말만 하고 있군. 유우꼬(裕子)는 그런 女子가 아니야. 생각하고 있는 것이 宏壯한거야.」
「그럼, 어떡한다지?」
「只今, 유우꼬(裕子)가 저쪽 찻집에서 기다리고 있다. 女子의 입으로는 차마 말하기 困難한것 같다. 내가 유우꼬(裕子)를 代身해서 말 하겠다.」
「………….」
「유우꼬(裕子)는 너에게 處女를 바치겠다고 했다. 그리고 너와의 이런 關係는 오늘로서 마지막 이란다. 맺어졌다고 하는 事實을 만들기 爲한 것으로서, 以後로는 前과같이 實質的인 親舊로 되돌아가는 거란다.」
료헤이(良平)는 무라세끼(村瀬)가 놀라고 있는 것을 즐기고 있다.
「이런 바보 같은.」

「常識으로는 도저히 理解가 되지 않는 이야기다. 그렇지만, 유우꼬(裕子)는 分明히 내게 그렇게 말 했다. 싫다면 너와 만날 必要가 없다는 구나.」
「…………..」
「어떡할래?」
「暫間. 좀 생각하게 해 다오. 都大體, 그女는 무엇을 생각하고 있는 걸까. 머리가 뒤죽박죽이 되어버리고 말았다.」
「천천히 두고두고 생각해 봐라. 만나서 이야기를 나누면서 생각해 보는 게 어때?」
「난 그女를 알 수 없게 되어 버렸다.」
「나도 그렇단다. 그러나, 생각해 봐라. 憧憬하던 女子를 안을 수 있다. 더군다나, 저쪽에서 몸을 던져 오는 거야. 이런 일은 그렇게 흔한 일은 아니다. 망설일 必要가 없잖나.」
부추기기 始作한 것은, 무라세끼(村瀨)의 純情을 알고 있기 때문이다.
무라세끼(村瀨)는 얼굴을 싸매고 엎드려 버렸다.
"나로서는 도저히 이해가 안 돼.""그런 女子였단 말이지?""都大體 무얼 생각하고 있는 게야.""나를 좋아하지도 않는데." 고개를 절레절레 흔들면서 그런 말을 吐해 내고 있다.

료헤이(良平)도 따라 엎드리고서, 무라세끼(村瀨)의 머리에 머리를 맞대었다.

「觀念的인 女子다. 女子의 슬픔을 모르고 있다. 좋으냐, 女子는 말이야, 例를들어 어떤 理由로 그렇게 하던 간에, 一旦 몸을 許諾하면, 그 男子에게 熱中하게 마련이다.」

「믿을 수가 없어.」

「精神 채려, 인마!. 바로 只今, 유우꼬(裕子)는 그 일에 對해서 말했단다. 안아버리고 나면, 이젠 너의 것이나 진배없어. 아마도, 교오또(京都)에서 같이 살게 되는지도 모르는 거야.」

「만나게 해 줘.」

「承諾 하는 거니?」

「아니, 仔細하게 그女의 생각을 듣고 싶다.」

「자, 일어서라.」

료헤이(良平)는 무라세끼(村瀨)를 유우꼬(裕子)가 기다리고 있는 찻집으로 데리고 갔다.

유우꼬(裕子)는 자리에서 일어서서 무라세끼(村瀨)를 맞이했다.

「安寧.」

생긋생긋 웃고 있다.

조금 前에 료헤이(良平)에게 異常스런 意志를 表明했다고는 믿기지 않을 程度로 밝디 밝은 態度였다.

高校時代의 유우꼬(裕子)로 되돌아 간 듯이 보인다.

「야아, 어제는 깜짝 놀랐지 뭐야.」

「未安해요. 弊를 끼치게 되어서요.」

「아니야, 기뻤는걸.」

무라세끼(村瀨)는 유우꼬(裕子)를 마주하고 앉았다. 료헤이(良平)는 옆 座席의 椅子를 끌어당겨 앉아서, 두 사람을 바라보았다.

(자, 오늘, 두 사람이 맺어질까 어떨까.)

이것은 무라세끼(村瀨)의 判斷에 달려있다.

(나라면, 안겠지. 그러나, 무라세끼(村瀨)는 純眞한 男子다. 그런 不純한 맺음을 하고싶어 하지 않겠지.)

「그런데.」

무라세끼(村瀨)가 힘 있는 表情으로 유우꼬(裕子)를 바라보았다.

「와끼스기(若杉)가 내게 한 말이 眞짜란 말이니?」

유우꼬(裕子)는 머뭇거리지도 않는다.

똑바로 무라세끼(村瀨)를 바라보면서,

「眞짜에요.」

하고 對答한다.
무라세끼(村瀨)쪽에서 눈을 내리 뜬다. 다만, 兩쪽 모두 얼굴이 빨갛게 되었다.

3
情熱的인 女子

드디어, 무라세끼(村瀨)는 얼굴을 들었다. 힘이 들어 있는 表情이다.
「믿을 수가 없어.」
「허지만 本心이에요.」
유우꼬(裕子)는 고개를 숙인 채 이다. 그러나, 語調는 確實해있다.
「넌,」
무라세끼(村瀨)는 턱을 끌어 들인다.
「크게 잘못 생각하고 있는 거다.」
「…………」
「난 그런 일 좋아하지 않아. 너를 사랑하기 때문이다.」
말해서 正論이다.
(바보같은 親舊야.)

(그러나, 하는 수 없지 뭐. 이런 固執이 무라세끼(村瀨)의 長点이기도 하니까.)

「그래서 너를 所重히 하고 싶다.」

무라세끼(村瀨)가 繼續한다.

「내 마음속에 간직하고 있는 너를 所重히 하고싶다. 넌 只今 네가 네 自身을 背信하려 한다는 것을 모르고 있다. 사람이란 말이다, 自身에 어울리는 行動을 하지 않으면 안 돼.」

유우꼬(裕子)가 고개를 들었다.

힘있는 表情으로 무라세끼(村瀨)를 바라본다.

「알겠어요. 그렇담, 이것으로 좋아요.」

人事를 한다.

「없었던 일로 해 주세요.」

「응.」

무라세끼(村瀨)도 고개를 끄덕인다.

「그렇게 하지.」

그쯤에서 安心했다는 表情으로 變했고, 료헤이(良平)를 돌아다보았다.

「들은 그대로다.」

「응.」

「그러나, 난 유우꼬(裕子)의 戀人役을 繼續하고 싶

다. 어머니와도 몇 番이고 만나지. 演劇이라 할지라도 난 즐겁거든.」

「아니요.」

유우꼬(裕子)가 고개를 젓는다.

「이제 그만 됐어요. 저, 이제부터 집으로 돌아가서, 무라세끼(村瀨)氏와의 關係는 거짓말 이었다고 말할래요.」

「너.」

「괜찮아요. 그러고서 그대로 도쿄로 갈래요. 무라세끼(村瀨)氏와는 두 번 다시 만나지 않겠어요. 弊도 끼치고 싶지 않구요.」

유우꼬(裕子)가 일어섰다.

료헤이(良平)를 向해 돌아 섰다.

「번거롭게 해 드려서 未安해요.」

「좀 기다려.」

「이젠 괜찮아요. 原点으로 되돌아간 것 뿐 이세요. 그런데, 거짓말을 하면서까지 結婚이야기를 싫어하고 있다는 것을 父母님들도 알게 되겠죠. 어느 程度의 效果는 있었다고 봐요.」

그러고선 유우꼬(裕子)는 찻집을 나가버렸다.

自己本位의 제멋대로의 行動이다.

무라세끼(村瀨)는 울 듯한 얼굴로 료헤이(良平)를 바라보았다.
「어이, 가서 좀 말려 줘.」
「네가 가 봐라.」
「난 틀렸다. 付託한다. 그 애, 내가 羞恥를 주었다고 생각하고 火를 내고 있단 말이다.」
「그런 것 같아.」
「付託한다. OK 하더라고 그래 줘.」
「OK 하는 거니?」
「覺悟했다.」
「이미 늦었을는지도 모른다. 그런 애는 프라이드(Pride)가 높아.」
「얼른 달려가 봐. 놓치겠다.」
「자, 그럼.」
료헤이(良平)는 부리나케 찻집을 나섰다.
벌써 유우꼬(裕子)의 모습은 보이지 않는다.
驛으로 달려갔다.
유우꼬(裕子)는 改札口 앞에서 時刻表를 올려다보고 있다. 그 옆으로 다가갔다.
「火내고 있는 거니?」
천천히 유우꼬(裕子)는 료헤이(良平)를 돌아다본다.

「아니요.」
「아까처럼 그런 헤어짐은 좋지 않아. 先輩인 우리들에게 失禮하는 行動이야.」
「罪悚해요. 정말.」
「찻집으로 돌아가자.」
팔을 붙잡았다.
잡힌 채로, 유우꼬(裕子)는 고개를 살래살래 흔든다.
「이젠 괜찮아요. 나, 나 自身이 부끄러워졌을 뿐이에요.」
「自身의 計劃이 잘못된 거라고 깨달았단 말이니?」
「아니요.」
유우꼬(裕子)는 否定했다.
「저요, 잘못되지는 않았어요.」
「호-음.」
「事實은 말이에요.」
갑자기 눈빛이 반짝이고, 얼굴이 左右로 흔들렸다.
흔들거리면서 료헤이(良平)의 얼굴에로 다가왔다.
목소리가 나지막해 졌다.
「그것은 口實이었어요.」
「…………?」
「體驗해 보고 싶었던 거였어요.」

周圍에는 몇 사람이 서서 時刻表를 보고 있다. 낮은 목소리라고는 하지만, 들렸음에 틀림없겠다.
유우꼬(裕子)는 듣던 말던 아무런 相關도 하지 않는다.
「알겠다. 何如튼 이리 와 봐.」
료헤이(良平)는 유우꼬(裕子)의 팔을 끌고 서 待合室을 나가, 사람들이 없는 手荷物 保管所쪽으로 데리고 갔다. 얼굴을 가까이 들이밀었다.
「體驗하고 싶었단 말이지?」
「네에.」
「거짓말은 아니겠지?」
「아니요, 정말이세요.」
유우꼬(裕子)의 얼굴이 새빨개졌다. 만지면 뜨거울 거라고 생각했다.
「정말입니다.」
「믿을 수가 없어.」
「그런 口實을 만든 것도 모양새를 좋게 하 기 위해서 였어요. 좀 더 事實을 말씀 드릴까요?」
「…………..」
「와까스기(若杉)氏에게 戀人役을 해달라고 한 것도, 父母님의 끈질긴 勸誘를 뿌리치기 爲한 것이 아니었어요.」

「…………」

료헤이(良平)는 유우꼬(裕子)를 뚫어지게 바라보았다.

유우꼬(裕子)는 若干 興奮된 語調로 말을 繼續했다.

「와까스기(若杉)氏와 이렇게 되고 싶었어요. 와까스기(若杉)氏의 所聞은 익히 들어 알고 있어요. 요시꼬(美子)氏와의 關係도 알고 있었구요.」

「어느 만큼?.」

「요시꼬(美子)氏가 全部 말 해 주었어요. 그 分 틀림없이, 내가 當身께 接近하는 것을 싫어하고 있는 것 같아요. 저요, 와까스기(若杉)氏라면, 저의 所望을 들어 주시리라 생각했어요. 目的은, 父母님을 속이기 爲한것이 아니었어요. 와까스기(若杉)氏에게 안기고 싶었던 거 에요」

「그럼.」

놀라움 속에서, 료헤이(良平)는 잠기어 들어가는 목소리로 말했다.

「내가 아니래도 相關 없다는 거니?」

「에에, 普通 健康한 男性이라면 누구든 相關없어요. 그러니까, 무라세끼(村瀨)氏라면 무라세끼(村瀨)

氏래도 좋았어요.」

「믿을 수가 없구먼. 자넨 말이다, 일부러 자네 自身을 괴롭히려 하고 있는 게야.」

「그렇게 생각해 주시는 것은 기쁜 일이지만, 그렇지가 않아요. 그렇지만 斷念 했어요. 도쿄에 가서 누군가를 찾아서 해 보겠어요.」

료헤이(良平)의 欲情은 徐徐히 오르기 始作했다.

이런 찬스는 흔히 있는 일이 아니다.

그러나, 무라세끼(村瀨)가 있다. 여기서는 自身을 抑制하지 않으면 안 된다.

「아니야, 그럴 必要까지 없어. 무라세끼(村瀨)는, 자네가 나가고 난 뒤에 OK 했다. 그래서, 내가 이렇게 달려왔던 거야.」

「이젠 아니에요.」

유우꼬(裕子)는 고개를 도리질 한다.

「이미, 저의 本心을 全部 털어 놓았으니까요.」

「무라세끼(村瀨)는 아직 모르고 있잖니. 자, 가자꾸나.」

「기다려요.」

유우꼬(裕子)는, 료헤이(良平)가 이끌여고 하는 힘을 몸 全體로 拒否하며, 몸을 흔든다.

「무라세끼(村瀨)氏는 모른다 치고,
와까스기(若杉)氏는 全部 알고 말았잖아요.」
「모른 척 해 둘 테니까.」
「그렇지만, 다 알려 진걸요.」
「자, 抑止를 부리는 것도 程度가 있는 법이다. 무라세끼(村瀨)도 어엿한 男子다. 事實은 바로 OK 하고 싶었단다. 부끄러워서 못했다고 했다. 그만치 純眞한 親舊란다.」
「그 사람은 優等生 이었어요. 전날의 저와 같아요.」
「關係 없어.」
「아니요. 그래서, 저의 말을 알아주지 못하는 거에요. 저를 輕蔑(경멸)하고 있어요.」
「그런데 까지 생각 했다간 아무 일도 하지 못해. 자네, 只今 나를 갖고 노는 거니?」
「아니요. 眞實을 말 한 것 뿐 이세요.」
처다 보는 눈이 젖어있다.
「나요, 이런 女子에요.」
「何如間에, 한 번 더 무라세끼(村瀨)를 만나 봐. 이대로 헤어진다면, 무라세끼(村瀨)는, 天國에서 地獄으로 떨어지는 心境일게다.」
「와까스기(若杉)氏는 제게 아무런 興味도 없으세

요? 뒤탈은 없어요.」

「난 자네의 本心을 알고 말았으니까 안 되겠지?」

「…………」

「자, 가자 꾸나.」

료헤이(良平)는 유우꼬(裕子)를 무라세끼(村瀨)가 기다리고 있는 찻집으로 强制로 끌고 갔다.

이렇게라도 하지 않으면 只今도 "그렇담 나와 旅館으로 가자."는 말이 今方이라도 튀어 나올 것 같았기 때문이다.

무라세끼(村瀨)의 얼굴에 安堵와 기쁜 빛이 감돌았다. 일어서서 유우꼬(裕子)를 맞이했다.

「네가 잘 못하는 거다.」

하고 료헤이(良平)가 말했다.

「억지 핑계는 집어 쳐. 人生이란 살아 움직이는 거야. 억지 핑계는 어떻든 相關없어.」

유우꼬(裕子)를 아까의 그 자리에 앉혔다. 그리고선 어깨를 두드려 주었다.

「그럼, 내 役은 끝났다. 이제부턴 戀人들끼리 相議하라 구.」

료헤이(良平)는 그대로 찻집을 나섰다.

걷고 있자니,

「오라버니.」
부르는 소리가 들렸다. 뒤돌아보니까, 언제나 피-너츠를 사려오는 娼婦였다. 곤도(近藤)를 데리고 사찌꼬의 아-파트를 찾고 있었을 때 最初에 그 아파-트를 案內 해 주었던 女子다. 그때에도 誘惑 했었다. 拒絶하니까 "재미있는 것 보여 드릴 테니까, 대낮에 놀러 와요."하고 말 했었다. 제법 나이가 들어 보였고, 얼굴도 別로 예쁘지는 않지만 醜(추)하게 보이지는 않는 女子다.
「야아, 安寧하세요.」
이야기를 나눌 時間은 別로 없었다. 商店에서는 物件을 건네주고 돈을 받는 것뿐이다.
「요전번 정말 고마웠어요.」
女子가 가까이 다가온다.
「사찌꼬, 발을 씻었어요.」
「그런 것 같더군요. 누님도, 그럭저럭 商店을 가질 때가 된 것 아닌가요?」
女子는 苦笑를 흘리고 만다.
「우리는 깜깜해요. 얼굴이 이 모양 이니까, 좋은 손님이 붙질 않아요. 그리고, 그렇게 장사에 熱을 올리지도 안구요.」

女子는 비 구두를 신고, 시장바구니를 들고 있다.
化粧도 全然 하지 않았다. 普通의 主婦와 全然 區別할 수가 없는 服裝이다.
「뭣 수, 놀러오지 않을래요?」
「재미있는 것만 보여 주기로 한다면 가지요.」
「그렇게 해요 當身에게까지 장사 할 생각은 없어요.」
이 近方의 사람들은 이 女子가 娼婦라는 것을 알고 있다. 나란히 서서 걸어가는 것은 안 된다.
女子도 그런 点 程度는 알고 있기 때문에,
「좀 떨어져서 따라 오세요.」
그렇게 말하고서 앞서 걸어갔다. 료헤이(良平)는 二十메-터쯤 떨어져서 뒤 따라 갔다.
女子는 倉庫옆으로 들어가서, 진흙탕 길을 걸어갔다. 周圍는 通行人이 한사람도 보이지 않는다.
료헤이(良平)가 그 玄關앞에 서자, 안쪽에서 女子가 기다리고 있었다. 목소리가 낮아졌다.
「자, 구두를 벗어서 손에 들어요.」
「네에.」
「가지고 들어오지 않으면 도둑맞아요.」
女子의 房은 二層 이었다.

도어에 두꺼운 종이의 名札이 붙어 있다. 서투른 글씨로 『나까하마·유우유우(長浜陽陽)』라 쓰여 있다.
「유우유우(陽陽), 누님의 이름인가요?
「그래요.」
女子는 웃는다.
「怪常한 이름이죠?」
「아니요, 感이 좋은 이름인데요.」
여섯장짜리 房에 沐浴湯도 딸려 있고, 이불은 펴져 있는 그대로다. 그래도 지저분하게 널려 있지는 않았다. 유우유우(陽陽)는 扇風機에 스위치를 넣었다.
아이스 박스에서 라무네를 꺼내었다.
「當身네 商店에서도 팔고 있지만, 마셔요.」
「잘 마시겠습니다.」
女子는 겉옷을 벗고, 스립 모습으로 되었다.
뚱뚱하다. 허리의 잘룩함이 거의 없을 程度다.
빼빼하게 말라있던 사찌꼬와는 完全히 다른 타입의 娼婦다.
「當身도 팬티 한 장만 입어요. 이 房은 너무 더워요.」
「아니요, 이대로가 좋아요.」
료헤이(良平)는 周圍를 둘러본다. 世帶 道具들이 제

법 갖추어져 있다.

수수한 것들뿐이다.

말하자면, 혼자 사는 아줌마의 房이라는 느낌이 든다.

「여기에 손님은 데리고 오지 않는가요?」

「그럼 요.」

유우유우(陽陽)는 고개를 젓는다.

「여기는 나 혼자서 자요. 손님에게 마음을 許諾하면 좋은 일이라곤 없으니깐 요. 區分은 確實하게 해야만 해요.」

유우유우(陽陽)는 옷장을 열고 무언가를 찾기 始作했다. 스립아래의 팬티가 三角形으로 確實하게 보인다.

커다란 종이 箱子를 꺼내어 왔다. 그러고선 살며시 료헤이(良平)의 곁으로 다가와서 앉았다.

「當身, 사찌꼬와 사이좋게 지냈죠?」

「아니요, 저의 親舊가 같이 지낸 것 뿐 입니다.」

「그女는, 同僚들 間에 미움을 받고 있었어요. 그래도, 나쁜 사람은 아니었어요.」

「누님과는 사이가 좋았던가요?」

「몇 번이고, 괜찮은 손님을 부쳐준 일이 있었어요. 헌데 이제는, 前歷을 알고 있는 사람과는 만나려고도 않을 테죠.」

「再出發 하려 하기 때문이겠죠.」
箱子속에는 男女의 안고 있는 寫眞이나 두루마리 春畵圖가 가득 들어 있었다. 人形도 있다. 종이 장난감도 있다. 于先, 寫眞부터 보기로 했다.
보고 있는 사이에, 當然한 現狀으로 료헤이(良平)의 몸이 反應을 보이기 始作했다.
유우유우(陽陽)는 다가앉으면서 속삭인다.
「이 寫眞, 어떻게 되어 있는 건지 알겠어요?」
「아니요, 잘 모르겠는데요.」
료헤이(良平)의 어깨에 팔을 걸치고서, 유우유우(陽陽)는 說明해 주었다. 그렇구나, 듣고서 천천히 보니까 바로 그런 거다. 한 장씩 한 장씩 精誠드려 보았다.
유우유우(陽陽)의 숨소리가 귓전에서 느껴졌다.
「當身, 童貞?」
若干 떨리는 목소리다. 寫眞을 보고 있는 료헤이(良平)를 보고서, 妙한 氣分이 되었는지도 모르겠다.
「아니요.」
「그렇담, 우리 같은 사람을 怯내거나 하는 일은 없겠군요.」
「그럼요.」

등에 乳房이 密着되어 왔다. 부드러운 感觸이었다.

「우리처럼 장사를 하고 있는 사람도, 이따금씩은 요, 장사속을 쑥 빼 버리고 즐기고 싶을 때가 있어요.」

「네에.」

「男子에게 안기는 것이 좋아서 이런 장사를 始作했지만, 異常한 일이죠.」

「누님은 기둥書房이 없습니까?」

「그런 거, 없어요. 기둥書房이 있는 女子는 틀렸어요. 언제까지나 빨리기만 하구요, 氣도 못 펴고 살아요. 그래도, 사찌꼬는 달라요.」

「그렇담, 그만 두려고 마음만 먹는다면 언제든지 그만 둘 수 있겠네요.」

「그래요, 시골로 돌아가면 그만이니까요. 暫時동안 農村일을 거들다가, 어디엔가 後妻자리라도 있으면 가는 거죠. 나요, 아직 工場에서 일하고 있는 걸로 알고들 있걸랑요.」

유우꼬(裕子)와 무라세끼(村瀨)는 只今 어떻게 하고 있을까.

4
훔쳐보는 재미

처음에 료헤이(良平)가 느낀 그대로, 유우유우(陽陽)는 素朴한 農家 出身이었다. 娼婦로 있으면서도 人間의 淳朴함을 잃지 않고 있다. 좋은 因緣을 찾지 못하는 사이에 適齡期를 넘기고, 여러 事情이 있어서 이 장사를 하게 되었던 것이다. "좋아서, 始作했다."고 유우유우(陽陽)는 이렇게 말했다. 그 말을 재차 確認 해 보려니까, 色끼 어린 눈으로,
「그럼요.」
하고 끄덕인다.
「나는요, 어쩌면 다른 사람 두 倍 程度는 좋아하는 것 같아요. 좋아하는 것을 男子들이 熱心히 해 주고요, 그러니까 氣分도 좋을뿐더러 그것이 돈도 되구요. 이런 좋은 장사가 어데 있어요. 난, 이렇게 생각해요.」
「따는 그렇군요.」

「大部分의 팡팡은 마음속으로는 모두 그렇게 생각해요. 그 男子 때문이라든가, 父母들 때문이라든가 하는 말은, 全部 거짓말이에요. 좋아하지 않는다면 이런 장사, 三日 程度도 견뎌내지 못해요.」
「그런 건가요. 좋아 한다면 서-비스도 그만이겠네요?」
「그럼요, 서-비스만은 누구에게도 뒤지지 않아요. 좋아서 하는 일이니까, 서-비스가 아니죠.」
그런 點에서도, 곤도(近藤)에게 서-비스를 하지 않았던 사찌꼬와는 對照的이다.

유우유우(陽陽)는 몸이 뜨겁게 달아올라 있다. 若干 사이를 두고 물러앉고 싶었으나, 그렇게 하면 氣分을 傷하게 할 憂慮가 있기 때문에, 료헤이(良平)는 잠자코 있기로 했다.

(이러한 娼婦의 이야기를 듣는 것도 하나의 工夫다.)

「이봐요, 이 寫眞, 재미있죠? 검둥이 女子와 흰둥이 男子, 아메리카氏들도, 검거나 희거나 相關없이 이처럼 사이좋게 서로를 안을 수 있다면 싸울 일도 없을 텐데.」
「누님은 外國人을 相對해 본 적이 있나요?」
「하지 않아요. 말도 알아듣지 못할뿐더러, 무서워요. 鬼神같이 보이는걸요. 아메리카 軍隊를 相對하는 女子

들의 속을 모르겠다니까요. 亦是나, 日本 女子는 日本 男子가 맞아요. 장사끼를 빼고서 우리 한 番 놀아보지 않을래요?」

무라세끼(村瀨)는 아마도 유우꼬(裕子)와 旅館으로 들어 갔음에 틀림없을 거다.

그러는 반면 료헤이(良平)는, 이런 娼婦와 이렇게 이야기를 나누고 있다. 이런 일에 對해서 료헤이(良平)는 재미있구나 하는 생각이 들었다. 다만, 純眞한 무라세끼(村瀨)와 숫處女인 유우꼬(裕子)가 別 탈 없이 맺어질 수 있을 것인가, 그 点이 疑問스러웠다.

료헤이(良平)는 一旦 寫眞을 全部 보고나서, 이번에는, 두루마리를 펼쳤다. 當然, 료헤이(良平)의 몸은 興奮 狀態로 되어있다.

瞥眼間, 유우유우(陽陽)는 그곳에 손을 얹어왔다. 아까부터 유우유우(陽陽)의 그런 낌새를 알고 있는 료헤이(良平)는, 別로 唐慌하지도 않았다.

「어머나, 이것 좀 봐 봐. 이렇게 旺盛 하잖아.」

하고 유우유우(陽陽)는 젊은이다운 목소리를 내었다.

「이것을 보여 주시는 걸로 됐어요. 아무것도 하지 않겠어요.」

「이렇게 되어 있는데 두요.」

「이건 自然現狀이니까, 하는 수 없지요. 이런 그림을 보면서 이렇게 되지 않는다면 그건 病身이죠.」
바로 그때에, 문을 노-크 하는 소리가 들렸다.
유우유우(陽陽)는 일어서서 도어 쪽으로 다가갔다.
「누구?」
하고 묻는다.
「나요.」
女子 목소리다.
「아, 기미짱?」
「그래요.」
「혼자?」
「혼자요.」
門이 열리고, 아직 十代로 보이는 젊은 女人이 들어왔다. 처음 보는 얼굴이지만, 服裝이나 化粧으로 유우유우(陽陽)와 같은 職業의 女子라는 것을 알아 볼 수 있었다.
「어머, 손님이시네요.」
女子는 當惑스런 表情으로 變했다.
「그래, 손님이 아닌 손님. 나의 身上 이야기를 들어주려고 오신 分이다.」
「좀 나와 봐요.」

女子는 유우유우(陽陽)의 팔을 끈다. 두 사람은 房을 나가서, 門을 닫았다. 複道에서 무언가 속닥속닥 이야기를 주고받는다.

暫時 後, 유우유우(陽陽)는 혼자서 房으로 되돌아와서, 료헤이(良平)의 옆에 앉았다.

어깨에 손을 걸쳐온다.

「그 애, 映畵를 보러갔다가, 映畵館안에서 손님을 주었대요.」

「亦是, 同僚이시군요.」

「그럼요.」

「아직도 젊은데.」

「열아홉 살. 女學校를 다니다가 男子와 逃亡쳐 나왔는데, 男子와 헤어지고 나서 이 장사를 하게 되었대요.」

「흔히들 있는 일이군요.」

「그 男子, 『휘파람새의 溪谷넘나들이』를 하고 싶대나요.」

「헤에.」

「그래서, 只今 이곳으로 데리고 온대요. 當身, 덥겠지만, 옷장 속에 숨어있으면 어때요? 저것 봐요, 문에 구멍이 뚫려있죠? 그곳으로 구경해도 돼요.」

「相關없습니까?」

「그애에게 도 그렇게 말해 두었어요. 난 괜찮겠지만 나중에 그 애에게는 쬐끔 觀覽料를 주면 좋아 할 거에요.」

생각치도 못했는데 재미있는 方向으로 狀況이 進展되고 있다.

「얼마만 주면 되는데요?」

유우유우(陽陽)는 金額을 말했다. 그렇게 많은 돈도 아니다. 료헤이(良平)는 承諾했다.

「저 구멍, 그것 때문에 뚫어 놓은 건가요?」

아까 유우유우(陽陽)는 이곳으로는 손님을 끌어 드리지 않는다고 했다.

「아니요. 내가 빌리기 以前부터 있었던 구멍이에요. 事實은 旅館으로 가야만 되는데, 當身을 爲해서 여기로 부른 거 에요. 자, 小便을 보고, 여기로 들어가요.」

「아니요. 小便은 괜찮아요. 손님은 내가 있다는 것을 모르겠지요.」

「勿論. 그러니까, 소리를 내지 말아요. 한 時間 程度니까요. 들어가요.」

료헤이(良平)는 옷장의 위 칸으로 들어갔다. 門을 닫자, 옷장 속은 깜깜해 졌다. 틈새와 구멍으로 若干의 빛이 들어 올 뿐이다. 그 구멍에 눈을 갖다 대었다. 房全體가 보인다.

「興奮이 되더래도, 혼자 處理하지 말아요. 아까우니까. 참고 있어요. 끝낸 다음에 우리가 공짜로 서-비스 해줄 테니까요.」

門밖에서 유우유우(陽陽)가 그렇게 말한다.

「알겠습니다.」

「이봐, 왔어요.」

아까의 기미꼬(君子)가 데리고 들어온 사람은, 四十前後의 體格이 우람한 男子였다. 불룩한 꾸러미를 겨드랑이에 끼고 있다. 뻘그스름한 얼굴로, 머리는 스포츠型으로 깎고 있다.

유우유우(陽陽)는 男子에게 方席을 勸했다.

「야아, 이거 고마운 데.」

컬컬한 목소리로 그렇게 말하고선, 方席위에 앉았다.

「저의 언니. 틀림없이 當身, 滿足하리라 봐요.」

그렇게 말하고서 기미는 男子에게 유우유우(陽陽)를 紹介했다. 男子는 이마의 땀을 훔친다.

유우유우(陽陽)는 두 사람 앞에 라무네를 내어 놓았다. 그리고, 男子는 金額을 말했다.

「두 사람 分을 합쳐서, 그것으로 어때?」

「네에, 좋습니다.」

유우유우(陽陽)는 急히 새삼스레 鄭重하게 對答한다.
男子는 꾸러미를 뒤적이더니 돈다발을 꺼내었다.
료헤이(良平)는 눈을 휘둥그레 떴다. 큰 돈다발 이었다.
그것에서 男子는 말한 額數를 빼더니, 기미꼬(君子)에게 건네주었다.

「그럼, 始作해 볼거나. 서-비스가 좋았다면 끝나고 나서 다시 그만큼 줄 테니까.」

「어머, 기쁘네요. 精誠을 다해서 해 드릴께요. 아저씨, 富者시네요.」

「장사 밑천이지.」

「어떤 장사인데?」

「아메리카軍 關係야. 物件을 받을 約束時間이 좀 남았기에 映畵를 보고 있었던 게야.」

「언제나 이렇게 많은 돈을 가지고 다니시나요?」

「오오, 난, 現金으로 주고받고 하는 장사니까, 자네들과 똑 같지.」

男子는 단숨에 라무네를 마셨다. 라무네를 마시려면 컵이 必要하다. 솜씨도 좋게 마신다.

「훌륭하시네요.」

「그야 뭐. 男子의 勇氣라는 거지. 警察을 무서워했다가는 돈을 벌수가 없다네. 자, 더우니까 벗겠다.」

「언니, 수건을 적셔 와요.」

앉아있는 男子에게 다가앉아, 기미꼬(君子)는 먼저 男子의 알로하·셔츠를 벗겼다. 筋肉이 단단한 上半身이 나타났다.

「아이 멋져. 뒷거래 前에는 무슨 일 하셨어요?」

「軍隊였지. 이래 뵈도 陸士出身이라네. 中隊長을 했지. 南方에서, 프랑스, 홀랜드, 영국, 等 여러 나라의 女子와 즐겁게 놀았단다. 그러나 亦是, 日本 女子가 最高야.」

「病, 괜찮으세요?」

「걱정 없어. 난 말이야, 病菌이 侵入못하는 體質이라네.」

男子는 말했다. 기미꼬(君子)는 男子의 벨-트를 끄르고, 바지를 벗겼다. 훈도시가 나타났다. 훈도시 앞은 分明히 興奮狀態를 誇示하고 있다.

유우유우(陽陽)가 수건을 가지고 들어왔다. 男子의 얼굴부터 닦기 始作했다. 기미꼬(君子)는 男子의 훈도시를 벗겼다.

「어머, 宏壯하네요.」

꼭 쥐어본다. 유우유우(陽陽)는 기미꼬(君子)에게 타올을 건네주었다. 두 사람이 번갈아 男子의 몸을 닦아 주고 있다.

「그만 됐다. 자, 자네들도 발가벗지 그래.」

男子는 이불위에 벌렁 드러누웠다. 天井을 向해 치솟아 있는 男子의 物件은 크게 끄덕거리고 있다.

기미꼬(君子)가 먼저 빨가벗었다. 男子와 對照的으로 하얀 몸이었다. 그대로 부엌 쪽으로 사라졌다.

유우유우(陽陽)는 기미꼬(君子)가 벗어 놓은 것을 整頓(정돈)했다.

물수건으로 몸을 닦으면서, 기미꼬(君子)가 나타났다. 若干 마른 편이지만, 제법 魅力的인 線을 그리고 있다. 乳房이나 엉덩이가 크다.

秘毛는 드문드문, 아래쪽 꽃잎이 살짝 드러나 보인다.

「야아, 좋은 몸매를 하고 있는데.」

男子가 稱讚해 준다.

「고마워요. 저요, 이런 장사를 하고부터, 아직 半年도 채 되지 않았어요.」

유우유우(陽陽)도 발가벗었다. 뚱뚱하다. 허리部分의 區別이 全然 없다. 갈색의 고기 덩어리라는 느낌이 들 程度다. 乳房은 아래로 축 느려져 있다. 허리는 기미꼬(君子)의 한 倍 程度 큰 것 같다.

이번에는 유우유우(陽陽)가 부엌으로 사라지고,

기미꼬(君子)는 男子의 몸 위로 엎드려 껴안는다.
「나요, 凜凜(늠름)한 男子가 좋아요. 오늘은 장사속을
　빼고 놀아보고 싶어요.」
男子는 기미꼬(君子)를 안고, 두 사람은 입을 맞추었다.
입을 맞추면서, 기미꼬(君子)의 손은 남자의 巨創한 몸
쪽으로 뻗어왔다. 만지작거리기 始作했다.
유우유우(陽陽)는 머리에 수건을 감은 채 나타났다.
그대로, 기미꼬(君子)의 反對쪽에 들어 누우면 서,
기미꼬(君子)의 손위로 손을 겹쳤다.
男子는 오른팔로 유우유우(陽陽)를 안았다.
기미꼬(君子)는 男子의 불알을 愛撫하기 始作했다.
기미꼬(君子)쪽에서 입술을 떼고서, 男子의 가슴팍에서
내려왔다. 반드시 누워있는 男子는 左右로 女子를 안고
있는 모습이 되었다.
「氣分 좋구먼.」
「아저씨, 언제나 두 사람을 相對하시나요?」
「오오, 女子는 많을수록 좋지. 요 전번에는 세 사람의
　妓生을 데리고 벳부(別府)에 갔었다.」
「妓生을 데리고 노시는 富者님께서, 오늘은 어떻게 되
　어서 저희들 같은 팡팡을 안게 되었군요.」
「마음에 들어서 지.」

유우유우(陽陽)가 上體를 일으키면서, 男子의 그곳에 뺨을 가져갔다. 그것을 알고서, 기미꼬(君子)는 손을 뿌리쪽으로 뻗어서 男子의 性器를 固定시켰다.
유우유우(陽陽)의 혓바닥 愛撫가 始作되었다.
「이봐, 너는 나의 가슴팍 쪽으로 사타구니를 밀어. 내가 診察해 줄 테니까.」
기미꼬(君子)가 시키는 대로 엉거주춤한 姿勢로 들이밀 자, 男子는 기미꼬(君子)의 꽃잎을 열었다.
「호오, 복숭아 색깔이로군. 아름답구나. 흐음, 病은 없다고 했겠다.」
「손님을 골라서 하니까요.」
기미꼬(君子)가 앉은 채 앞으로 나가자, 男子는 허리를 구부렸다. 기미꼬(君子)는 소리를 지른다.
이렇게해서 세 사람의 놀이가 進行되었고, 료헤이(良平)는 熱心히 觀覽하게 되었다.
(賣春婦의 몸에 입을 맞추다니. 대단한 豪傑이로구나.)
드디어, 男子는 기미꼬(君子)를 반듯하게 눕히고, 유우유우(陽陽)를 反對方向으로 눕힌 뒤에, 먼저 기미꼬(君子)를 덮쳐 안았다.
한층 드높은 목소리를 기미꼬(君子)가 내어지르고, 男子에게 찰싹 달라붙으면서, 다리를 휘감는다.

途中에 男子는 上體를 비스듬히 하고서, 유우유우(陽陽)의 허리를 안았다. 유우유우(陽陽)는 한쪽 다리를 들어 올리자 男子는 그 豊盛한 密林속에 얼굴을 묻었다. 유우유우(陽陽)도 목소리를 내기 始作 했다.
두 사람의 女子가 내어지르는 소리는, 妙하게도 리-듬에 맞춰져 있다. 서로가 和合하고 있는 듯이 느껴졌다. 료헤이(良平)는 그 소리를 들으면서,
(어디까지가 意識的으로 내는 소리일까……)
하고 생각해 보았다. 演技가 제법 깊숙이 들어가고 있다는 것은 틀림없다. 그러나, 모두가 演技라고는 생각되지 않는다.
기미꼬(君子)가 豫告의 소리를 지른다. 男子의 律動이 보다 더 빨라져갔다. 하니까, 유우유우(陽陽)의 목소리도 높아져 갔다.
기미꼬(君子)가 짐승의 울 부르짖음과 같은 소리를 吐하고, 頂上을 달리고 있다는 것을 나타내었다. 男子는 그래도 律動을 멈추지 않는다. 기미꼬(君子)는 우는 듯한 목소리로, 男子에게 멈춰 줄것을 哀願하기 始作했다. 그러자 男子는 재빨리 기미꼬(君子)에게서 떨어져서, 몸의 方向을 돌려 이번에는 유우유우(陽陽)를 껴 안았다. 축 늘어졌으리라 생각했는데, 기미꼬(君子)는 暫時

後 일어나서, 男子의 엉덩이를 안고 그곳에 얼굴을 대었다.

유우유우(陽陽)가 呻吟을 吐하면서, 아까와는 다른 소리를 지르기 始作했다. 이번에 男子는, 왼손을 기미꼬(君子)앞으로 뻗었다. 그렇게 하자, 기미꼬(君子)는 또다시 우는 듯한 소리를 지른다.

거의 五分程度의 間隔으로 男子는 기미꼬(君子)와 유우유우(陽陽)의 몸을 넘나들었고, 그때마다 女子들은 音色이 다른 목소리로 絶叫했지만, 男子는 끄떡도 하지 않고 繼續한다. 세 사람의 몸뚱이는 땀범벅이 되었고, 그것이 전등불빛에 반짝거린다. 그것은 마치, 사랑의 行爲라기보다, 짐승들의 激鬪(격투)였다.

두 사람의 女子가 한 男子를 뺏는 것같이도 보인다. 反對로, 두 사람의 女子가 共同으로 한 男子를 해 치우고 있는 것같이도 보인다. 또한, 두 사람의 女子가 男子에게 同時에 린치를 當하고 있는 것 처럼 도 보인다. 세 사람이 엉겨 붙어 激鬪를 벌리고 있는 것같이도 보인다.

처음 始作하려고 할 때에 료헤이(良平)는 時計바늘을 確認해 두었다. 四十分程度 지나는데도, 男子는 疲勞한 氣色 하나 없이 激烈한 律動을 繼續하고 있다. 조금도

쉬지를 않는다.

女子들은 어떤 때는 말이 아닌 말을 외치기도 하고, 어떤 때는 울기도하며, 어떤 때는 露骨的인 말을 吐하기도 한다. 男子쪽은, 이따금씩 짧은 歎聲을 吐할 뿐, 거의 말이 없다. 두 女子의 몸을 몇 번 往復했는지 료헤이(良平)는 잊어버리고 말았다.

오로지 그 驚歎할만한 에네르기에 感服할 뿐이었다. 달콤한 무-드 라던가 부드럽고 仔詳한 情緖도 없다.

(스포츠다.)

(아니야, 激烈한 勞動行爲다.)

(다루는 法이 全然 다르다.)

五十分 後, 기미꼬(君子)가 男子에게, 頂点에 到達할 것을 分明히 일러준다. 이것은 只今까지의 말과는 다르게, 얼마간 事務的인 語調이다.

「오오, 좋아, 알겠다.」

氣分을 잡쳤다는 表情도 아니고, 男子는 즐거운 듯이 그렇게 말하고선, 기미꼬(君子)를 끌어안고, 動作을 빨리했다.

男子는 아마도 한 時間의 料金을 支拂 한 것 같다.

한 時間을 꽉 채우고서, 男子는 처음으로 感動的인 목소리를 내었다. 바로 그때에, 유우유우(陽陽)의 몸속에는 男子의 손가락이 들어 있었다. 男子의 목소리에 따라서 기미꼬(君子)가 소리를 질렀고, 유우유우(陽陽)도 소리를 높혔다. 男子의 律動이 겨우 멈췄다. 고 생각하는데, 기미꼬(君子)는 男子의 몸 밑에서 살짝 빠져나와 일어서서, 부엌으로 달려갔다.

5
賣春婦와 處女

유우유우(陽陽)도 上體를 일으켜, 간이밥상위에 놓여있던 수건을 집어서, 축 느려져있는 男子의 性器를 닦기 始作했다. 거무튀튀한 그것은 말랑말랑하게 되어 있는데도, 크기에는 變化가 별로 없다. 容積은, 료헤이(良平) 것보다 한 倍 程度는 큰 것 같다.

유우유우(陽陽)는 그곳에다 입을 맞춘다. 쪽하는 소리가 들려왔다. 稱讚해주는 말소리도 들려왔다.

그러자, 男子는 다시 우뚝 서는 것이다. 기미꼬(君子)가 되돌아왔다. 유우유우(陽陽)의 反對쪽에 발가벗은 그대로 앉아서, 유우유우(陽陽)와 함께 愛撫를 해준다.

男子는 반듯하게 누운 그대로, 아메리카의 담배를 꺼내어 피우기 始作했다.

「자네들도 제법 괜찮은데. 언제나 두 사람이서 하는 겐가?」

「아니요.」

기미꼬(君子)가 고개를 젓는다.

「이런 일 오늘이 처음이에요. 그보다, 아저씨, 한 時間 더 노실래요.」

「아니야.」

男子는 머리맡의 時計를 본다.

「이젠 約束의 時間이로군. 요다음에 다시 하지.」

「요다음, 언제쯤?」

「모레쯤, 오구라(小倉)에 온다. 이번에는 밤이야. 하룻 밤 내내 사랑해 주지.」

「아이, 좋아라.」

最後로, 유우유우(陽陽)와 기미꼬(君子)는 제 各各 男子의 몸에 惜別의 입맞춤을 했다. 男子는 그대로 천천히 일어섰다. 옷장 쪽으로 걸어온다. 차츰차츰 그 몸이 크게 클로즈·업(Close-up=近接 撮影) 되었다. 危險을 느끼고서, 재빠른 생각으로 구멍에서 얼굴을 떼고 옆으로 드러누웠다. 옷장미닫이가 열렸다.

료헤이(良平)는 눈을 감았다.

「이제 다 끝났다네. 자, 이리로 나오지 그래.」

눈을 떠서 男子를 올려다보니까, 男子는 료헤이(良平)를 노려보고 있다.

유우유우(陽陽)가 가까이 다가온다.
「未安해요. 房이 없어서, 壁欌 안으로 밀어 넣었어요.」
료헤이(良平)는 壁欌속에서 兩班다리를 하고 앉아서,
「安寧하세요.」
김이 빠진 듯한 목소리를 내었다. 唐慌하게 보이면 오히려 좋지 않다. 꾸벅 하고 고개를 숙인다.
「또 亦是, 亡靈이로고.」
유우유우(陽陽)는 男子에게 찰싹 붙어 선다.
료헤이(良平)에게 危害를 加하려 하는 것 같지는 않다.
「이봐요. 火내지 말아요. 나의 귀염둥이 라니까요.」
「호오, 자네 꺼 란 말이지.」
「그래요.」
「何如튼 내려와.」
료헤이(良平)는 壁欌에서 내려왔다. 그러는 사이에 男子는 천천히 훈도시를 찬다.
「여기 앉아.」
「네에.」
두 사람의 女子는 只今도 발가벗은 채, 左右에서 男子를 붙잡고 선다.
「무서운 짓 하지 말아요. 아직 學生이니까요.」
「學生? 호오, 어느 大學이야. 걱정 마. 나, 火 나 있지 않아.」

「와세다(早稻田)입니다.」

「호오, 나의 同生도 와세다(早稻田)지. 나의 暗去來를 批判하면서도 그 돈으로 大學에 다니고 있지. 자네, 우리들이 하는 것을 구경했단 말 이가?」

뒤돌아 옷장의 구멍을 바라본다.

「아니요, 누워서 듣기만 했어요.」

「參考가 되던가?」

「많은 工夫를 했습니다.」

男子는 담배를 료헤이(良平)에게 권했다.

기미꼬(君子)는 훈도시 위에서 男子의 몸을 愛撫하기 始作했다. 료헤이(良平)는 고맙다는 人事를하고 담배를 한가치 뽑았다. 男子는 라이타를 밀었다. 료헤이(良平)와 유우유우(陽陽)를 번가라 바라보고서는, 고개를 갸웃거린다.

「異常하구먼. 자네들 眞짜로 좋아하는 사이냐?」

「내가 조르고 있던 中이었어요. 아직은 요.」

「그렇겠지. 어울리지가 않아. 꼬드기고 있는 中에 내가 들어 온 게로구먼. 그래서 돌려보내는 것이 아까워서 옷장 속으로 밀어 넣었다 이거지. 보여주면서 興奮을 시키려는 속셈이었단 말이지?」

「그래요. 그렇다니까요.」
「어때? 興奮이 되던가?」
「네에.」
료헤이(良平)는 首肯 할 道理 밖에.
男子는 유우유우(陽陽)의 어깨를 붙들고 돌려세웠다.
유우유우(陽陽)는 다다미위에 눕혀졌다. 男子는 사타구니를 벌렸다. 花園이 환히 들어나 보인다.
「자, 자네도 벗어. 여기에 쑤셔 넣어.」
유우유우(陽陽)는 버둥거리며 일어나려고 하지만, 男子는 그것을 許諾치 않고, 하얀 뱃가죽을 두드린다.
배에서는 輕快한 소리를 내면서, 유우유우(陽陽)는 얌전히 가만히 있다.
기미꼬(君子)가 男子에게 찰싹 붙는다.
「이봐요, 容恕해 주세요.」
그 말에는 對答도 하지않고 男子는 유우유우(陽陽)에게,
「이봐, 자네, 그렇게 하고 싶은 게지?」
하고 묻는다.
유우유우(陽陽)는 몸부림을 그치고 모든 것을 세 사람 앞에 들어내어 보이면서 크게 고개를 끄덕였다.
「그럼요. 해 주었으면 좋겠어요.」
「그럼 그렇지, 女子도 이렇게 말하잖나. 料金은 내가

支拂해 주지. 자, 빨랑 벗어.」

「難處한데. 그럴 순 없어요.」

男子는 이번에는 유우유우(陽陽)의 그곳에 손을 갖다 대고선 매만지기 始作했다.

「제법 괜찮은 物件이야. 女子는 말이야, 얼굴이 아니야.」

「네에.」

「여기란 말이야. 여기 젊은 애 보단 훨씬 좋아. 빨아 드린다네. 난, 여기에다 放射하고 싶었다네.」

「네에.」

「헌데, 요 젊은 애가 나를 끌고 가지 뭐야. 그래서 그쪽에다 쏟아 버렸지. 그렇지, 人義가 있어야 하니까. 나 代身에 자네가 해 주게나.」

어찌 보면 男子는 火를 내고 있는 것 같지는 않고, 재미로 하는 것같이 보인다. 정나미가 떨어지는 얼굴이지만 殺氣는 느껴지지 않는다.

「아닙니다, 아무리 해도 제겐 그런 勇氣가 없습니다.」

「젊은 주제에 말이 많아. 이렇게 푹 익어 맛있는 것이 눈앞에 놓여 있단 말이야.」

兩손으로 꽃잎을 크게 열어젖히니까 구멍이 보인다. 그것이 저 혼자서 꿈지럭거리고 있다.

유우유우(陽陽)는 아양 끼 섞인 語調로 소리를 지른다.

「이렇게 말하고 있지 않아요. 當身, 와요, 辭讓할 것 없어요.」

「…………」

「當身이 해 주면, 이 分이 돈을 낸다고 하잖아요. 나 오늘은 장사 하지 않아도 되는데.」

옆에서 기미꼬(君子)가,

「그렇지, 當身도 男子겠죠. 이렇게 되어서도 아무것도 못한대서야 男子가 아니죠. 자, 힘 내세요.」

료헤이(良平)는 萎縮(위축) 되어있다. 그런데도 기미꼬(君子)가 손을 뻗어 왔다. 뿌리치지도 못하고 팔짱을 끼고 있는 것은 虛勢에 不過한 것이다.

「困難하게 되었군.」

「困難할거 없어. 이 봐 女子, 이 學生 꺼 끄집어내어.」

「네에.」

즐거운 듯이 對答하는 기미꼬(君子)가, 男子에게서 떨어져서 료헤이(良平)의 바지단추를 끄르려 했다. 唐慌한나머지 료헤이(良平)는 몸을 뒤로 避했다.

「핫, 핫, 핫, 핫.」

男子는 豪快하게 웃었다.

「좋아, 자네에게도 돈을 주지. 좋은 아르바이트라 생각하게나.」
꾸러미에서 돈다발을 꺼내어, 두 장을 뽑아서 료헤이(良平)의 앞으로 밀었다.
「보통 아르바이트의 五日分 以上이다. 자, 해 봐.」
유우유우(陽陽)는 엉덩이를 波濤가 울렁이는 겻처럼 올렸다 내렸다 한다.
「빨리 와요. 付託이야. 이봐요, 더 以上 못 참겠어.」
료헤이(良平)를 꼬드기기 위한 제스처(gesture)이다.
「아니요, 그렇게는 할 수 없어요.」
이번에는 기미꼬(君子)가 사타구니를 크게 벌리더니, 뒤로 손을 받치고서, 몸을 살짝 눕히면서,
「어느 쪽이건 相關 없어요.」
男子도 自身의 物件을 끄집어낸다. 壁欌속에서 보았던 것보다도 한층 더 迫力있게 보인다.
「하지 않으면 容恕 못해. 何如튼, 자네, 他人의 秘事를　남몰래 훔쳐보았으니까.」
「아니요. 보지 않았어요. 숨어 있었던 것 뿐 이세요.」
「글쎄, 좋아. 자네, 즐기면서 돈을 버는 거야.」
바로 그때, 커다랗게 物件들이 부딪치는 소리가 들렸다. 도어에 무언가가 부딪치는 소리였다. 繼續해서 이번에는 더 세게 부딪치면서, 안쪽에서 걸어 잠겻던 걸쇠가 벗겨

졌다. 門이 세차게 열렸다. 와이셔츠차림의 男子 두 사람이, 뛰어 들어왔다.
「꼼짝 말아. 야마모도(山本).」
한 사람이 그렇게 말하고, 또 한 사람이,
「모두 꼼짝 말고 앉아 있어.」
하고 소리친다.
그런 다음, 두 사람의 男子는 房안의 異常한 狀況에 精神이드는 것 같다. 女子들은 瞥眼間에 일어난 일이었으므로, 몸을 움직일 수도 없어서 발가벗은 그대로 있었기 때문이다.
「이거야, 무슨 일이야?」
男子들은 私服 刑事들이었다. 어떻게 되어서 야마모도(山本)라 하는 男子가 이 房에 있다는 것을 알았는지, 료헤이(良平)는 알 수가 없다. 어떤 嫌疑(혐의)로 逮捕되었는지도 모른다.
男子는 그대로 連行 되었고, 료헤이(良平)는 男子와 어떻게 알게 되었는지 만 물었다. 이런 일에 關해서는 刑事들은 無關心 이었다.
刑事들에게 그 男子가 끌려가고 난 다음, 기미꼬(君子)는 精神이 펄쩍 드는 듯 했다.
「돈을 받아 두었기에 千萬多幸이다.」

하고 중얼거린다. 그에 對해서 료헤이(良平)가,
「그보다도, 當身들, 함께 끌려가지 않아서 多幸입니다.」
하고 말하자 유우유우(陽陽)가,
「아니죠, 分擔이 다르니까요, 못 본 척 한것뿐이에요.」
하고 對答한다. 료헤이(良平)는 곧바로 그 아-파트를 나섰다. 商店으로 돌아 왔다. 刑事들의 德을 톡톡히 본 셈이었다.

저녁 무렵, 무라세끼(村瀨)가 찾아 왔다.
「밖으로 좀 나가지 않을래?」
「나가자꾸나. 나까가와·유우꼬(中川裕子)는?」
「좀 前에 出發하는 汽車로 돌아갔다.」
「흐-음.」
료헤이(良平)와 무라세끼(村瀨)는 무라사끼江을 바라보고 있는 작은 술집으로 들어갔다. 먼저 麥酒로 乾杯를 했다.
「어째서 함께 돌아가지 않았니?」
「사람 눈에 띠일 테니까. 그 列車에는 아는 사람들이 많이 타고 다니거든.」
「祭典은 無事히 끝났겠지?」
「무슨 수를 쓰든 난 그女와 結婚할거야.」

「그럼 그렇게 되어야지. 그런데, 어땠니? 옛날부터 좋아 했던 女子를 안은 心境은?」
「只今도 꿈을 꾸고 있는 것 같다.」
무라세끼(村瀨)가 목소리를 낮추었다.
「若干의 出血이 있다고 들었는데, 그렇지가 않던데.」
「時間이 多少 걸렸던 것 같은데.」
「응. 그러나, 그女 協力的이었다.」
「울었었니?」
「아 아니, 그 点이 若干 아쉽기는 해. 若干의 手術을 받았다는, 그런 態度로서, 언제 무슨 일이 있었냐는 態度였단다.」
「仔細하게 이야기 해 봐.」
「이야기 하고 싶지 않다네. 但只, 난 只今, 只今까지 보다 百倍以上 그女를 사랑하게 되었단다. 이젠 絶對로 헤어지지 않을 거야. 교오또(京都)로 불러 올 셈이다.」
「그러는 게 좋겠다. 그女는 더 以上 도쿄에 머물 理由가 없으니까.」
「그러나, 얼마 동안만은 누구에게도 말하지 말거라.」
「말하지 않아. 말 할 꺼리가 아니 잖냐. 그렇지, 問題는 只今부터다. 네게 몸을 許諾하고 나서, 그女가 어떻게

變할것인가. 大概의 女子란, 몸을 許諾한 男子에게 沒頭하게 마련이다. 그女의 境遇는 若干 다를 테지만.」
「바로 그거다. 氣가 쎈 건지 理性的이라서 그런 건지, 너무 冷情해. 親切味라고는 눈곱만큼도 없어. 혼자서 돌아가겠다고 한 것도 그女란다. 내가 좋아서 이렇게 된 게 아니라고도 말 하던 걸, 그女가.」
「요다음, 언제 만나기로 했니?」
「約束 해 주지도 않더라.」
「그건, 잘못했는데.」
「내 쪽에서도 끈질기게 約束을 받아 낼 수도 없고 말이야. 아무런 約束도 하지 않은 채 헤어졌단다.」
「언제쯤. 도쿄에 간다고는 말 안든?」
「二, 三日 後에 간다고 하던데. 그 사이에 한번쯤 꼭 만나야만 하겠다.」
「第一 좋은 方法은 함께 出發해서, 교오또(京都)에서 내리게 하는 거야. 너의 房에 하루 밤 재우는 거다. 한 밤을 함께 보내고 나면 情愛도 깊어지게 마련이다.」
「그렇게 하자고 하면, 許諾 해 줄까?」
한 時間 程度 무라세끼(村瀨)와 마시고, 헤어져서 商店으로 돌아왔다. 그대로 二層으로 올라가서 잠을 請하고 있는데, 店員이 부르는 소리가 들렸다.

「손님이 오셨어요.」
「누구신데?」
「낮에 찾아 왔던 女子손님.」
「뭐 라꼬?」
놀라서 내려가 보니, 商店앞에 유우꼬(裕子)가 서있다.
료헤이(良平)는 기둥에 걸려있는 時計를 쳐다본다.
밤 아홉 時가 다 되었다.
「돌아 간 것이 아니었단 말이니?」
유우꼬(裕子)는 밝은 微笑를 띄우고 있다.
「途中에서, 되돌아 와 버렸어요.」
「무라세끼(村瀨)는 좀 前의 列車로 떠났는데.」
「알아요.」
「何如튼, 요 周邊을 좀 거닐 자 꾸나.」
그대로 유우꼬(裕子)의 팔을 붙잡고, 걸어갔다. 商店街를 빠져서 무라사끼江 쪽으로 나왔다.
江을따라 달리는 어두컴컴한 길을 걸었다.
「마지막 列車로 돌아 갈 테냐?」
「돌아가지 않을래요.」
「어디로 가려는데?」
「오꾸노(奧野)라는 애를 알고 있겠죠?」
「이름은 알고 있지. 體操部에 있던 애 말이지?」

「네. 그女가 大門거리 가까이에 房을 빌려 혼자서 살고
  있거든요. 그곳에 가서 자려고 해요. 집에도 그렇게
  말하고 나왔어요.」
「그럼, 무라세끼(村瀨)와 좀 더 오래 동안 있어도 괜찮
  았지 않았었니?」
「……………」
「오꾸노(奧野)라는 그女도 알고 있는 거니?」
「기다리고 있어요. 오늘밤 안으로만 가기만 하면 되게
  되어 있어요.」
「그女, 오구라(小倉)에 살고 있단 말이지.?」
「네에.」
證券會社의 이름을 유우꼬(裕子)가 말했다.
「집이 驛에서 멀기 때문에, 通勤할 수가 없어서 房을
  빌려 살고 있어요.」
길은 버드나무의 가로수 길이다. 벤치가 나란히 놓여있
고 아베크(Avec=F)의 男女들이 어깨를 맞대고 서로
끌어안고 있다.
비어있는 벤치가 있었다. 그곳에 두 사람은 걸터앉았다.
료헤이(良平)는 유우꼬(裕子)의 어깨에 손을 얹었다.
「무라세끼(村瀨)를 좋아 할 것 같니?」
「처음부터, 그럴 마음이 아니었어요.」

「그 子息 이젠 헤어지려고 하지 않을 텐데.」
「그런 約束 한 일 없어요.」
「約束했건 안 했건, 넌 이제부터 무라세끼(村瀨)를 좋아하게 될 거다. 아니, 벌써 좋아하고 있겠지.」
그 말에 對해서,
「우스꽝스러 워요.」
하고 유우꼬(裕子)가 말한다.
「그 사람도 나 自身도, 너무나 우스꽝스럽다 니까요. 男子와 女子가, 그런 우스꽝스러운 짓을 하고서 좋아들 하는 건가요?」
료헤이(良平)는 어이가 없어 말문이 닫힐 地境이다.
「넌 그런 걸 말 하려고 나를 찾아 왔던 거니?」
「네에. 여러 가지, 새로운 疑問들이 솟아오르는 거에요. 다른 사람들에게서 듣는 것 보단, 體驗이 豊富한 료헤이(良平)氏에게서 배우는 것이 좀더 的確하리라 생각 되어서요.」
「疑問이라고?」
「네에.」
(난 只今, 怪物과 이야기를 나누고 있는지도 모른다.)
갑자기 유우꼬(裕子)가 보기에도 싫어져 왔다. 處女와 離別을 告한 女子는, 좀더 情緖的이 아니면 안 된다는 그러한 觀念이 료헤이(良平)에게는 있는 것이다.

6
異端者

료헤이(良平)는 아직 술이 모자랐다. 이야기를 나누면서 호주머니 속의 돈을 計算해 보고 있다.
(若干은 더 마실 수가 있겠다.)
료헤이(良平)는 일어섰다.
「마시지 않으면, 이야기가 안 되겠다. 어디엔가 가자구나.」
「네에.」
아직 時間이 이르다. 散策하는 男女들로 해서 江을따라 달리고 있는 버드나무 가로수 길이 煩雜하다. 두 사람이 일어섰던 벤치에는 벌써 男女가 자리를 차지했다.
大衆 술집으로 두 사람은 들어섰다. 사람들에게 이야기 소리를 들려주기 싫었기 때문에 구석자리로 가서 앉았다. 술을 注文했다.
「자네, 마실 것은?」

「그냥 술을 마시겠어요.」

「호오.」

술병이 날라져왔다.

「자네가 돌아가지 않는다는 것을 알았다면, 무라세끼 (村瀨)도 돌아가지 않았을 거야.」

「그 사람 이야기는 이젠 그만해요. 그 사람과는 더 以上 만나지 않을 거에요.」

「그건 틀렸다. 자넨 아직 自身에 對한 것도 모르고 있단다. 내일이 되면, 이젠 만나고 싶어질 걸.」

「그렇게들 말 하리라는 것을 알고 있어요. 두려움도 있구요. 허지만, 그렇게 되어버리면 안 돼요.」

「왜지?」

「自主性을 갖기 爲해서요. 自身을 잃어버리고 싶지 않아서요.」

前과如一 觀念的인 말만 하고 있다.

「우스꽝스럽다 고 했지?」

「네에.」

「그것도 잘못 생각하는 거다. 자넨 거드름을 피우고 있다. 自身은 平凡한 普通 女子가 아니라는 것을 自身에게 強調하고 있는 거야. 別로 좋지 않아. 그런 포-즈에는 귀여운 点이 없어. 自身을 속이고, 自身을 억누르려고 하고 있다. 우스꽝스럽다 고 느낀 것은 자네의 一部分에 不過 해. 大部分은 그렇지가 않을게야. 그런데도 不拘하고, 그것이 마치, 자네의 全部인양 錯覺하고 있는 거다. 錯覺하고 있는 것에서 自身을 偉大하게 보이려고 하고 있다. 그런 女子, 난 좋아하지 않아.」
유우꼬(裕子)는 굳어진 얼굴로 變했다.
「좀 더 自身에게 率直 해 봐.」
「於此彼 비뚤어져 있는 계집애인걸요.」
그렇지가 않다. 다른 일에 對해서는 대단히 率直한 계집애였다. 情緒的으로 男女의 사랑을 모르고 있기 때문이겠지. 그러나, 그것 自體도 무라세끼(村瀨)와의 맺음에서 달라져야만 하는 것이다. 그 變化를 유우꼬(裕子)는 겁내고 있는 것이다.
료헤이(良平)는 유우꼬(裕子)의 어깨에 손을 얹었다. 소리를 더욱 나추었다.
「우스꽝스러웠다 고?」
「네에, 정말로 그렇게 생각했어요.」
「무엇이 우스꽝스러웠는 데?」
「……………..」
「姿勢가?」
「行爲 自體가요.」

「그렇게 생각하는 自體가 틀렸다. 사람이란 무슨 일이고 간에 熱中하게 되는데, 그것을 客觀的으로 보게 되면 多少는 우스꽝스럽게 보이는 거란다. 그건 조그마한 일에 不過 해.」
「전 한사람 몫도 못하는 것 같아요.」
「무엇이?」
「先天的으로 말에요. 宿命인지도 모르죠. 親舊들에게서 들어 본 첫 經驗의 要素는 全然 없지 뭐에요.」
「先天的인게 아니야. 자네의 內部에서 버티고있는 觀念 때문인 게야. 좀 더 마음을 비우지 않으면 안 돼.」
「後悔는 하지 않아요.」
「마음을 비워 봐. 쓰잘데 없는 用心은 버려. 그렇게 하면, 自然스럽게 무라세끼(村瀨)를 좋아하게 될게다.」
「그렇게 된다면 困難해 져요.」
「왜지?」
「그 사람은 저와는 어울리지가 않아요. 전 제멋대로니까, 저 같은 사람과 사귀게 되면, 그 사람도 不幸해져요. 난 와까스기(若杉)氏 같은 되는대로 살아가는 사람이 꼭 어울려요.」
「나 되는대로 살아가는 사람이 아니란 말이다, 자네.」
「저보다야 强하죠.」

「자네는 잘 몰라. 무라세끼(村瀨)와 같은 점잖은 男子가, 眞짜로는 거칠은 性格의 所有者란다. 그치가 자네에게 반해 있기 때문에, 자네의 제멋대로를 容恕하는 거다. 자네에게 弱하다는 거지. 但只 그것뿐이다. 女子란 말이야, 自身에게 반해있는 男子를 낮게 評價하는 傾向이 있단다.」

어정쩡한 氣分으로 마시기 시작해서 한 三十分 程度 지나서,

「오꾸노(奧野)氏의 房에 함께 가주시지 않을래요?」
하고 유우꼬(裕子)가 말했다.
「내가 말이니?」
「네에, 이런 곳이 아닌 조용한 場所에서, 보다 천천히 이야기를 나누고 싶네요.」
「나 제법 醉해 있단다. 危險하다, 자네.」
「오꾸노(奧野)氏가 있기 때문에 걱정 안 해요.」
「그女에게 이야기를 들려주어도 괜찮다는 거니?」
「相關없어요. 나도 그女의 秘密을 全部 알고 있으니까요.」
「그렇담, 가지. 귀여운 애였는데 卒業하고 나서 어떻게 變했는지 궁금하기도 하군. 만나보고도 싶구나.」
두 사람은 술집을 나섰다.

充分히 마셨으므로, 료헤이(良平)는 氣分좋게 醉해있다. 그러나, 意識만큼은 確實해 있고, 다리도 곧 바로 걸을 수 있다. 함께 가더라도 別 일은 없을 거라고 나름대로 判斷해 보았다.

걸어서 十 余分의 거리에 있었다. 널찍한 市街地의 가로수 길을 西쪽으로 向했다. 通行人이 갑자기 줄어들었다.

「關係를 가진 첫날밤에는,」

하고 료헤이(良平)가 말을 꺼내었다.

「혼자서 조용히 생각에 잠기는 것이 普通女子 이겠지. 사람과 만나서 이야기를 나누고 싶은 氣分이 아니라는 것이 自然스런 일이다. 자넨, 理性이 너무 强한 게 탈이야.」

「혼자가 되는 것이 두려울 때도 있는 거 에요.」

「그게 좋지 않아. 그런 不安을 생각하지 말고, 意識의 흐름에 몸을 맡겨버려야만 하는 거야.」

료헤이(良平)는 유우꼬(裕子)의 어깨를 안았다.

오동통한 어깨다. 따스함이 느껴져 온다.

「妊娠의 걱정은?」

「괜찮아요. 그 사람이 藥局에 들려서, 그것을 使用했으니까요.」

「자네가 그렇게 하도록 要求를 했었니?」

「아니요. 그 사람이 스스로 定하던걸요.」

「그럼 그렇지. 操心이 깊은 무라세끼(村瀨) 다워. 그는 자네의 몸을 걱정 한 거란다. 親切하고 思慮깊은 그런 男子란다.」

「그렇게는 생각해요.」

「萬一 그가 그런데 까지 생각이 미치지 못했다면?」

「여러 가지 工夫를 했어요. 妊娠할 念慮가 없는 날이라고 計算은 하고 있었어요.」

「그렇지만, 絶對 安全한 것은 아니야.」

「그래서, 豫防을 했잖아요.」

「처음부터?」

「에?」

質問의 意味를 露骨的인 말로 료헤이(良平)는 說明해 주었다. 生生한 얼굴로서는 도저히 말할 수 없는 이야기이지만, 醉해있기 때문에 大膽해 졌다.

「그렇게 했다고 생각되어요.」

그렇다면 유우꼬(裕子)는, 무라세끼(村瀨)의 몸을 直接的으로 받아 드린 것이 아니다. 物理的으로나 化學的으로도, 고무와 接한 것 뿐이다. 그런 말을 듣고서, 료헤이(良平)는 입을 다물었다. 그런 말까지 들려주게 된다면, 유우꼬(裕子)는 다시금 무라세끼(村瀨)로부터 멀리 달아

나 버리는 結果가 된다.

료헤이(良平)는 말을 돌려 다른 質問을 했다.

「그래서, 꽤 아프던?」

이런 觀念的인 少女가 어느 程度 性的인 感覺을 가지고 있는지, 그것이 알고 싶어졌다.

「네에.」

유우꼬(裕子)는 얌전히 고개를 끄덕인다.

「그렇지만 그 程度는 알고 있었기 때문에 놀라지도 않았어요.」

어두컴컴한 길에서 두 사람만이 아니라면 이야기 할 수 없는 것들이다. 료헤이(良平)의 興味가 漸漸 깊어져 갔다. 그러나, 男子인 무라세끼(村瀨)가 아닌 女子인 유우꼬(裕子)에게서 듣는다는 것은, 가슴을 울렁거리게 하는 스릴이 있어 좋다. 또한 료헤이(良平)는, 女子 입으로부터 仔細한 것을 들어 본 일이 이제까지는 없었다.

「처음부터 仔細하게 말해 줄 수 있겠니? 旅館의 房에 들어가서, 키스부터 했겠지.」

걸어가는 速度가 自然히 느려졌다. 유우꼬(裕子)는 료헤이(良平)에게 上體를 기대고 있다. 어깨위에 얹혀 있는 손을 내리려고도 않는다. 自然스럽게 안겨있는 모습이다.

「네에.」

「자네에게 일어난 일이니까, 눈을 감고 입술을 열지도 않고서 가만히 서있었을 게 틀림없어.」

「아니에요. 눈은 뜨고 있었는걸요.」

「뜨고 있었다고?」

「그 사람의 얼굴을 보고 있었어요.」

「그건 안 되지.」

료헤이(良平)는 고개를 흔든다.

「너무 散文的이다.」

「그렇지만, 狀況을 分明히 새겨두고 싶었거든요.」

「입은?」

「强制로 열리게 되었어요.」

「안 열려고 했겠지.」

「아니요, 아무것이나 要求하는대로 하리라 생각했기 때문에……」

「달콤한 키스와는 距離가 먼 것 같은데.」

「그렇게 생각해요. 別로 氣分좋은 것은 아니었어요.」

「키스가 말이니?」

「네에. 但只, 세게 끌어 안겨졌다는 것은 氣分 좋던데요. 男子의 强한 힘을 느꼈거든요.」

「沐浴湯에는 들어갔었니?」

「네에.」

「둘이 함께?」
「그 사람 그렇게 말 하 데요. 그렇지만, 따로 따로요. 저가 먼저 들어갔고, 그 다음에 그 사람이 들어갔어요.」
「沐浴湯에서 나와서 자넨, 다시 옷을 주워 입었겠지?」
「아니요. 발가벗은 그대로 깔려져 있는 이불속으로 들어 갔어요.」
「그렇겠지. 그곳에 그가 올라 와서, 그 子息, 네게 새삼스레 許可를 구했겠지.」
「네에. 이젠 그럴 必要도 없는데 두요.」
「자네를 所重하게 여기기 때문이다. 그리고선 자네와 그는 서로 끌어안고, 다시 입을 맞추었겠지.」
「네에.」
「그곳까지의 프로우세스(Process=行爲)에도, 자넨 우스꽝스럽다 고 느꼈단 말이지?」
「아니요. 그때까지는 아직, 不安과 期待感으로 꽉 차있었어요. 와까스기(若杉)氏와의 일을 줄곧 생각하고 있으면서 요.」
「나에 關한 생각을?」
놀란 나머지 유우꼬(裕子)의 얼굴을 뚫어지게 바라본다.
「未安해요.」

謝過를 해 온다.

「내게 謝過할 必要가 없어. 그런데 왜지?」

「나도 몰라요. 但只, 只今쯤 무엇을 하고 있을까, 하고 생각 했어요.」

아마도 료헤이(良平)가 옷장 속에서 세 사람의 動物들의 뒤엉켜 있는 모습을 보고 있을 때 인 것 같다.

어깨에 올려져있는 손에 료헤이(良平)는 힘을 보태었다.

「그리고서 前戲가 始作 되었었니?」

「네에.」

男子를 받아 드리는 것은 苦痛스럽지만, 손가락의 愛撫는 氣分이 좋았을 것이다.

「氣分이 꽤 좋았지?」

료헤이(良平)의 사타구니가 뜨겁게 달아오르기 始作했고, 漸漸 불룩하게 튀어나오기 始作했다.

유우꼬(裕子)에게 그런 質問을 하는 自體가, 몸을 刺戟시키는 것이다.

「네에.」

유우꼬(裕子)는 首肯한다.

「그렇지만 拒否感이 더 쎄던 걸요.」

「拒否感이라고?」

「함부로 아무에게나 만지게 하는 場所가 아니잖아요.」

「바보스럽긴.」

료헤이(良平)는 苦笑를 禁치 못한다.

「女子의 몸은, 男子에게 愛撫 當하기 爲해서 存在하는 거다. 그렇지 않다면, 存在할 必要가 없어.」

「事實은 그렇겠죠. 허지만 전, 不自然스러움을 느꼈어요.」

「그런 느낌이 오래 동안 繼續되든?」

「글쎄요. 確實히는 잘 모르겠어요. 그러는 사이에 그 사람, 내게 떨어져서는 뒤돌아 앉더군요.」

「음.」

「무언가 하고 있었어요.」

「豫防의 物件을 裝着하고 있었단다.」

「그렇게 생각되네요. 얌전한 듯한, 火가 난 듯한 뒷모습을 하고 있었어요. 그 모습에서 우스꽝스러움을 느꼈던 거 에요.」

「어째서?」

「모르겠어요. 그러고요, 발가벗고 누워있는 나 自身도 우스꽝스럽 구요. 안 그래요. 발가벗고 누워 있다는 거, 전, 누드(Nude=裸體)에는 自身이 없거든요.」

「글쎄, 좋아. 자넨 自身을 戲劇化(희극화)함으로서 緊張感(긴정감)의 重壓으로부터 逃亡치려 하고 있는 거다.

그러고서, 裝備를 갖춘 뒤에 다시 자네를 껴안아 왔다
는 거지.」

「네에.」

「위에서 덮쳐 안아 왔었니?」

「네에.」

「그 前에 넌, 그 사람의 몸을 確認해 보지도 않았었니?」

「보지도 못했는걸요.」

「어째서?」

「그 사람, 보여주지도 않았어요.」

「넌, 確認해 보지도 않았단 말이지.」

「眞짜로 말해서 보고 싶었어요. 그런데요, 그런 찬스가 없었어요.」

「그 子息에게는 그러한 餘裕가 없었던 게야. 너무 얌전하니까.」

두 사람의 걸음걸이가 漸漸 느려져 갔다.

앞쪽에서 한 사람의 男子가 비틀비틀 다가 왔다.

료헤이(良平)는 유우꼬(裕子)를 안고서 옆으로 피했다.

옆으로 지나치면서 男子는,

「旅館은 이쪽에는 없어요. 저쪽이야.」

하고 말한다.

男子가 비켜 지나가자 료헤이(良平)는 다시 물었다.

「그러고서, 드디어 그는 자네의 몸속으로 넣었겠지. 그러나, 몇 번이고 試行錯誤가 있었을 텐데?」

「네에.」

率直하게 유우꼬(裕子)는 是認했다.

「그것이 우스꽝스러웠어요. 그이가 한곳을 熱心히 찾으면 찾을수록, 전 우습게 여겨지는 거 있죠. 저의 모습도 그이의 모습도, 저가 如此하면, 逃亡쳐 버린다는 것도요.」

「설마하니, 웃지는 않았겠지?」

「웃지는 않았어요. 저요, 精神的으로는 아직도 어린애인 걸요. 그래서 인지는 몰라도, 나 自身에 對해서 그렇게 忠實하지는 못한 것 같아요.」

「나로서도 도저히 想像이 되지 않아. 자네의 心理는 나로서는 어쩔 수 없겠구먼.」

「未安해요. 그래서 只今 그 사람에게 弊를 끼치게 된 거에요.」

「그랬을 테지. 그렇다면 穩全(온전)히, 男子는 戱弄 當하고 있는 氣分이다. 그러나 그런 우스꽝스러움도, 다음 瞬間에는 싹 없어져 버렸겠지.」

「네에, 肉體的인 苦痛 때문 이었어요. 그만두려고 생각하고서 바르작거렸어요. 그런데, 처음으로 그 사람, 强

制로 나오는 거 있죠. 저를 꼭 껴안고 놓지를 않는 거 에요. 거친 숨소리를 내면서요. 전 斷念하고 그 사람이 하는 대로 내버려 두었어요.」
「苦痛스러웠겠지?」
「네에. 그런데, 차츰차츰 苦痛이 사라지고, 전 그 사람의 몸무게가 견디기 힘들다고 느껴졌어요. 그리고선, 다시, 우스꽝스럽다는 느낌이 되돌아왔어요.」
「또 다시?」
「네에, 저요, 그 사람의 戀人은 되지 않아요. 그런 資格도 없구요. 確實하게 그 点을 알게 되었어요, 亦是, 좋아하지 않기 때문인가요?」
「글쎄다, 어떻게 診斷하면 좋을까.」
「그 사람이 呻吟을 吐하면서 끄덕끄덕 하더니만,」
리얼(Real)한 表現이었다.
「조용해지고 나서도, 亦是 저에게는 우스꽝스럽다는 느낌이 掩襲(엄습)해 오는 거 에요. 그 사람이 내어 쉬는 거친 숨소리에도, 나 自身은 큰소리로 呻吟하고 있었는데도, 그것도 우스꽝스럽게 여겨지더군요.」
瞥眼間 유우꼬(裕子)는 멈춰서더니 료헤이(良平)를 쳐다본다. 컴컴한 어둠속에서 그女의 눈빛이 반짝이고 있다.
「그것이 全部란 말인가요?」

强한 語調였다. 커다란 疑問이 그 속에 內包되어 있는 것 같았다.

7
엉뚱한 提案

료헤이(良平)는 유우꼬(裕子)의 어깨를 안고 있는 손을 앞으로 돌렸다.

유우꼬(裕子)는 若干 비틀거리더니, 료헤이(良平)에게 正面으로 안기는 모습으로 되어 버렸다.

빠져 나오려고도 않는다. 가만히 안긴 채 그대로 있다. 그 귀에, 료헤이(良平)는 속삭여 주었다.

「처음에는 다 그런거야. 感覺的인 것보다 心理的인 것의 意味가 큰 거다. 자넨 거드름을 피우고 있고 무라세끼(村瀨)를 좋아하고 있지 않다고 여기고 있기 때문에, 心情的인 곳이 없어서 그러는 거다. 그러니까 寶石을 完全히 안겨주지 않았다는 氣分이란다. 原因은 자네의 하-트((Heart)에 있다. 무라세끼(村瀨)의 責任이 아니야.」

료헤이(良平)의 가슴에 안겨 가쁜 숨을 몰아쉬면서 유

우꼬(裕子)는 중얼거리듯 말한다.

「저요, 그 사람과 只今까지, 別로 말을 주고 받지도 않았어요. 와까스기(若杉)氏 때문이에요.」

「나 때문이라고?」

「와까스기(若杉)氏가 이런 쓸데없는 것을 말하지 않았더라면, 이런 體驗은 하지 않았어요. 旅館으로 들어갈 때에도, 別로 알지도 못하는 사람. 나올 때에도 같은 생각. 그러니까, 조금이래도 빨리 헤어지고 싶었어요. 列車를 탄 것은 모양새 였구요, 처음부터 이렇게 되돌아 오려고 했던 거 에요.」

「나를 만나려고?」

「네에, 여러 가지 이야기도 하고 싶어서요.」

「자, 걷자 구.」

두 사람은 걷기 始作했다. 료헤이(良平)는 繼續 유우꼬(裕子)의 어깨를 안고 있는 그대로다.

「不滿 이었었나?」

「後悔는 하지 않아요.」

「한 번 더 만나주지 그래.」

「더 以上 만나고 싶지 않아요.」

「情이 매서운 사람이구나.」

「제멋대로구요, 내 마음대로 해요. 나 같은 사람과 사귀게 되면 그 사람이 不幸해져요. 너무도 着實한 사람이니까요.」

유우꼬(裕子)의 몸이 따스하다. 땀이 배어있는 듯하다.

「그러는 中에, 자네 쪽에서 무라세끼(村瀨)를 그리워 하게 될 거야. 男子와 女子는 다르니까.」

「아침까지 함께 있어 주세요.」

瞥眼間에 유우꼬(裕子)가 그렇게 말했다.

(亦是, 혼자되는 것이 두려운 가부지? 그러나, 이 애는 親舊房에 머무르는 거다. 그 親舊와 이야기라도 나누면 되는 거다.)

「오꾸노(奧野)氏의 房에서 말이니?」

「네에.」

「그女가 싫어 할 텐데?」

「내가 付託하면 들어 줄 거 에요.」

「글쎄다 그렇게 될까?」

「집에는 걱정 없겠죠.」

「그건 相關없지만…‥.」

「나요, 좀 더 알고 싶어요.」

「…………‥.」

「오꾸노(奧野)氏에게는, 전 와까스기(若杉)氏를 좋아 하고 있다고 말 해 두었어요.」

「호오.」

「그러니까 그女도 異常하게 생각하지는 않을 거에요.」

「何如튼 間에 가 보자 구. 이제부터 집으로 돌아가서 平凡하게 자는 것 보다는 재미있겠지.」

「그럼요. 와까스기(若杉)氏는 재미있다고 생각해 주면 되는 거에요.」

드디어 두 사람은 한 채의 집 앞에 멈춰 섰다. 나무板子의 담으로 둘러 싸여져 있는 집이다. 庭園이 널찍하게 느껴졌다.

유우꼬(裕子)가 목소리를 낮추었다.

「이 집의 別채에 오꾸노(奧野)氏가 房을 빌려 살고 있어요.」

大門옆에 작은 나들이門이 달려있다. 살짝 미니까 열렸다. 두 사람은 몸을 구부리고 庭園으로 들어섰다. 안집의 電燈불은 꺼져 있다.

「할머니와 할아버지 두 分이서 살고 계세요.」

낮은 목소리로 유우꼬(裕子)는 그렇게 속삭인다.

료헤이(良平)는 스릴(Thrill = 짜릿짜릿한 기쁨)을 느끼면서 고개를 끄덕거렸다. 안집에 거의 붙어있는 듯이 別채가 있고 電燈이 켜져 있다. 두 사람을 발소리를 죽이면서 窓門으로 다가갔다.

「후미짱.」

窓門을 가볍게 두드리면서 유우꼬(裕子)가 불렀다.

그림자가 비치더니, 窓門이 살짝 열렸다.

「유우꼬(裕子)짱. 기다리고 있었다. 자, 저쪽으로 돌아 들어 와.」

亦是 소리를 죽이는 목소리였다. 두 사람이 살짝 돌아가자, 板子門이 안쪽에서 열렸다.

「와까스기(若杉)氏도 함께 왔단다.」

「알겠다, 빨리 들어와.」

오꾸노·후미꼬(奧野文子)는 하얀 원피스 차림 이었다. 두 사람이 들어오자 門을 닫고. 門團束을 끝내었다.

「오래간 만이군.」

「眞짜.」

료헤이(良平)와 후미꼬(文子)가 人事를 나누었다.

서로가 얼굴이나 이름은 알고 있는 사이다. 그러나 이야기를 나눈 적은 없었다. 別로 用件이 없었기 때문이다.

「前보다 훨씬 예뻐졌는데.」

「뚱뚱해 졌죠? 體操를 그만 둔 애들은 모두 뚱뚱해 져요.」

자그마한 부엌과 化粧室이 딸려 있는 다다미 여섯장 程度의 房이다. 家具나 다다미도 오래된 것이지만 깨끗이

整頓되어 있다. 雅淡하게 혼자서 世帶를 가지고 있다는 느낌이 들었다.
「若干 醉해있는데 올라가도 괜찮겠니?」
「그럼요, 위스키-程度라면 여기도 있어요. 싸구려이긴 하지만요.」
「그거 반가운 소린데.」
하자 유우꼬(裕子)가,
「또 마시는 거 에요?」
不滿스런 목소리였다.
「응, 마시면서 이야기를 나누는 것이 마음이 便安한 거야.」
「男子들은 그러는 것 같애. 저 두요, 조끔이라면 相對할 수 있어요.」
료헤이(良平)가 알고 있는 것은, 高校 二學年일 때의 후미꼬(文子)이다. 쬐그만 하고, 귀엽게 보이는 活潑한 少女였다. 이젠 穩全히 어른냄새를 풍긴다.
위스키-와 簡單한 안주가 나오고, 能爛한 솜씨로 후미꼬(文子)는 세 개의 컵에 위스키-를 따랐다.
「안 됐지만 이것으로 참아요. 어름은 없어요.」
「아니, 이대로가 좋아. 도쿄에서는 언제나 燒酒만 마시고 있었거든.」

세 사람은 컵을 들어올려 乾杯를 했다. 후미꼬(文子)는 妙하게도 情이 담뿍 어린 눈으로 료헤이(良平)를 바라보면서,

「그때보다도 얼굴이 좋아 보여요. 그리고 요, 親切한 느낌도 들 구요.」

그렇게 말한다.

「그때의 와까스기(若杉)氏는 무섭게 느껴졌어요. 저 같은 사람은 곁에도 다가서지 못했으니까요.」

「똑같지 뭐. 그때에는 只今보다 若干 뻐기고 있었는지도 모르지. 男子는 高校를 나왔어도 別로 變하는 게 없어. 자네는, 完全히 女子로 變했는 걸. 戀人이래도 있는 거니?」

후미꼬(文子)는 고개를 저었다.

「헤어졌어요. 只今은 없어요.」

곁에서 유우꼬(裕子)가 곁 드린다.

「후미짱은 요, 그 사람의 外道를 容恕할수가 없어서 헤어 졌어요.」

「外道라고?」

「그래요. 高校를 나와서 곧 親하게 지내는 사람이 생겼어요. 今年 五月, 一年間의 交際에 피리어드(Period =終止符)를 찍었어요.」

「바람을 피웠다고 했나? 자네 쪽을 더 사랑했겠지? 그렇담 容恕해 주었으면 좋았을 텐데.」
「容恕할 수가 없었어요.」
후미꼬(文子)의 눈빛이 強하게 비춰졌다.
「그래서 깨끗하게 그女에게 獻上해 버렸지 뭐에요. 한달 程度는 괴로웠지만, 只今은 아무렇지도 않아요. 좋은 工夫를 했다고 치기로 했어요.」
헤어지게 된 일을 후미꼬(文子)는 남의 이야기를 하듯 말한다.
(귀엽게 생겼다고 생각했던 女子가 어느새, 戀愛를하고, 그 사랑을 버린 事情을 어른들이 말하듯이 말하고 있다.)
료헤이(良平)는 흘러간 歲月을 생각해 보았다. 그때에 그 學校에서 배우고 있었던 수많은 生徒들은, 누구나 똑같이 靑春의 體驗을 거듭 하면서 살아가고 있음에 틀림없겠다.
「그래서, 전, 只今은 孤獨의 나날을 즐기고 있는 거 에요. 男子와 헤어진 女子는 곧 바로 새로운 戀人을 찾는 게 普通이라고는 하지만, 전, 急하게 서두를 必要가 없다고 생각하거든요.」
그렇게 結論을 내리고, 후미꼬(文子)는 유우꼬(裕子)를 돌아다보았다.

「그런데, 유우꼬(裕子)짱은 오늘 어땠는 데?」
무언가를 알고 있는 듯한 말투다.
유우꼬(裕子)는 고개를 끄덕인다.
「만났단다.」
「무라세끼(村瀨)氏와?」
「응, 응.」
「그렇담, 어째서 무라세끼(村瀨)氏가 아닌 와까스기
 (若杉)氏와 함께 니?」
「그 사람과 헤어지고 나서 다시 先輩님 宅으로 찾아갔
 단다.」
「헤에.」
후미꼬(文子)는 무언가를 말 하려하다가, 입을 다물고,
위스키를 마신다.
「電話로 일러 준대로 했단다.」
「…………」
「무라세끼(村瀨)氏에게 處女를 받쳤단다.」
후미꼬(文子)는 료헤이(良平)를 눈이 부신 듯이 바라 보
았다.
「와까스기(若杉)氏가 周旋해 주었다고 들었는데요?」
「응, 그런 셈이지.」
료헤이(良平)가 首肯하자, 후미꼬(文子)는 고개를 갸우

뚱 하면서 유우꼬(裕子)를 바라본다.
「成功했겠지? 그런데도, 어째서 무라세끼(村瀨)氏와 함께 오지 않는 거지?」
「싫었기 때문에.」
「와까스기(若杉)氏와 이렇게 함께 있는 理由도 알수가 없구나. 두 사람의 얼굴을 보는 瞬間, 두 사람이 멋들어지게 只今까지 함께였다고 생각 했지 뭐니.」
「그렇지가 않아. 이봐, 오늘밤 이 사람 자고가게 해 줄 수 있겠니?」
「좋 구 말구. 그런 거니, 알겠다. 그게 좋겠군.」
후미꼬(文子)는 무언가 혼자서 結論을 내리고선, 료헤이(良平)에게 고개를 돌렸다.
「亦是, 유우꼬(裕子)짱은 當身을 좋아하고 있는 거에요. 아침까지 함께 있어 줘요.」
「아니야, 그게 아니라니깐.」
말투도 强하게 유우꼬(裕子)는 否定하는 것이다.
「후미짱이, 요 前番에 만났을 때, 와까스기(若杉)氏라면 함께 어울려 놀아 도 좋다고 말했어요.」
「어머나, 너 무슨 말을 하는 거니.」
후미꼬(文子)는 唐慌스레했다. 漸漸 얼굴이 빨개져왔다.
「그건 弄談이었어, 얘. 너에게 勇氣를 북돋아 주기 爲

해서란 말이야.」

「그렇지만, 아무런 뒤끝도 없는 아반츄-이 될 수 있는 사람을 찾고 있는 것은 事實이잖니?」

어찌된 영문인지 유우꼬(裕子)는 氣勢가 등등한 態度로 變했다.

「그건 그렇지만, 그래도 男子앞에서 그렇게 말하는 거 너무했다, 애.」

단숨에 후미꼬(文子)는 그라스의 위스키를 마셔버렸다.

「그러니까,」

유우꼬(裕子)는 눈을 반짝이면서 무릎걸음으로 다가온다.

「오늘밤, 와까스기(若杉)氏와 자 줘라. 나, 베테랑들이 하는 섹쓰가 어떤 것인지 보고 싶단 말이다. 그래서 이렇게 같이 왔단다.」

료헤이(良平)는 잠자코 있을 수밖에.

유우꼬(裕子)의 發言은 아닌 밤중에 홍두깨였다. 너무 놀랄 수밖에 없다. 그러나, 唐慌해서는 안 된다.

료헤이(良平)가 유우꼬(裕子)의 그런 어처구니없는 希望을 알고서 그에 同調해서 이렇게 함께 온 것이라고, 후미꼬(文子)는 생각하는지도 모르는 것이다. 그렇게 되어도 좋겠지 하는 氣分도 없지는 않다. 저녁때부터 마신 술이 료헤이(良平)를 뻔뻔스럽게 만들어 버렸다.
그런데도 후미꼬(文子)는, 얼굴이 빨개지면서도, 힘있는 表情으로,

「와까스기(若杉)氏, 유우꼬(裕子)에게서 그런 付託을 받고 함께 이렇게 오셨나요?」

當然한 質問을 해왔다.

「아니, 當치도 않아. 여러 가지 물어볼게 있다고 함께 가자고해서 따라 온 것 뿐 이야.」

「말로서 對答을 받아 내는 것보다도.」

유우꼬(裕子)는 怯도 없어 보인다.

「直接 보는 것이 좋겠어. 그렇지 못한다면 나, 이대로 異常하게 되어 버릴 것 만 같애. 두 사람 모두 나를 도와주는 셈치고…….」

「난 相關없어. 瞥眼間의 말이라서 깜짝 놀라기는 했지만. 그러나, 萬一 이런 幸運이 可能하다면, 이보다 기쁜 일은 없겠지.」

「너 라는 사람.」

후미꼬(文子)는 유우꼬(裕子)를 바라보면서, 한숨을 쉰다.

「사람의 意表를 서슴지 않고 찌르려 하는구나. 只今도 가슴이 덜커덕 거리네. 都大體가, 어째서 그런 엉뚱한 것을 생각했는지 모르겠다.」

「안 되겠니?」

「나와 와까스기(若杉)氏, 三年만에 만난 瞬間이야. 더군다나, 高校時節에는 이야기 한번 나눠 본 사이도 아니잖니. 오를 밤이 처음이라는 거 너도 잘 알면서 그런?」

「나와 무라세끼(村瀨)氏와도 엇비슷한걸 뭐. 그리고, 넌 只今, 누군가를 爲해서 志操를 지켜야 한다는 것도 아니잖니?」

「너, 眞짜, 괜찮겠니?」

「내가 付託하고 있는 거야.」

후미꼬(文子)는 若干 充血되어있는 눈으로 료헤이(良平)를 바라본다.

「와까스기(若杉)氏는 괜찮으세요?」

료헤이(良平)는 크게 고개를 끄덕인다.

「난 자네 하 기에 달렸다.」

후미꼬(文子)는 다시 유우꼬(裕子)에게 못을 밖아 놓는다.

「너의 心理를 도저히 알수가 없다. 그런데, 眞짜로 보고 싶단 말이지?」

「그렇다니까.」

「後에 火내지 않겠지?」

「火내지 않아. 火낼 게 따로 있지, 火낼 理由가 없는 걸.

난 只今, 나의 생각만으로도 벅차단다. 當身들은 先輩들이니까. 배우고 싶어.」

「그럼, 그렇게 하지. 何如튼 바닥에 요를 두 장 펴겠다. 그 하나에 유우꼬(裕子)가 자는 거다. 나와 와까스기(若杉)氏는 같은 이불속에서 잘 거다.」

「그렇게 해 줘.」

「電燈도 켜 놓은 채로 둘 테니까.」

「그러는 게 좋겠어.」

「眞짜?」

갑자기 후미꼬(文子)의 료헤이(良平)를 바라보는 눈에 嬌態(교태)가 넘쳐흐르기 始作했다. 목소리도 달콤하다.

「좋 구 말구, 술은 그만 됐어.」

술상이 치워지고, 옷장속에서 이불을 꺼내었다. 두 女子는 다리가 흔들리는 氣色도 없이 的確하게 움직인다. 房구석 쪽에서 兩班다리를 하고 앉아서 그 光景을 바라보면서,

(妙한 일이 일어나고 있단 말씀이야.)

생각치도 못한 事態의 推移(추이)에, 료헤이(良平)는, 半쯤은 어이없는 氣分 이기도 했다.

유우꼬(裕子)의 提案도 異常할 뿐 아니라, 후미꼬(文子)의 決斷도 例外였다.

(都大體가, 女子라고 하는 살아있는 物體는 알 수가 없단 말이야. 不可解한 일투성이 라니깐.)

끝이 약간 겹치는 듯하면서, 두개의 寢具가 펼쳐졌다.

「자아, 유우꼬(裕子)짱의 자리는 여기. 와까스기(若杉)氏는 이쪽에 누위요.」

「그럼, 辭讓하지 않겠다. 이야기는 누워서도 할 수 있으니까.」

료헤이(良平)는 속옷차림으로 요위에 누워서 얇은 이불을 덮었다. 여기서 電燈을 就寢用으로 바꾸자, 후미꼬(文子)가 유우꼬(裕子)를 데리고 부엌으로 갔다. 유우꼬(裕子)가 먼저 후미꼬(文子)의 잠옷으로 바꾸어 입고 되돌아와서 옆의 이불속으로 들어갔다.

「무엇이 알고 싶어서 그러는 거니?」

료헤이(良平)가 그렇게 물어보자, 유우꼬(裕子)가 낮은 목소리로,

「그女, 나와 달라서 어른이세요.」

하고 말한다.

「그건 알고 있지만.」

「그리고요, 뒷 責任은 없을 테니까 安心하세요. 只今, 저쪽에서 내게 그렇게 말하라고 하던데요.」

「異常한 밤이 될 것 같은 氣分이 든다. 只今까지 여러

體驗을 해 왔지만, 이런 일은 처음이다.」

「그女도 그렇게 말했어요.」

부엌에서 물소리가 들렸다.

아마도 후미꼬(文子)는 몸을 깨끗이 씻고 있는 것 같다.
료헤이(良平)는 몸을 돌려 유우꼬(裕子)쪽으로 돌아 누워서, 팔을 뻗어 그女의 턱을 매만졌다.

「途中에 자네도 參加 할거니?」

유우꼬(裕子)가 눈을 떴다.

「그런 일이 可能한가요?」

「후미꼬(文子)가 承諾만 한다면 可能하지.」

「……………。」

「자네가 무엇을 알고 싶어 하는지는 모르겠지만, 이미 이렇게 된 以上 그러는 것이 自然스러운거야.」

유우꼬(裕子)는 고개를 젓는다.

「싫어요, 두려워요.」

「무엇이 두렵지?」

「男子. 그래서, 후미꼬(文子)짱을 爲始해서 다른 많은 女子들이 異常해요. 이젠 싫어요. 그런 짓 하는 거.」

무라세끼(村瀨)때문이 아니라는 것을 쉽게 알 수 있다.

8
두 마리의 나비

유우꼬(裕子)는 若干 異常한 心理狀態 속에 있는 것 같다. 료헤이(良平)는 유우꼬(裕子)를 끌어당겨, 그의 뺨에 自身의 뺨을 갖다 대었다.

「都大體 무엇을 생각하고 있는 거니?」

유우꼬(裕子)는 褐色의 눈동자로 료헤이(良平)를 바라본다.

「좀 더 알고 싶을 뿐이에요. 와까스기(若杉)氏도 즐거우시죠? 오꾸노(奧野) 저 애, 저렇게 귀엽지 않으세요?」

「자네의 몸속에는 惡魔가 도사리고 있는 거다.」

턱을 매만지고 있는 손을, 가슴 쪽으로 옮겼다.

유우꼬(裕子)는 가만히 그대로 있다. 乳房위에 얹었다. 그런데도 가만히 있다. 천천히 만져준다. 브래져는 하고 있지 않았다. 豊富한 感觸이 손바닥에 느껴져 왔다.

유우꼬(裕子)는 눈을 감고 있다. 턱의 曲線이 官能的으로 보였다. 눈꺼풀의 빨간 線이 짙어 보였다.

후미꼬(文子)가 들어왔다.

「좋으시다면.」

후미꼬(文子)가 말했다.

「와까스기(若杉)氏, 저쪽으로 옮기시면 어때요?」

「싫어.」

료헤이(良平)는 유우꼬(裕子)로부터 떨어졌다.

「이 處女가 무엇을 생각하고 있는지를 알고 싶어서 그랬던 거야.」

아까부터 료헤이(良平)는 유우꼬(裕子) 쪽으로 다가가 있었다. 그 反對쪽으로 잠옷차림의 후미꼬(文子)가 들어왔다. 天井을 向하여 반듯이 누웠다.

禮義로서 료헤이(良平)는 후미꼬(文子)쪽으로 몸을 돌려 누웠다. 유우꼬(裕子)의 希望이 異常하다면, 그것을 許諾힌 후미꼬(文子)도 제법 大膽하다.

료헤이(良平)는 그 귀에다 입을 가져갔다.

「眞짜로, 괜찮은 거니?」

후미꼬(文子)가 고개를 끄덕인다.

「그렇지만, 이 날이 밝으면 서로가 깡그리 잊어버리는 거 에요.」

「그건 約束할 수 있지.」

上體를 일으켜, 어깨를 안는다. 위에서부터 얼굴을 가까이 가져갔다.

후미꼬(文子)는 젖어있는 눈으로 료헤이(良平)를 올려다 보면서,

「처음 할 때와 똑같은 氣分이 드네요.」

上氣된 목소리로 그렇게 말한다. 그렇게 말하는 입술의 움직임이 妖艶스럽게 보인다.

입술을 合친다. 同時에 후미꼬(文子)의 양팔이 료헤이(良平)의 등을 안는다.

후미꼬(文子)의 입맞춤은 처음부터 技巧的이다. 電燈불빛은 밝아있다. 옆의 이불속에는 유우꼬(裕子)가 있다. 료헤이(良平)들의 行動을, 아니 두 사람의 모습을 觀察하기 爲해서다. 아마도 눈을 활짝 뜨고서 實驗室의『모르모트』를 보는 心境으로 이쪽을 보고 있음에 틀림 없겠다.

거친 입맞춤이 끝나고, 료헤이(良平)는 얼굴을 들어 올렸다. 후미꼬(文子)는 눈을 떴다.

「아아 맛있어, 한 번 더 줘요.」

다시 한 번 얼굴이 合쳐 졌다. 후미꼬(文子)의 손은 료헤이(良平)의 등을 쓰러 주었다.

땀이 배어온다. 료헤이(良平)는 漸漸 强하게 꼭 끌어안았다. 조금씩 조금씩 얼굴의 方向을 變化시키면서 입술이 유우꼬(裕子)에게 보이도록 했다.
그렇게 하면서 눈을 움직여 유우꼬(裕子)를 바라보았다. 아니나 다를까, 유우꼬(裕子)는 몸 全體를 이쪽으로 돌아 누워서, 눈을 크게 뜨고서 이쪽을 보고 있는 것이다. 亦是 보고 있는 것이다. 성가시다는 느낌도 없다. 보여준다는 즐거움도 생각나지 않는다. 但只, 말한 그대로 하고 있는 유우꼬(裕子)의 勇敢스러움에 感心할 뿐이었다.
(이쪽은 辭讓할것 없이 흘러가는 대로 自然스럽게 進行만 하 면 되는 것이다.)
후미꼬(文子) 쪽에서 입맞춤을 끝내려는 信號를 보내 왔다. 입술을 떼었다. 가슴도 떨어졌다. 후미꼬(文子)쪽을 向하여 요위에 누웠다. 팔은 서로를 껴안고 있는 그대로다.
「제법 놀아 본 솜씨죠.」
「그렇지도 않은데. 자넨, 只今까지 오로지 한 사람?」
「네에. 헤어진 그 사람 뿐.」
「그런데도 그렇게 쉽게 헤어졌지?」
「그 사람 혼자 뿐 이었으니까, 쉽게 헤어졌는지도 몰라요.」

「허긴 그렇군.」

후미꼬(文子)가 다가온다.

「와까스기(若杉)氏의 냄새, 너무 좋다.」

「……………..」

「그치와는 달라요. 그래서 좋은가 봐. 아니야, 그래서 좋아지는 걸까. 셔츠, 벗어요.」

료헤이(良平)는 이르는 대로 셔츠를 벗었다.

후미꼬(文子)는 료헤이(良平)의 가슴을 혀로 문지른다.

結局 료헤이(良平)는 반듯이 뉘어졌고, 후미꼬(文子)가 上體를 일으켰다.

료헤이(良平)의 젖꼭지를 후미꼬(文子)는 혀로 문질러 주고 있다.

료헤이(良平)는 유우꼬(裕子) 쪽을 돌아다보았다.

유우꼬(裕子)는 이쪽을 보고 있으면서, 깊이 생각하는 듯한 얼굴을 하고 있다. 自己 혼자만이 내 팽개쳐져 있다는 그런 느낌이 아니었다. 自身의 城을 지키고 있다고 하는 그런 느낌인 것 같다.

「보고 있으니까, 우스꽝스럽니?」

「아 아니.」

유우꼬(裕子)는 고개를 젓는다.

「너무 아름다워. 映畵의 한 場面을 보고 있는 느낌인 걸요.」

후미꼬(文子)는 上體를 바로 세우더니 잠옷을 벗어 버렸다. 그 속에는 아무것도 입지 않았고, 하얀 몸뚱이가 들어 났다. 그대로 료헤이(良平)를 끌어안는다.

「옆을 보지 말아요. 只今은 나와 사랑을 나누고 있는 거 에요.」

「알겠다.」

다시 입술을 합쳤다. 엷은 홑이불은 허리 아래쪽에만 걸쳐져 있을 뿐이다.

두 사람의 上半身은 電燈불을 담뿍 받고 있는 것이다. 유우꼬(裕子)는 그것을 熱心히 보고 있다.

이번에는 方向을 바꿔서, 료헤이(良平)가 손과 입으로 후미꼬(文子)의 乳房을 愛撫해 주기 始作했다.

제법 큼지막한 젖꼭지이다. 그 周邊이 울뚝불뚝, 漸漸 단단해져왔다.

후미꼬(文子)의 거친 숨소리와 함께 참을 수 없다는 듯한 목소리가 흘러나온다.

當然히, 그 목소리를 유우꼬(裕子)는 듣고 있다. 무언가 質問을 해 올 것이라고 생각했는데, 아무런 말이 없다.

료헤이(良平)의 손은 후미꼬(文子)의 매끈한 腹部를 미끄러져 내려가면서 엉덩이를 문질러 준다. 그렇게 함으로 인해서 同時에 허리 쪽에 걸쳐져 있던 홑이불이 미끄러져 내려졌다.

료헤이(良平)는 아직도 下半身에는 팬티를 걸치고 있다. 그러나 후미꼬(文子)는 아무것도 입지 않고 있다.

엉덩이에서 허벅다리를 愛撫하던 료헤이(良平)의 손이 앞쪽으로 올려 졌을 때에는, 홑이불은 完全히 두 사람의 몸에서 벗겨져 버렸다.

(女子이기 때문에 女子인 유우꼬(裕子)의 눈앞에 모든 것을 들어내어 보여도 別로 부끄럽게 느껴지지는 않기 때문 일게다.)

그렇지만 료헤이(良平)의 손이 그곳에 뻗쳐있는 것이다. 아니라면 후미꼬(文子)는, 유우꼬(裕子)를 괴롭히려고 일부러 그렇게 하고 있는지도 모른다.

료헤이(良平)의 손은 앞쪽을 문지른다. 부드럽고 옅은 풀숲이었다.

후미꼬(文子)는 拒否하지도 않고,

「키스해 줘요.」

하고 말한다. 료헤이(良平)는 얼굴을 들어, 뺨에 얼굴을 갖다 대었다.

입을 맞추면서 손을 進行시켰다. 그 손을 받아 드리면

서, 후미꼬(文子)의 몸은 自然스럽게 열려졌다.

사랑의 샘물은 사타구니에 흘러 넘쳐있고, 꽃잎을 살짝 건드리자, 목구멍 깊숙이에서 呻吟을 吐해 내고 있다.

입술을 떼고서, 손가락 散策에만 專念한다.

本格的인 愛撫가 始作되는 것이다. 후미꼬(文子)의 입에서는 이따금씩 意味도 알 수없는 소리가 흘러나온다.

드디어, 료헤이(良平)를 기다리고 있던 후미꼬(文子)의 손의 움직임이 始作 되었다.

그 손은, 躊躇 躊躇, 어떤 때는 뒤로 물렀다가, 때로는 빙글 돌리거나 하면서, 結局 료헤이(良平)를 찾아내어 꼭 쥐어 주었다.

「아-아-.」

하고 후미꼬(文子)가 感激(감격)에 겨운 목소리를 내는 것이다.

이쯤에서는 이미 후미꼬(文子)의 念頭에는 유우꼬(裕子)의 存在는 사라지고 없는 것처럼 느껴졌다. 아니라면 그것을 意識함에 依해서 더더욱 興奮을 일으키고 있는지도 모르겠다.

료헤이(良平)는 그 귀에다 속삭여 준다.

「直接 벗겨줄래.」

그러자 후미꼬(文子)는 바로 그 作業에 들어가자, 료헤이(良平)는 그에 協力해 주었다.

本格的인 相互愛撫가 始作되었다. 후미꼬(文子)가 男子의 敏感한 部分과 그곳에의 愛撫法을 알고 있다는 것을 바로 알 수가 있었다.

료헤이(良平)도 후미꼬(文子)의 反應을 觀察해 가면서, 效果的인 손가락의 움직임을 試驗해 보기도 한다.

료헤이(良平)의 가슴속에는, 但 한 番도 이야기를 나눈 적도 없는 高校 二年生일때의 후미꼬(文子)의 淸純한 姿態가 떠올라 온다.

(그 애와 난 只今.)

當然, 요시꼬(美子)에 對한 罪意識은 있다. 아마도 요시꼬(美子)는 후미꼬(文子)를 알고 있을 것이고, 후미꼬(文子)도 요시꼬(美子)를 알고 있을 게 뻔하다.

「싫어.」

確實한 목소리로 그렇게 말하면서, 후미꼬(文子)는 고개를 左右로 흔든다. 그 손은 료헤이(良平)를 세게 주물러 왔다.

「응?」

료헤이(良平)는 손가락 運動을 멈춘 채, 후미꼬(文子)의 다음 말을 기다리고 있다.

「싫어요.」

후미꼬(文子)는 되풀이해서 말한다.
「다른 女子를 생각하는 거.」
제법 強한 語套로 그렇게 말하는 것이다.
「아니야, 그렇지 않아.」
료헤이(良平)는 후미꼬(文子)의 뺨에 입을 맞추어준다.
「너의 세-라服 모습을 떠올려 본 것뿐이다. 멀리에서
 보기만 했을 뿐이었지만 사랑스럽다 고 생각했었지.」
료헤이(良平)는 유우꼬(裕子)의 귀를 意識하고 있다.
羞恥心은 느껴지지 않았다. 후미꼬(文子)가 귀여운 애
였다는 것은 누구나가 다 알고 있는 事實로서, 듣기 좋
으라는 입에 발린 人事치레와는 그 뜻이 다른 것이다.
「정말이세요?」
「정말이구말구.」
「아이, 기뻐. 아-아-.」
그런 다음 후미꼬(文子)는,
「네에, 이봐요.」
하고 말하면서, 료헤이(良平)의 귀 부리를 깨문다.
「……………..」
「이거, 먹게 해 줄래요.」
「그렇게 해 줄래?」
「먹고 싶어요.」

「付託한다.」

人事를 하지 않을 수가 없다. 그러나 只今은 戀人과 헤어지고 나서 석 달밖에 지나지 않은 女體인 것이다.

싫어할 理由가 없다. 그렇게 判斷했다.

후미꼬(文子)의 몸이 아래로 미끄러져 내려온다.

료헤이(良平)는 조금씩 몸을 반듯이 뉘었다.

유우꼬(裕子)쪽을 돌아다본다.

유우꼬(裕子)는 亦是 이쪽을 보고 있다.

눈이 젖어 있고, 얼굴이 발갛게 달아올라 있다.

刺戟을 받고 있음에 틀림없다. 그러나 亦是 그 눈빛 속에는 自身은 觀察者라고 規定해 놓은 冷情함도 곁들어 있는 듯이 보였다.

료헤이(良平)의 몸은 후미꼬(文子)의 힘에 依해서 完全히 반듯하게 눕혀 졌다. 유우꼬(裕子)의 눈에 처음으로 自身을 들어내어 보인 것이다.

 一瞬間, 유우꼬(裕子)의 눈이 감겨졌다.

헌데, 그 눈은 바로 뜨여졌고, 굳어진 表情으로 變하더니, 그곳에 焦点을 맞추는 것이다.

후미꼬(文子)는 료헤이(良平)의 몸 위에 上體를 올려놓는 姿勢로하고, 꼭 쥐고서는 얼굴을 가져갔다. 혀의 律動이 始作되었다.

료헤이(良平)는 이젠 諦念(체념)한 態度로서, 후미꼬(文子)에게서 빼어낸 손을 가슴위에 올려놓고서 고개를 옆으로 돌렸다.
후미꼬(文子)의 얼굴을 본다. 忠實한 얼굴 모습이다.
(틀림없이, 그 時代의 얼굴 그대로구나. 귀여워. 그러나 只今은, 그것뿐만이 아니다.)
大膽스럽게도 자기 스스로 료헤이(良平)를 愛撫해 주고 있는 것이다. 더군다나, 그 옆에는 오래 동안 사귀고 있는 切親한 親舊가 있어 뚫어져라 보고 있는 中이다.
눈을 유우꼬(裕子)에게로 옮긴다.
유우꼬(裕子)도 몸을 당기면서 얼굴의 位置를 낮추었다. 이쪽에 걸쳐져 있던 이불처럼 그쪽에서도 흘러 내려졌다. 후미꼬(文子)의 얼굴에 얼굴을 갖다 대는 것이다.
후미꼬(文子)는 료헤이(良平)를 입속으로 삼켰다.
유우꼬(裕子)도 辭讓않고 가까이 다가갔다.
「후미짱」
떨리는 목소리다.
후미꼬(文子)의 머리의 律動은 멈추지 않는다.
다시 유우꼬(裕子)는 후미꼬(文子)의 이름을 부른다.
후미꼬(文子)는 입에 담고 있는 姿勢 그대로 멈추었다.
「이제 그만 해.」

고개를 도리질 하면서 우는 듯한 목소리다.

그런 다음의 말이, 료헤이(良平)에게는 意外였다.

「演劇은 이젠 그만 둬.」

후미꼬(文子)는 료헤이(良平)로부터 입을 떼었다.

후미꼬(文子)의 입속에 있던 部分이 시원하게 느껴졌다.

후미꼬(文子)는 료헤이(良平)를 손가락으로 살짝 퉁겨본다.

「演劇이라고?」

잠기어 들어가는 목소리다. 료헤이(良平)와 같이 意外를 느낀 것 같다.

「응, 그럼. 이렇게까지 하면서, 나를 說得시키려 하 지 않아도 돼.」

「그게 아니야.」

후미꼬(文子)의 고개가 천천히 左右로 도리질한다.

「나, 좋아 한단다. 맛 있 구 말구. 이봐. 좀 더 가까이 다가와 봐.」

후미꼬(文子)의 목소리도 興奮에 잠기어 들고 있다.

「이사람 꺼, 너무 깨끗하고 멋져. 보고만 있어도 빨아 주고 싶어진다 구.」

繼續 쓰다듬어준다. 입술이 닫는다. 빠는 소리가 들린다.

이것은 아마도 自身의 心情을 유우꼬(裕子)에게 傳達하

기 爲한 것인지도 모르겠지만, 후미꼬(文子) 自身, 그 行爲에서 眞實을 찾으려 하고 있음에 틀림없다.
유우꼬(裕子)는 잠자코 있다.
眞摯(진지)한 表情을 짓고 있다. 嫌惡感(혐오감)은 나타나 있지 않았다. 欲望을 刺戟하는 눈도 아니다. 놀라움만이 섞여있는 純粹한 表情이다.
「유우꼬(裕子)는 이런 거 보는 게 처음이지?」
료헤이(良平)가 그렇게 물어보았다.
「네에.」
유우꼬(裕子)가 首肯한다.
「어머, 그렇니? 어떻게 되어서?」
료헤이(良平)가 후미꼬(文子)에게 說明해준다.
「헤에.」
후미꼬(文子)는 感心했으나, 그 点에 對해서는 별로 感想은 말하지 않고 愛撫만을 繼續했다
유우꼬(裕子)는 곧 本來의 位置로 되돌아가겠지, 하고 료헤이(良平)는 豫想했다.
그런데 좀처럼 그런 氣色은 보이지 않고, 후미꼬(文子)의 얼굴에 얼굴을 맞댄 채, 繼續 지켜보고만 있다.
暫時 後에 후미꼬(文子)도 그러는 유우꼬(裕子)쪽을 보았다.

「왜 그렇게 보는 거니?」

「아니야.」

유우꼬(裕子)는 고개를 젓는다.

「아무것도 아니야.」

「異常해 보이니?」

「그렇지도 않아.」

후미꼬(文子)는 한쪽 손으로 료헤이(良平)를 쥔 채로, 한쪽 손으로 유우꼬(裕子)의 머리를 당겨 눌렀다.

「너도 한번 해 봐.」

「……………」

意外로 유우꼬(裕子)는 머리를 흔들면서 도 후미꼬(文子)의 손을 뿌리치지도 않고, 그 힘에 따라 료헤이(良平)의 몸 쪽으로 수그러져 온다. 얼굴을 避하려 하지도 않는다.

후미꼬(文子)는 유우꼬(裕子)의 입을 向하여 료헤이(良平)를 세우고, 다시 유우꼬(裕子)의 머리를 눌렀다. 유우꼬(裕子)는 最後까지도 避하지도 않고, 눈을 감은 채 후미꼬(文子)의 손의 움직임에 맞추어 갔다.

입술이 닿게 되었고, 그 입술이 열렸다. 다시 한 番 후미꼬(文子)는 유우꼬(裕子)의 머리를 살짝 눌러준다.

無言의 時間이 흐르고, 드디어 유우꼬(裕子)를 떼어 놓은 것은 후미꼬(文子)였다. 유우꼬(裕子)는 本來의 자리로 되돌아가 누웠고, 후미꼬(文子)는 技巧的인 愛撫를 繼續했다.

료헤이(良平)는 上體를 유우꼬(裕子)쪽으로 向했다.

「어땠었니?」

유우꼬(裕子)는 흘끔 료헤이(良平)의 얼굴을 보았지만, 얼른 눈을 감아 버렸다. 어렴풋이 고개를 끄덕거리고 있다는 것을 료헤이(良平)는 느꼈다. 그런 끄덕거림이 무엇을 意味하는지는 모르겠다. 후미꼬(文子)가 올라왔다. 입술을 要求해왔다. 유우꼬(裕子)의 눈앞에서 두 사람은 입술을 合치고, 혀와 혀로 서로를 愛撫하는 것이다. 그러고 있는 途中에, 언제부터인가, 유우꼬(裕子)는 눈을 감고 있는 것이다. 그러자, 료헤이(良平)는 혀의 動作을 멈추고 후미꼬(文子)의 귀에다 속삭였다.

「戀人과 헤어지고 난 다음, 眞짜로 누구와도 놀지 않았니?」

그런 技巧와 大膽함을 놓고 볼 때에, 亦是 고개를 갸우뚱하지 않을 수가 없었다. 그런 것은 아무런 相關도없는 일이긴 하지만, 묻고 싶어졌다.

「정말이세요. 나요, 眞짜로 몸가짐을 操心 해요. 아무렇게나 내어돌리지 않아요.」

「그럼, 이번에는 내가.」

료헤이(良平)의 속삭임에 후미꼬(文子)는 낮은 소리로,

「너무 기뻐요.」

하고 말한다.

료헤이(良平)는 몸을 일으키자 후미꼬(文子)는 兩 손으로 얼굴을 가렸다. 그런 動作은 只今까지의 大膽함과 比較 해 볼 때에 너무나 동떨어진 行爲로서, 妙하게도 新鮮함이 돋보였다.

9
망 설 임

알-콜이 료헤이(良平)의 頭腦(두뇌)의 움직임을 鈍하게 만들고 있다.
普通狀態라면, 自身이 現在 얼마나 異常스런 狀態에 놓여 있는가를 생각하고서, 깜짝 놀라 넘어질 런지도 모르는 일이다.
그러나, 유우꼬(裕子)도, 후미꼬(文子)도, 료헤이(良平) 만큼은 醉해 있지 않다. 그런데도 不拘하고, 異常한 狀況으로 되어버렸고, 그렇다고 羞恥心도 全然 느끼지 않고 있다. 즐거워하고 있는 것 같다.
(본디부터 女子의 몸속에는 惡魔와 天使가 同居하고 있는지도 모르겠다.)
료헤이(良平)가 후미꼬(文子)의 秘境에 얼굴을 묻기 以前에 유우꼬(裕子)의 어깨를 껴안았다. 일으켰다.
유우꼬(裕子)는 이끄는 대로 일어나서, 손으로 머리를

빗어 올린다.
「어떡하려고?」
「가까이 다가와서 仔細히 봐 두는 거다.」
후미꼬(文子)는 발가벗은 몸뚱이를 아무런 거리낌도 없이 그냥 들어내어 놓고 반듯이 누워있다.
兩 다리는 아직은 열려있지 않았다. 두 다리를 쭉 뻗고 있는 姿勢다. 튀어나와 있는 풀숲이 魅惑的이다.
료헤이(良平)의 말이 귀에 들렸음직도 한데, 反對를 하지 않는다.
「아니, 괜찮아요.」
「아니야, 그렇지가 않아. 네가 提案했던 거란 말이다.」
유우꼬(裕子)는 후미꼬(文子)가 아닌 료헤이(良平)의 堂堂하게 끄덕거리고 있는 몸에 눈을 떨어뜨리고 서는,
「이렇게 되는 거로군요.」
하고 낮게 중얼거린다.
亦是 同性보다는 異性쪽에 興味가 있는 것 같다.
「바로 이런 거야.」
료헤이(良平)는 유우꼬(裕子)의 손목을 붙잡고 이끌었다. 유우꼬(裕子)는 拒絕하지 않는다.
反對로 료헤이(良平)가 이끄는 대로 따라 가는 것이다.
「…………….」

感想을 말한다. 豫期하고있던 感想일뿐, 別로 奇拔한 發言은 아니다. 유우꼬(裕子)로서는 至極히 平凡한 것에 지나지 않는 것이다.

「그리고선?」

「……………」

다시 유우꼬(裕子)는 第二의 感想을 말하고, 自身의 쥐고 있는 손을 내려다본다. 이것도 말하자면 흔히들 말하는 平凡한 말이다.

「그럼, 자넨 자네가 생각하는 대로 가지고 놀고 있어.」

「…………….」

「난, 후미꼬(文子)氏에게 男性 最大의 敬意를 表하려 한단다. 좋아하는 女子가 아니고서는, 이런 일은 絶對로 할 수 없는 일이란다.」

료헤이(良平)는 中心이 유우꼬(裕子)로부터 떨어지지 않도록 하면서, 몸을 돌려, 꾸부리고서, 후미꼬(文子)를 안았다. 自然스럽게 꽃잎이 활짝 열린다.

유우꼬(裕子)의 손가락은 료헤이(良平)를 가지고 만지작거리며 놀고 있다. 새로운 장난감이라도 가지고 놀고 있는 心境인지도 모르지. 료헤이(良平)는 꽃 무덤에 얼굴을 묻었다.

當然히, 그곳은 유우꼬(裕子)가 확실히 볼 수 있도록 方

向을 잡고있다.

후미꼬(文子)는 가벼운 呻吟을 吐하면서, 몸을 크게 비틀었다. 료헤이(良平)의 獻身的인 愛撫가 始作된것이다.
(그 學窓 時節에도, 이미 이곳은 이처럼 成熟해 있었을 것이다. 이렇게 누군가가 만져주기를 기다리고 있었을 것이다.)

途中에 료헤이(良平)는 유우꼬(裕子)의 손가락과는 다른 感觸을 느꼈다. 그래서, 고개를 들고 그곳을 보니까, 유우꼬(裕子)가 얼굴을 갖다 대고 있는 것이다.

아까 적에는 후미꼬(文子)가 强制로 시켰었다.

이번에는 自主的으로 그렇게 하고 있는 것이다.

이 意味는 대단히 크다 하겠다.

(亦是나, 유우꼬(裕子)도, 自身이 말하고 있는 것만큼 冷情한 女子가 아닌 것이다.)

(이것은 바람직한 傾向이다. 이런 形便이라면 무라세끼(村瀨)와의 사이는 繼續될 수 있겠지.)

때때로 얼굴을 들어 올리고 손가락을 使用하면서, 눈으로 鑑賞하기도 한다.

모양새도 좋은 배(船)와도 같다. 끊임없이 淸潔하고 透明한 사랑의 表示가 동그스름한 끝의 구멍에서 샘솟아 나온다.

(異常한 일이야. 오늘밤 여기로 오지 않았다면, 이 女子와 나는 一生 因緣이 없었을는지도 모른다.)

娼女의 要求를 뿌리친 것을 祝福할 뿐이다.

유우꼬(裕子)는 操心스럽게 愛撫를 繼續하고 있다.

후미꼬(文子)도 그것을 알고 있으면서도, 獨占하려고도 하지 않는다.

조금씩 조금씩 후미꼬(文子)의 反應이 變化하기 始作했다. 다급해져왔다. 하고 생각하는데, 瞥眼間에 크게 呻吟을 吐하면서, 上體를 일으킨다.

「아아, 더 以上 참을 수 없어. 어서 와요.」

그것을 契機로 유우꼬(裕子)도 료헤이(良平)를 解放시켜 주었다. 얼른 제자리로 가서 이불위에 누웠다.

료헤이(良平)도 最初의 자리로 되돌아가자, 후미꼬(文子)가 안겨 왔다.

「고마워요.」

하고 후미꼬(文子)가 人事를 한다.

「너무 좋았어요.」

「아니야, 하고 싶어서 한 것뿐이야.」

「이봐요, 자지 말아요.」

「알았어.」

료헤이(良平)가 후미꼬(文子)를 덮쳐 껴안자, 후미꼬

(文子)는 료헤이(良平)를 噴火口로 引導한다. 二十分 程度 지나서, 료헤이(良平)는 후미꼬(文子)로부터 내려와서 배를 깔고 엎드렸다.

稀微한 後悔가 스쳐 지나갔다. 그러나 그것보다는, 새로운 女子를 알게 되었다는 充足感이 훨씬 컸다.

후미꼬(文子)의 한결같은 反應도, 료헤이(良平)를 가득 찬 氣分으로 만들어 주었다.

담배를 피워 물었다.

후미꼬(文子)가 곁에서 껴안아왔다. 다리를 들어 올려 휘감기도 한다. 그리고선, 그대로 가만히 있다.

呼吸을 가다듬고 있는 것 같다.

유우꼬(裕子)가 조용히 다가왔다. 눈이 充血되어있고, 兩쪽 뺨이 발갛게 달아올라있다.

「와까스기(若杉)氏.」

「응.」

「끝났죠?」

「응.」

「壓倒되고 말았어요. 틀림없이 나와는 달라요. 全然 다르다니까요. 어떻게 하더라도 후미짱처럼 될 수가 없을 것 같애.」

료헤이(良平)는 팔을 뻗어 유우꼬(裕子)를 끌어안고서,

입술을 가져갔다. 유우꼬(裕子)는 避하지도 않는다. 입을 맞추었다. 가볍게 빨아 주었다.

「바보 같긴. 처음부터 후미짱처럼 될 理가 없잖니. 그 程度쯤은 知識으로 알고 있는 것 아냐?」

「아 아니.」

유우꼬(裕子)는 고개를 젓는다.

「몰라요.」

「다른 사람에게서 들은 적도 없단 말이니?」

「네에.」

「工夫벌레인줄은 알고 있었지만, 그 方面에 對해서는 아주 새카맣구나.」

료헤이(良平)는 재떨이에 담배를 비벼 끄고서, 후미꼬(文子)의 어깨를 흔들었다.

「이봐. 說明 좀 해주지 않을래? 유우꼬(裕子)가 말이야, 잘못생각해서 自身을 잃어버리게 생겼단다.」

후미꼬(文子)는 겨우 료헤이(良平)로부터 얼굴을 들어올리고서 베개를 베고 누웠다.

낮은 소리로,

「아직도 찡-하고 울리고 있어요.」

그렇게 중얼거린다. 上氣된 목소리다.

료헤이(良平)는 이번에는 후미꼬(文子)에게 입을 맞추어

주었다.
「너무 좋았었다.」
「저두요.」
그런 다음 후미꼬(文子)는 유우꼬(裕子)를 向했다.
「이봐, 난 말이다, 半年이 걸렸단다. 半年 間은 멍멍한 感覺뿐 이었어. 나쁘지는 않았지. 허지만 頂上에는 오르지 못했단다. 조금씩 조금씩 上昇은 되고 있었지만, 山허리를 헤매고 있는 것 뿐 이었어. 그런데도, 무언지 모르게 滿足스런 氣分이 들더구나. 처음인 너와 다르다는 것은 當然하지 뭐니.」
「그럴는지는 모르지만, 난 體質的으로 그렇게 되지 못할 것 같다, 얘.」
「어째서 그렇게 早急하게 結論을 내리는 거니. 端的으로 말해서, 氣가 너무 强해. 理由를 달거나 結論을 내리는 것이 좋지 않는 境遇도 있는 거야.」
「내게는 도무지 모르겠어.」
「알지 못하면 알지 못하는 대로 좋아. 이봐, 손으로 만져주는 것도 싫으니?」
「……………..」
유우꼬(裕子)는 對答을 하지 않는다.
후미꼬(文子)는 료헤이(良平)의 귀에 입을 갖다대었다.

「이젠 쉬고 싶으세요?」

「응, 좀 자고 싶은데. 제법 마셨으니까.」

「더 以上, 만져주는 것도 싫으세요?」

「아니. 그렇지도 않아. 자네가 要求한다면, 아직도 健在하다 구.」

「아 아니.」

唐慌해서 후미꼬(文子)는 고개를 젓는다.

「그女요. 유우꼬(裕子)를 愛撫해 주세요. 그것만으로도 그女, 잘못 생각하고 있다는 것을 알게 될 테니까요.」

「응.」

「그女, 일부러 생각이 다른 듯이 하면서, 自身에게 모양새를 갖추려 하고 있는 것 같아요. 그것을 眞實에로 되돌아오도록 가르쳐 주는 것이 좋을 것 같아요.」

「그렇게 해 볼 꺼나?」

「그렇게 해요.」

낮은 속삭임 이었지만, 한쪽팔로 유우꼬(裕子)를 안고 있기 때문에, 유우꼬(裕子)의 귀에 當然히 들렸으리라 여겨진다.

「후미꼬(文子)氏가,」

료헤이(良平)가 유우꼬(裕子)쪽을 向했다.

「이렇게 말했단다. 이제부터 네게 페팅(Petting)을 해

주려고 해.」

「…………….」

유우꼬(裕子)는 눈을 크게 뜨고서 료헤이(良平)를 쳐다보고만 있다.

아까부터 료헤이(良平)는 그 눈 속에서 女子의 欲望을 느낄 수 있었다. 후미꼬(文子)가 흐트러지기 以前에는 없었던 눈빛이었다.

몸 全體를 유우꼬(裕子)쪽으로 돌리고, 가슴을 슴치면서 끌어안았다.

當然히, 유우꼬(裕子)가 무라세끼(村瀨)에게 안긴 直後의 몸이라는 것이, 료헤이(良平)의 머리를 짓누른다.

가만히 내버려 두는 것이 倫理的이라는 것 쯤은 알고 있다.

또한 료헤이(良平)는 후미꼬(文子)에게서 滿足을 醉했기 때문에, 欲望은 그렇게 切實하지가 않다.

但只, 若干의 興味는 가지고있다. 유우꼬(裕子)의 反應을 期待하고 싶을 뿐이다.

그보다도 료헤이(良平)를 움직이게 하고 있는 더 큰 要素는, 이렇게 내버려 둔다면 유우꼬(裕子)는 自身을 男子를 싫어하는 타입이라고 錯覺해 버릴 念慮가 있고, 그렇게 된다면 不幸해질 수밖에 없다는 생각 이었다.

그렇지가 않다는 것을 깨우쳐 주어야만 하는 것이다.
료헤이(良平)는 유우꼬(裕子)의 입술에 입술을 덮었다.
후미꼬(文子)에게 辭讓할 必要가 없다고 自身에게 들려 주었다.
유우꼬(裕子)는 료헤이(良平)의 입술을 避하지 않고 천천히 눈을 감았다. 조용히 빨아주면서, 유우꼬(裕子)의 팔을 자신의 등 뒤로 돌리게 해 주었다.
그것도 유우꼬(裕子)는 避하지 않았다.
손바닥이 료헤이(良平)의 등에 붙었다.
료헤이(良平)는 유우꼬(裕子)의 등을 쓰러준다.
(그러나, 내가 이렇게 해 줌으로 因해서, 이 애와 무라세끼(村瀨)와의 오늘 있었던 일이 消滅되어버릴 念慮가 있다. 이것은 무라세끼(村瀨)에 對한 重大한 背信行爲이기도 하다.)
그렇다고는 하지만, 狀況은 이미 進行되고 있다.
그 꺼림칙함도, 이런 進行을 沮止할 만큼의 힘을 가지고 있지를 못했다. 입맞춤을 繼續하고 있는 사이에, 료헤이(良平)의 심벌(Symbol=象徵)은 前처럼 堂堂해져왔고, 유우꼬(裕子)를 向하여 힘차게 끄덕거리고 있다.
(페팅(Petting=愛撫)만으로 끝날 것 같지 않는 氣分이 드는데.)

그런 豫感이 들었다. 그런 境遇에는 다시 후미꼬(文子)를 안으면 되겠지. 허지만 亦是나 이번에는 유우꼬(裕子)를 맛보고 싶은 마음이 强하다.

천천히 事態는 進行되고 있다. 료헤이(良平)는 유우꼬(裕子)의 乳房을 直接 만져 주었다.

후미꼬(文子)와는 달리 쬐끄마한 젖꼭지이다.

그것을 愛撫해 주면서, 귀 부리를 살짝 깨물어 준다.

「이쪽을 이렇게 만져주는데도, 아무런 느낌도 없니?」

하고 물어본다.

「아 아니.」

어렴풋이 고개를 젓는다.

「느낌이 와?」

「무언가 氣分이 좋아지는데요. 若干은 간지럽기도 하구요.」

「그것으로 좋은 거야. 멋진 乳房을 가지고 있구나. 高校 때와는 많이 달라진 것 같은데.」

「卒業을 하고 나서부터 이렇게 달라졌어요.」

「나도 氣分이 좋아.」

등 쪽에서 후미꼬(文子)의 손이 뻗어 오더니, 료헤이(良平)의 엉덩이를 맴돌다가, 유우꼬(裕子)와의 密着度를 測定해보더니, 사이가 있는 것을 確認하고서는 만져 주기 始作 했다.

微妙한 愛撫가 始作 되었다.

그 손의 움직임으로 봐서 후미꼬(文子)는 다시 료헤이(良平)의 몸을 탐내고 있다는 것을 알 수 있다. 몸을 若干 움직여서 후미꼬(文子)의 손이 보다 自由롭게 움직일 수 있도록 해 주었다.

유우꼬(裕子)에게는 아직 거기까지 미칠 餘裕가 없기 때문에, 그것은 후미꼬(文子)에게 맡겨 버릴 수밖에 없었다.

료헤이(良平)의 손은 드디어 乳房을 떠나서, 아랫배를 따라 허벅지 쪽으로 내려갔다.

먼저 사타구니의 위쪽과 아랫배 쪽을 쓰다듬어 주었다.

유우꼬(裕子)는 료헤에게 찰싹 달라 붙어있는 그대로이다.

무라세끼(村瀨)가 어떤 式의 愛撫를 해 주었는지는 모른다. 료헤이(良平)로서는, 오소독스(Orthodox=正統的인)한 愛撫를 하지 않으면 안 된다.

事實을 말하자면 이런 技巧上의 問題가 아니라 유우꼬(裕子)의 마음의 轉換이 第一 重要한 것이다.

그 点을 료헤이(良平)는 말로서 깨우쳐 주지 않으면 안 되었다.

그러나, 눈에 비춰지고 있는 것만을 말한다면, 도리어 유우꼬(裕子)의 마음을 차갑게 만들어 버릴 念慮가있다. 머리가 明晳한 계집애이기 때문에, 이런 点에서 어렵기 짝이 없는 것이다.

「다른 생각을 하면 안 되는 거야.」

료헤이(良平)가 속삭여 준다.

「오로지, 自然스런 흐름에 몸을 맡겨버리는 거다. 이것 저것 雜念을 가슴에 품고 있기 때문에 좋지않는거야.」

유우꼬(裕子)는 純眞하게 고개를 끄덕인다.

드디어, 료헤이(良平)의 손은 秘境에 到着했다.

期待했던 그대로, 그곳은 愛慾의 꿀물로 흘러넘치고 있다. 료헤이(良平)는 安心했다. 生理的인 問題는 아닌 것이다.

「어째서 이곳이 이렇게 되어 있는지 알겠니?」

「모르겠어요.」

「모를는지도 모르겠으나, 몸은 알고 있음에 틀림없어. 자넨 亦是 男子를 기다리고 있는 거란다. 그런데도 不拘하고, 只今도 普通때와 똑같은 心理狀態라고 생각 하고 싶은 거야. 그게 틀렸다. 그렇지가 않아.」

얼른 료헤이(良平)는 꽃의 눈을 만지기 始作했다.

(이애는 自己 스스로 만지거나 하는 데는 熟達되어 있지 않은 것 같다.)

(그렇다면, 어떤 式으로 만져주면 좋을까? 이곳의 愛撫에 拒否反應을 일으킬 念慮도 생각해야 해.)
躊躇 躊躇 생각하고 있는데, 덧門을 두드리는 소리가 들렸다.
후미꼬(文子)의 손가락 愛撫가 中斷되었다.
세 사람 모두 停止했다.
사이를 두고서, 다시 두세 番, 덧門이 조용히 두들겨졌다.
(후미꼬(文子)의, 헤어진 戀人이로구나.)
瞥眼間에 그런 생각이 들었다.
후미꼬(文子)의 입김이 료헤이(良平)의 귀에 느껴졌다.
「틀림없이 그 사람이에요. 醉해있는 게 分明 해. 그냥 내버려두면 안집에 들릴 만큼 소리를 지를는지도 몰라요. 허지만, 그인, 이런 밤중에 나를 찾아 올 資格이 없어요. 眞짜에요. 잠깐 나가서, 길로 불러내어 이야기를 해서 돌려보내야 겠어요.」
료헤이(良平)는 후미꼬(文子)를 보았다.
「괜찮을까?」
「걱정 마세요.」
「저쪽은 男子이고 힘도 쎄단 말이다. 强制로 다른 곳으로 끌려 갈 수도 있는 거야.」
「……………」

후미꼬(文子)의 얼굴에 不安의 빛이 떠올랐다.
덧門은 繼續 두들겨 지고 있다.
「何如튼 對答을 하라 구. 저렇게 두들기게 내버려 두면, 안집에 알려지고 말겠다.」
후미꼬(文子)가 알겠다는 듯이 고개를 끄덕이고, 발가벗은 그대로 일어섰다.

10
男子의 未練

후미꼬(文子)는 발가벗은 채로 덧門으로 다가갔다.
「누구신데요?」
료헤이(良平)와 유우꼬(裕子)는 껴안고 있는 그대로다.
「나다.」
對答소리가 들려왔다. 그렇게 큰 목소리가 아니다. 亦是 周圍를 念慮하는 목소리다. 醉해있다고는 하지만 아직은 判斷力을 잃지 않고 있는 것 같다.
「나라는 사람 몰라요.」
體操를 하고 있었는 關係로, 후미꼬(文子)의 裸像은 보기가 너무 좋다. 함께 뒹굴고 있을 때와는 달리, 그 어떤 凜凜(늠늠)함이 엿보였다.
(저 姿態, 眞짜 한 幅의 그림 같구나.)
료헤이(良平) 쪽에서 본다면, 옆으로 선 姿態이다.
다리라든지, 허리의 曲線도, 乳房도 보인다.

「나란 말이야. 키시모토(岸本)다.」
「어쩐 일인데요?」
「이야기 할 게 있어서……」
「玄關을 돌아서, 기다려요. 그만 두들기고 요.」
료헤이(良平)는 유우꼬(裕子)의 秘部에 손을 누르고 있는 그대로 멈추고 있다.
후미꼬(文子)가 되돌아왔다.
양다리를 꼭 붙인 채 다다미에 꿇어앉자, 上體를 앞으로 숙이고서 료헤이(良平)의 귀에 입을 가져갔다.
「이봐요. 付託이 있어요.」
「응?」
「나의 새로운 戀人이 돼 줘요. 그렇게 하면 斷念을 하고 점잖게 돌아가겠죠.」
「그래도 괜찮겠니? 그렇게 되면 다시는 옛날로 되돌아 갈 수가 없는 거야.」
「相關없어요. 이젠 過去의 사람일 뿐이세요. 더군다나 그것도 오늘 밤 부터에요. 저요, 어쩌면 그이 以外의 사람과는 즐거움을 느끼지 못하는 것이 아닌가 하고 걱정하고 있었어요. 그렇지 않다는 것을 와까스기(若杉)氏가 實證해 보여주었어요. 너무 기뻐요. 이것으로 眞짜로 決心이 섰어요.」

「그렇담, 좋아.」

「그 사람에게 當身의 모습을 보여주는 거 에요. 그리고 서 이야기를 할래요.」

「그보다, 자넨, 여기 있어. 내가 나가서, 자네의 愛人으로서 이야기를 해 보겠다.」

「그렇게 한다면, 當身에게 未安스러워서……」

「아니야, 괜찮아.」

료헤이(良平)는 일어서서, 팬티를 입었다.

「이렇게 하겠다. 이대로 나가 보겠다.」

萬一을 爲해서, 유우꼬(裕子)는 壁欌속으로 들어가서 숨었다.

후미꼬(文子)는 유가다를 입었다.

「亦是 나도 따라 나가는 게 좋겠어.」

「그럼, 함께 나가지. 처음에는 자네가 說明하는 게 좋겠다.」

후미꼬(文子)의 뒤를 료헤이(良平)는 따라 나갔다. 몸은 아직도 凜凜하게 興奮狀態 그대로로서, 圓錐形을 그리고 있다. 걸어가면서, 후미꼬(文子)는 손을 뒤로뻗어 그것을 쥐어준다. 沈着해 있다는 證據다. 후미꼬(文子)는 門을 열었다. 료헤이(良平)는 그 뒤에서 팔짱을 끼고 섰다.

「자고 있었던 거니?」

그렇게 말하면서, 키시모토(岸本)는 門으로 들어오려고 했다.

「들어오지 말아요.」

하고 날카롭게 말했다.

「반갑지 않니? 그렇게 닦달 하지 마. 모처럼 찾아 왔는데.」

알랑거리는 말투다. 아직 료헤이(良平)를 意識하지 못하는 것은 醉해있기 때문 일게다.

「내 뒤를 봐 볼래요.」

그 말에 따라, 료헤이(良平)는 옆으로 비켜섰다. 그리고, 료헤이(良平)도 키시모도(岸本)의 얼굴을 볼 수가 있었다. 와이셔츠 차림이다. 아직 젊다. 學生이라면, 四學年쯤 될까. 하고 判斷해 보았다. 료헤이(良平)보다 若干 키가 작은 편이지만, 耳目口鼻가 뚜렷한 美男型의 얼굴이다.

(그렇군. 女子·애들에게 人氣가 있겠는 걸. 후미꼬(文子)가 좋아 했던 것도 無理가 아냐.)

(이 男子가 熱心히 開發해 놓은 후미꼬(文子)를, 아까 내가 맛보았지.)

(이런 후미꼬(文子)가 只今 나와 이 男子 사이에 서 있다. 내 쪽에 서있다. 유가다 아래에는 아무것도 입지 않고 있다. 그 몸은, 아직도 내 몸으로 느꼈던 짜릿한 感覺

이 남아 있을 것이다.)

그와 同時에, 료헤이(良平)는 그런 것을 생각 하였다.

키시모도(岸本)는 그런 程度가 아니었다.

료헤이(良平)를 보자마자,

「으읏.」

妙한 소리를 지르면서 顔色이 달라졌다. 눈이 휘둥그레 해졌다.

「누, 누구야………」

한 밤중이다. 료헤이(良平)는 팬티만 걸치고 있다.

후미꼬(文子)와의 關係를 얼른 알아챘어야만 했다.

「想像이 되겠죠? 나의 새로운 戀人이세요.」

冷情한 語調다.

「너, 너는…….」

얼른 키시모토(岸本)는 료헤이(良平)에게서 눈을 돌려 후미꼬(文子)를 노려본다.

「알았으면, 그만 돌아가요. 이 사람에게는, 當身과 나의 過去를 이미 告白했어요. 容恕를 받았어요.」

「언제 그렇게………」

「그런 거, 어떻게 됐던 相關 없잖아요? 이젠 當身과는 남남이에요.」

「알았단 말이야.」

키시모토(岸本)의 얼굴이 일그러졌다.

「넌 나를 속이고 있었던 거다. 以前부터 이렇게 하고 있었던 거 틀림없어.」

「바보로 만들지 말아요.」

후미꼬(文子)가 어깨를 으쓱해 보인다.

「나, 그런 女子가 아니에요. 한 사람의 男子에게만 지켜요. 그러니까, 이제부터는 이 사람이세요. 이젠 더 以上 當身과는 안 돼.」

「거짓말이다. 以前에도 繼續 해 온 거야.」

「마음대로 생각하세요. 何如튼 돌아가요.」

「아니야, 이야기할 게 있어.」

「더 以上 用務 없어요.」

키시모토(岸本)는 눈을 료헤이(良平)에게로 돌렸다.

「넌 都大體 누구야?」

후미꼬(文子)가 對答한다.

「紹介는 않겠어요. 그럴 必要가 없으니까요.」

「자넨, 이 女子에게 속고 있는 거야.」

키시모토(岸本)의 목소리가 커져 왔다. 료헤이(良平)는 후미꼬(文子)의 어깨를 안아 뒤로 밀치고, 그 앞에 섰다.

「들어오세요.」

躊躇 躊躇하면서도, 키시모토(岸本)는 들어왔다.

료헤이(良平)는 門을 닫았다.
「좀 더 목소리를 낮추세요. 난 속임을 當하지 않았어요. 當身과의 일은 후미꼬(文子)로부터 分明히 들어 알고 있어요.」
「후미꼬(文子)는 나를 사랑하고 있는 거야. 그렇게 簡單하게 나를 잊을 수가 없는 거다.」
「어머, 自慢心도 대단하군요.」
후미꼬(文子)는 웃고 말았다.
「當身과의 追憶꺼리는 全部 버린 지 오래에요. 아무것도 남아 있지 않아. 이 사람에게 두들겨 맞기 前에 돌아가요.」
「當身, 都大體 누구야?」
「누구든 相關없잖아요. 何如튼 후미꼬(文子) 代身에 내가 이야기를 끝내죠. 어떤 이야기가 하고 싶나요?」
료헤이(良平)도 醉해있다. 그러나, 키시모토(岸本)程度는 아니다. 서로 싸움을 한다고 해도 別 騷亂.없이 門밖으로 내쫓아버릴 自信이 있다.
「후미꼬(文子)는 나와의 關係가 復活될때까지의 連結고리로 너를 利用하고 있는 것뿐이야.」
學生이구나. 하고 료헤이(良平)는 判斷했다. 學生들의 말솜씨다.

「어머, 제멋대로군요.」
후미꼬(文子)는 顔色이 달라진다.
「건방스런 말 그만 해요. 當身같은 사람, 이젠 以前보다도 더한 새빨간 他人이에요.」
「그렇게 될 수가 없을 텐데.」
키시모토(岸本)는 후미꼬(文子)의 팔을 붙잡으려 한다.
「이 몸뚱이가 나를 잊을 수가 없을 텐데.」
후미꼬(文子)가 키시모도(岸本)의 팔을 톡톡 친다.
「弄談 그만 하시지. 當身만이 男子라고 생각 말아요. 그 前의 나와 只今의 나는 完全히 다르니까요.」
「그치와 헤어졌단 말이다. 只今부터는 너만을 사랑 할 테다. 結婚하려고 해.」
「關係없습니다.」
「그치보다 너를 眞짜로 사랑했던 거야. 그치는 말이야, 한 番 놀아 본 맛보기였어. 그러나, 그것도 이제부터는 하지 않겠다. 어떠니? 그래도 돌아오지 않겠니?」
「暫間.」
료헤이(良平)는 키시모토(岸本)의 어깨를 두드렸다.
「當身 眞짜 재미있는 親舊로구먼. 후미꼬(文子)는 이미 나와는 깊은 關係가 되어 버렸어요. 오늘밤에도, 이렇게 자고 있는 거야. 當身은 이 点도 不問에 부치겠다는 거요?」

「나도 바람을 피웠지. 서로 피장파장이니까, 나, 아무런 相關하지 않겠어.」

「허긴 그렇군.」

료헤이(良平)는 후미꼬(文子)를 뒤돌아보았다.

「자, 재미있게 되어 가는데. 후미꼬(文子), 어떻게 하려 하니.」

「쬐끔도 생각해 볼 餘地가 없어요.」

후미꼬(文子)는 료헤이(良平)의 背後에서 몸통을 껴안아 왔다.

「전요, 이젠 當身밖에 없어요. 絕對로, 當身과는 헤어질 수가 없어요.」

「그런 거 許諾 할 수 없어.」

키시모토(岸本)는 료헤이(良平)의 옆을 돌아 후미꼬(文子)를 붙잡으려 한다. 료헤이(良平)는 그것을 가로 막았다.

「뵈기 싫은 흉내는 그만 둬. 過去에는 얼마만큼 뜨겁게 사랑하고 있었는지는 모르겠지만, 후미꼬(文子)와 當身과의 드라마(Drama)는 여기서 끝난 거야. 후미꼬(文子)에게는 새로운 드라마가 始作되고 있는 거다. 자아, 斷念하고, 새로운 女子나 찾아보시지 그래.」

「흥.」

키시모토(岸本)는 비틀거리면서 비꼬는 듯이 웃는다.

「女子는 말이야, 얼마든지 있단 말이야. 너 인마!, 내가 쓰던 낡아빠진 것도 좋단 말 이가?」

「그런 말투는 하지 않는 게 좋겠는데.」

료헤이(良平)는 强한 語調로 말했다.

「너, 어디에 다니는 學生이야? 不愉快한데. 깡패들이 조잘대는 말투를 함부로 재잘거리고 있구먼.」

「낡은 것을 낡았다고 했는데 잘못 된 거야?」

「그렇다면 너도 후미꼬(文子)가 愛用하다가 버린 낡아 빠진 몸뚱이야. 그래서 내다버렸던 거다. 뵈기 싫게 달라 붙어 끈적대는 짓거리 그만 둬.」

「좋아, 너희들의 짓거리를 小說로 써 줄 테다. 徹底的으로 나쁘게 두들겨 줄 테야.」

「저 런 저런.」

료헤이(良平)는 오른팔로 후미꼬(文子)를 끌어안았다.

「이 親舊, 作家 志望生 이니?」

「그래요. 才能이라곤 쥐꼬리만큼도 없는 주제에, 쓰는 거라곤 形便없이 粗雜스러워요. 몇 番이고 읽어보래서 읽긴 읽어 보았어요. 꾹 참고 읽어보았지만 이젠 그런 참을 수 없는 짓을 하지 않아서 너무 좋아요. 그것만을 생각 하더라도 가슴이 훤히 뚫리는 거 있죠.」

「이, 이 子息.」

키시모토(岸本)는 이를 앙 다물고 후미꼬(文子)에게로 突進해 가려 했다.

료헤이(良平)는 왼쪽 손으로 그러는 가슴을 밀었다.

키시모토(岸本)는 비틀거린다.

「한판 붙어 볼래?」

「어이, 말은 골라서 하는 法이야. 이 풋내기 文學靑年. 난, 너와는 달라서, 펜대를 까닥거리거나, 册을 읽거나 하는 것을 第一 싫어하는 놈이다. 그러나, 싸움이라면, 대단히 좋아하지. 이런 빤빤한 얼굴이 짓뭉개져도 괜찮다는 말이야?」

그렇게 말하면서도, 후미꼬(文子)가 作家 志望의 男子와 戀愛를 했던 것에 對해서 재미있다고도 생각했다.

아까 이 男子의 이야기가 나왔을 때, 어째서 말하지 않았을까? 羞恥心 때문인지도 모르겠다.

료헤이(良平)는 若干의 親近感과 競爭意識을 불러 일으키면서 反對로 말한 것은, 이쪽의 本體를 숨기는 것뿐만 아니라 相對方의 저렇듯 典型的인 文學靑年 흉내를 내고 있는 것에 對한 反撥心도 느꼈기 때문이다.

하자, 키시모토(岸本)의 얼굴에 겁을 집어먹는 모습이

살짝 비춰 졌지만, 反抗的으로 어깨를 들먹이면서,
「좋아, 패려면 패보시지. 맞아줄까 부다.」
얼굴을 들이밀어 온다.
「호오, 맞고 싶다 이거지? 그렇담, 두들겨 주지.」
료헤이(良平)는 門을열고, 키시모토(岸本)의 팔을 끌었다. 키시모토(岸本)가 뿌리친다. 그러나, 그 힘은 보잘 것 없어 보인다. 그대로 밖으로 끌어내었다. 門밖으로 끌어내어 세우려하니까, 키시모토(岸本)가,
「이거 놓아. 너 같은 子息에게는 볼일 없단 말이야.」
하고 소리치면서, 그대로 땅바닥에 주저앉아 버린다.
료헤이(良平)가 낮은 목소리로 말했다.
「未練을 버리지 못하고 헤어진 女子의 周圍를 뱅글
  거리는 醜態는 그만 버려. 뵈기 싫어.」
하자 키시모토(岸本)가 떠들기 始作했다.
「人間에게는 未練이라는게 붙어 다니기 마련이다. 넌
  册을 읽지 않는 바보니까, 나의 矛盾을 알 턱이 없어.
  나 괴로워. 자-아-, 좀 두들겨 패 줘라. 나를 패줌으로
  因하여 넌 나의 小說의 모-델이 되는 거다. 適切한 役
  이다. 配役이 된 다구. 名作에 登場하게 되는 거야. 넌
  내게서 후미꼬(文子)를 뺏어갔다. 文學者란 弱한거다.
  弱者의 괴로움 속에서 作品이 태어나는 거야. 女子를

빼앗기고서 두들겨 맞았다. 더군다나 밖으로까지 끌어 내쳐졌다. 이거야말로 作家에 어울리는 行動이다. 자-아, 때리던지 차던지 마음대로 해다오.」

아무래도 陶醉되어 있는 것 같다. 료헤이(良平)가 歸鄕하기 直前의 이와이(岩井)와 닮아있다. 都大體 文學靑年이라는 作者들은 왜 이런 엇비슷한 行動들을 하는 걸까.

「그만 두자. 후미꼬(文子)를 만나고 싶으면 맑은 精神 일 때에 會社로 電話 해 봐.」

「빌어먹을.」

비틀거리면서 키시모토(岸本)가 일어서더니, 담 벽에 붙어 섰다.

「난 只今부터 한밤의 거리를 마시고 걸으면서, 깡패들에게 是非를 걸고서 피투성이가 되겠다. 넌 후미꼬(文子)를 안고 있겠지?. 후미꼬(文子) 子息, 그 子息은 本質的으로 바람둥이 女子란 말이야. 난 처음부터 알고 있었걸랑. 그 몸뚱이는 말씀이야, 수많은 男子들과 놀아난 몸뚱이란 말이야. 나, 只今까지 얼마나 嫉妬 때문에 괴로워했는지 알겠냐? 그 子息은 나의 親舊들 모두에게도 秋波를 보내고 했단 말이야.」

「이젠 그만했으면 됐으니까 돌아 가.」

「사람에게서 빼앗은 女子는, 또 다시 누군가에게 빼앗

기는 法이다. 가까운 時日 內에, 네가 이번의 나처럼 當할때가 있을 거다.」

「바보 같은 소린 그만 해. 후미꼬(文子)와 난 結婚할 거야. 난 너처럼 바람 같은 거 피우지 않아.」

「빌어먹을. 그 女子는 말이야, 속이려 들면 얼마든지 속일 수 있어. 난 正直했기 때문에 그만큼 損害를 본거란 말이다. 이번일은 반드시 作品으로 써 줄 테다.」

「알겠다. 名作이든 뭐든지 써 보라구. 쓰는 것은 마스터베이션(Masturbation＝自慰, 手淫)이다. 이처럼 사람에게 弊를 끼치지 않고 끝낼 테니까.」

료헤이(良平)는 키시모토(岸本)를 門밖으로 끌어내었다.

키시모토(岸本)는 료헤이(良平)의 팔을 붙잡고서는,

「付託한다.」

悲痛한 목소리를 내었다.

「여기로 후미꼬(文子)를 좀 불러줘라. 다시 한 번 마음 속의 말을 듣고 싶다.」

「똑 같은 말이야.」

「그女가, 나와의 交精을 잊을 턱이 없어. 그女는 내가 女子로 만들었던 거야. 내 마음의 支柱였단 말이다.」

「女子를 얕잡아 보지 마. 女子란 무서운 動物이야. 한 番 헤어진 女子는, 처음 만나는 女子보다도 說得시키기가 더 어려운거야.」

료헤이(良平)는 천천히 키시모토(岸本)의 팔을 비틀어 떼어 놓고서는,

「빨리 돌아 가.」

하고 못 밖아 놓고서 門을 들어섰다.

房으로 되돌아오니까, 후미꼬(文子)는 벌써 요위에 몸을 눕히고 있었다. 료헤이(良平)는 門을 닫고서 걸쇠를 걸었다. 후미꼬(文子)는 壁欌(벽장)을 열었다.

유우꼬(裕子)는 웅크린 채로 앉아 있다. 내려왔다.

「후미짱, 괜찮은 거니?」

「괜찮아.」

후미꼬(文子)는 크게 고개를 끄덕인다.

「잘됐네, 료헤이(良平)氏가 있어서. 이젠 이렇게 된 以上, 두 번 다시 찾아오지 않겠지.」

생각치도 못한 妨害者가 있어서, 유우꼬(裕子)에의 實驗은 中斷되었다. 그러나, 료헤이(良平)는 情熱을 잃어버린 것은 아니었다.

다다미위에 꼿꼿이 앉아있는 유우꼬(裕子)의 어깨를 안았다.

「자아, 자지 그래.」

유우꼬(裕子)는 움직이려고도 않는다.

「이젠, 싫어졌단 말이니?」

「…………..」

「이젠, 더 以上 하고 싶지 않단 말이구나?」

「그렇지는 않지만, 只今 그 사람, 若干은 불쌍하네요. 후미짱에게 새로운 戀人이 생겼다고 생각했겠죠.」

「이젠 끝난 일이야.」

후미꼬(文子)는 손을 뻗어 와서 료헤이(良平)의 사타구니를 매만지기 始作했다.

「난, 眞짜로 헤어졌으니까. 난 過去에 執着하는 그런 女子가 되고 싶지가 않단 말이야.……」

11
木材 集積所

키시모토(岸本)는 다시 되돌아와서 덧門을 두드린다.
「門 열어. 열지 않으면 한 밤 내내 떠들어 댈 테니까.
 이런 일, 容恕할 수 없어.」
료헤이(良平)는 이번에는 속옷과 바지를 챙겨 입고,
언더셔츠를 걸치고서, 밖으로 나갔다. 키시모토(岸本)의
未練은 充分히 理解하고도 남았다.
「이야기를 하고 오겠다. 걱정하지 말고 있어. 점잖게
 이야기를 들어 볼 테니까.」
밖으로 나온 료헤이(良平)는 키시모토(岸本)의 팔을 끌
고서, 집 밖으로 끌어내었다.
「네게 用務가 있는 게 아냐. 후미꼬(文子)를 나오라고
 해.」
그렇게 울부짖으면서 키시모토(岸本)는 끌려 나왔다.
걸어가면서 료헤이(良平)는 빈터를 찾아서, 그곳으로

키시모토(岸本)를 끌고 갔다.

높은 담이 쳐져있고, 그 앞에는 木材가 수북이 쌓여있다.

어깨를 누르면서,

「앉아.」

하고 말하자, 키시모토(岸本)는 시키는 대로 앉더니만, 그대로 펄썩 땅바닥에 드러누워 버린다.

「자아, 때리던 차던 마음대로 해. 난 네게 두들겨 맞으려고 찾아 온 거니까. 빌어먹을. 내가 처음부터 女子를 信用하고 있었다고 생각하는 거냐? 바보子息. 信用 같은 거 하지 않아. 女子란 말이야, 어떤 男子하고도 잘 수 있는 거야. 너도 조만간에 버려질 테니까 두고 보라 구.」

「바람을 피운 것은 너였잖아?」

「그런 것은 어찌됐던 相關없어. 그건 말이야, 그女가 나와 헤어지려는 口實에 不過 해. 그렇지만 난 妨害를 놓겠다. 來日, 그 子息 會社의 上司에게 電話해서 나와의 일이나 너와의 일을 꼬아 바칠 거야. 그女 집으로 찾아 가서, 그女가 얼마나 亂雜한 生活을 하고 있는 가를, 말해 줄 거다. 於此彼 人間이란 醜한 거니까. 卑劣하거든.」

「難處한 子息이로군.」

「너, 人間의 軟弱(연약)함을 알고 있기나 하는 거냐? 너, 토스토에프스키를 읽어보았나?」
「난 册같은 거 읽지 않아.」
「너 같은 知性이라곤 손톱만큼도 없는 子息을 그女가 選擇했단 말인가? 헤,헤헤헤. 그 子息은 本來부터 精神이 없는 애야. 性器만이 살아있는 애라니깐. 그 子息은, 天才인 나의 價値를 모르는 거야, 나에게는 걸 맞지가 않아. 난 그런 계집애에게 戀戀(연연)해서는 안 되는 거다.」
「그렇담, 점잖게 헤어져. 너에게 걸 맞는 女子를 찾아봐.」
「그렇게 하구말구. 그러나, 난 아직까지는 執着이 있다. 빌어먹을. 어떻게 해서든 悲慘하게 만들어 줄 테다.」
「眞짜 어리석은 子息이로군.」
「너 같은 子息이 나의 苦惱를 알기나 해!」
「후미꼬(文子)에게 自身의 小說을 읽게 했다던데?」
「생각해 보니까, 쓸데없는 짓을 한 것 같애. 그 子息은 文學이라는 것을 알 턱이 없어. 그 子息은 미-하-(低質)다. 知性이라곤 쥐끔도 없어. 粘膜만이 살아 움직이는 계집애야.」
「그런 女子라면 이젠 相關 없잖나.」

「그 点이 바로 人間의 弱한 곳이야. 自身에게는 걸맞지 않다고 생각하면서도, 繼續 뒤쫓고 있는 거야. 이것은 나의 業報이기도 하지.」
「무언가, 同人雜誌래도 내고 있는 거니?」
「바보子息, 키시모토·코이찌로(岸本光一郞)를 모른단 말이야? 그 계집애 네게 아무 말도 하지 안 던? 흥!, 그런 女子란말이야. 그女는, 野球選手나 俳優 等等, 知性과는 距離가 먼 低能兒들에게 羨望을 보내고 있 는 미-하-란 말이야.」
「나도 모르겠는 걸.」
「난 말이야, 三年 以內에 아꾸다가와(芥川)賞을 타 보여 줄테 다. 그렇더래도 어이, 네게는 興味가 없겠지만, 큐우슈우(九州)文壇의 호-프란 말씀이야. 너 같은 俗物 人間과는 質이 다르다 이거야.」
「호오, 호-프(Hope)란 말이지?」
「그렇 구 말구. 어이.」
키시모토·코이찌로(岸本光一郞)는 上體를 일으키고서는 료헤이(良平)를 안으려했다.
「人間이란 외로운 거다. 난 어째서 無識한 네게 이런 이야기를 해야만 한다지.」
「뵈기 안 좋아, 이거 놓아.」

「후미꼬(文子)를, 넌 사랑하고 있는 거니?」
「사랑하고 있지.」
「거짓말 하지 마. 넌 그女를 갖고 놀고 있는거야. 가엾게스리, 너 같은 男子에게 속아 넘어 가서…….」
「키시모토·코이찌로(岸本光一郎)라는 사람은, 有名한가 부지?」
「너, 아무것도 모르고 있구나. 히노·요시히라(火野葦平)도 류우·사무요시(劉寒吉)도 이와시다·준사꾸(岩下俊作)도, 나를 分明히 認定하고 있단 말씀이야. 나의 作品은 말이다, 벌써 몇 번이고 文藝雜誌의 同人雜誌評에서 稱讚이 藉藉하단 말이야. 앞으로 한발자국 이다. 후미꼬(文子) 같은 거, 어떻게 되든 相關 없어. 小說을 쓰기 爲해서, 난 演劇을 하고 있는 거란 말이야. 女子에게 빠져버린 男子役을 演技하고 있는 거야. 眞짜로 말한다면 가짜지. 世界는 무거워. 어두운 溪谷을 거니는 것이 文學者의 宿命이라는 거다.」
「너의 이름 記憶해 두지.」
「오오, 記憶해 둬라. 그러나, 册이라곤 읽지 않는 너에게는 別 볼일 없을 걸. 난 純粹文學이니까. 응, 후미꼬(文子)는 나와 헤어지는 게 賢明한지도 모르겠군.」
「왜지?」

「淸貧함을 등에 업고 一平生 文學을 할 테니까. 난 나 自體가 精神이란다.」

「大學은 어데 야?」

「큐우슈우(九州) 文學部다. 난 말이다, 아버지가 醫學部로 가라는 것을 무릅쓰고, 文學部로 들어갔던 거야. 다른 치들은, 모두, 父母들이 시키는 대로 했지만, 난 틀려. 처음부터 背水의 陳을 친 거다. 너, 眞짜로 후미꼬(文子)가 나와 헤어지고 나서부터 만나기 始作한거냐?」

「그렇다.」

「勞動者냐? 學生이냐?」

「兩쪽다 다.」

「어느 大學이냐?」

「어느 大學이건 무슨 相關이냐?」

「그렇지. 너 같은 거, 어디 던 相關없지. 헌데, 어떻게 후미꼬(文子)를 알게 되었지?」

「너, 純粹文學이라는 것을 하고 있다면, 이런 조그마한 일은 어찌됐던 相關없지 않나? 쓰잘데 없는 일 이잖니?」

「너, 여기에 있어도 되는 거냐? 오늘밤은 후미꼬(文子)를 안으려 온 거겠지? 걱정하지 마. 더 以上 두드리지 않을 테니까. 돌아가. 아니지, 돌아가면, 다시 두드리겠다. 얼마든지 妨害를 놀아주지. 내가 이렇게 괴로워 하고 있는데, 후미꼬(文子)가 엉뚱한 男子에게 안겨서 즐거워 하고 있다는 것은. 으-음. 그래도 되는 건가. 그것이 내게 걸맞는 것인가. 男子란 말이야, 女子에게 背信當함으로 因하여 成長해 가는 거다.」
「넌 후미꼬(文子)를 사랑하지 않았었다.」
「무슨 말을 하고 있는 거야.」
키시모토(岸本)는 료헤이(良平)의 가슴을 밀었다.
「네까짓 게 무얼 안단 말이야.」
「네가 사랑하고 있는 것은, 너 自身이 아닌가 말이야. 오너니스트(Onanist=手淫하는 놈)子息. 난 말이야, 너같이 眼下無人이고, 비실비실, 요상스런 理由만 뇌까리는 子息들, 別로 좋아하지 않아. 후미꼬(文子)가 너를 싫어했던 理由를 알 것 같다.」
「나의 價値를 모르고 하는 말이야. 亦是, 후미꼬(文子) 같은 거 보단 치쿠사(千草)쪽이 훨씬 멋지다. 치쿠사(千草)는 近代의 苦惱를 잘 알고 있거든.」
「그럼, 치쿠사(千草)쪽으로 꺼져버려.」
「아아, 가고말고.」
비틀거리면서 키시모토(岸本)는 말했다. 헌데, 발을 잘

못 딛어 세워져 있던 나무들이 무너지고, 다시 나둥그러졌다.

「빌어먹을. 난 어디로 가야만 하는 거지?」

「어디로든지 빨랑 빨랑 꺼져.」

「아니, 안가겠어. 妨害를 놓아야 겠다. 후미꼬(文子)가 딴 놈에게 안겨서 즐거워하는 모습을 생각만해도 容恕할 수 없어. 내가 후미꼬(文子) 房으로 가겠다. 너야 말로 꺼져라.」

「싫구만. 이봐, 어이. 이젠 후미꼬(文子)를 가만히 내버려 둬라.」

「가만 둘 것 같애?. 끈질기게 늘어 붙어 妨害를 놓을 거다.」

「너의 아버지는 醫師라 했겠다?」

「그렇다. 그게 어쨌는데?」

「그래, 社會的인 地位가 있다. 좋으냐?」

료헤이(良平)는 키시모토(岸本)의 목덜미를 쥐었다.

「네가 후미꼬(文子)를 더 以上 괴롭힌다면, 너의 아버지한테로 달려가서 너의 이런 꼬락서니를 일러바칠 참이다.」

「‥‥‥‥‥‥.」

「넌 이젠 후미꼬(文子)에게 있어서는 過去의 男子에

不過한거야. 가만히 내버려 둬.」

「……………」

「어리광 이젠 그쯤 해 두 거라.」

료헤이(良平)가 일어섰다.

「어떤 小說을 쓰는지는 모르겠지만, 요 다음에 읽어 주지. 그러나, 너 같은 놈이 쓴 小說이 大衆에게 읽혀지는 雜誌에 發表될 턱이 없지.」

「죽여 버릴 테다.」

瞥眼間, 木材를 양손에 쥐고서, 키시모도(岸本)가 달려들었다.

료헤이(良平)는 잽싸게 兩 손을 머리위로 비켜 세우고, 재빨리 팔목을 잡아 비틀었다. 키시모도(岸本)는 땅위에 넘어지고 그가 들고 있던 木材는 료헤이(良平)의 손에 들려졌다. 그곳에서 키시모토(岸本)는 땅위를 벌벌 기어서 길 쪽으로 기어가면서,

「사람 사-알-려-!」

하고 외친다.

醉해 있는데다가, 억울함이 뒤섞여있다. 더군다나, 非常識的으로 제멋대로 살아가는 特權을 가지고 있다고 생각하고 있는 것 같다. 前後如何는 關係없이 말이다.

료헤이(良平)는 木材를 던져버리고 쭈그리고 앉았다.

키시모토(岸本)는 기어가는 것을 멈추고, 움직이지 않는다. 이대로 둔다면 다시 덧 門을 두들기는 것은 틀림없겠다.
(그렇담, 어떻게 處理 하면 좋다지?)
두들겨 패준다면 派出所로 달려가서, 이번에는 警官을 데리고 나타나겠지. 卑劣한 行動도 人間性의 表現이라고 是認하고 있는 文學靑年이니까, 어떻게 說得해야만 알아들을 것인지 알 수가 없다. 길에 하얀 그림자가 나타나서, 다가온다.
「와까스기(若杉)氏?」
후미꼬(文子)다.
서둘러 일어서서, 후미꼬(文子)쪽으로 걸어갔다.
키시모토(岸本)쪽이 후미꼬(文子)에 가깝기 때문에 危險을 느꼈던 것이다.
키시모토(岸本)도 후미꼬(文子)의 목소리를 듣고 일어섰다. 료헤이(良平)의 行動이 재빨랐기 때문에, 키시모토(岸本)가 후미꼬(文子)쪽으로 달려가는 사이에서 가로 막았다.
「뭣 하려 나온 거야?」
키시모토(岸本)에 對하여 몸을 지키면서,
료헤이(良平)는 후미꼬(文子)를 나무란다.

「하지만, 언제까지나 돌아오지 않는걸요. 걱정이 돼서……」

키시모토(岸本)는 료헤이(良平)에게로 달려 들려고 하고있다.

료헤이(良平)는 키시모토(岸本)의 가슴팍을 떼 밀었다.

키시모토(岸本)가 후미꼬(文子)에게 말한다.

「이 子息이 내게 脅迫을 하는 거 있지. 넌 그런 女子였단 말이다. 이런 깡패 學生을 끌어 들인 것은 너였다. 어데서 이런 子息과 어울린 거야? 넌, 조금만 내버려두어도 이런 男子와 어울려 논단 말이야. 그래서 난, 너를 그냥 내버려 둘 수가 없다는 거다. 자아, 이 子息에게, 이젠 用務가 없다고 말해. 내가 이렇게 돌아와 있잖아. 以前처럼, 내가 안아 줄테다. 너의 몸뚱이는 내가 있어서 즐거움을 느끼게끔 되어있는 거란 말이다.」

큰 목소리다. 近處의 집들에게서는 確實하게 들리겠다.

료헤이(良平)는 키시모토(岸本)를 노려보면서, 후미꼬(文子)에게 물어 보았다.

「이렇게 큰 목소리를 내게 내버려 뒈도 괜찮겠니?」
「좋지 않아요. 두들겨 패서, 입을 다물게 만들어요.」
「좋아.」

료헤이(良平)가 앞으로 나섰다. 키시모토(岸本)는 팔을 휘두른다. 簡單하게 팔을 비틀어 잡고 땅위에 눕혀놓고선, 위로 걸터앉아 목을 조였다.

「괴. 괴로워. 이 손 놓아.」

「더 떠들 테냐?」

「떠, 떠들지 않을 께. 돌아가겠다. 나를 죽이면, 넌 終身刑이야.」

「무엇을 뇌까리는 게야.」

료헤이(良平)는 손을 느슨하게 풀었다.

「이젠, 더 以上 너의 相對를 할 時間이 없다. 이봐, 곧 바로 돌아 가. 다시 나타나면, 그만두지 않겠다. 너의 아버지 體面도 좀 생각해 두라 구.」

료헤이(良平)는 키시모토(岸本)에서 떨어져 일어섰다.
키시모토(岸本)는 큰 대자(大)로 누어있다.

「그냥 내버려 둬.」

「그럼요.」

하고 후미꼬(文子)가 對答했다.

「그냥 내버려 둬요.」

료헤이(良平)와 후미꼬(文子)는 房으로 되돌아왔다.
유우꼬(裕子)는 이불위에 앉아서 걱정스런 눈으로 바라보고있다.

「이젠 오지 않겠지. 마지막에 목을 조른 것이 效果가 있었는지도 모르겠군.」

료헤이(良平)는 부엌으로 가서 발가벗었다. 땀을 씻기 爲해서다.

후미꼬(文子)가 다가와서 수건으로 닦아 주었다.

료헤이(良平)는 후미꼬(文子)가 하는 대로 내버려 두었다.

유우꼬(裕子)가 그런 光景을 가만히 지켜보고 있다.

「그치와 무슨 이야기를 했는데요?」

「그 子息, 키시모토·코이찌로(岸本光一郞)라 하면서, 큐우슈(九州)의 文學同志들 사이에서는 제법 얼굴이 알려져 있는 것 같던데.」

「未安해요. 말하지 않아서요. 그렇다고는 하지만, 亦是 시골 村놈이니 까요.」

「意外로, 그런 子息들이 대단한 것을 쓸는지도 모르는 거야.」

료헤이(良平)는 유우꼬(裕子)의 곁으로 다가갔다.

유우꼬(裕子)는 고개를 숙인다. 옆에서 그 어깨를 안고서, 요위에 눕혔다. 료헤이(良平)도 반듯이 누웠다.

「變化無雙한 하루였다.」

후미꼬(文子)도 부엌일을 끝내고 옆의 이불속으로 들어와 누웠다.

「그 子息, 네게 對해서 그렇게 끈질기게 덤비는 것은 自信이 있기 때문이다.」

「自慢心이 强해요. 우물안개구리 라니까요.」

「그러나, 자네가 作家志望의 靑年과 親하게 사귀고 있었다는 것이 재미있는 일인데.」

「속아서 넘어간 것 뿐 이에요. 나요 小說같은거 몰라요. 그럼, 나 그만 잘래요. 와까스기(若杉)氏, 아까처럼 유우꼬(裕子)에게 繼續해 주세요.」

료헤이(良平)는 유우꼬(裕子)를 껴안았다.

낮은 목소리로,

「이젠 그러고 싶은 마음이 가신 것은 아니겠지?」

하고 물어보자, 無言으로 유우꼬(裕子)는 고개를 저은 다음,

「불을 꺼요.」

거의 들릴 듯 말듯한 목소리로 그렇게 말한다.

「응, 그렇게 하지.」

일어서서, 료헤이(良平)는 電燈을 껐다. 房안은 캄캄해졌다.

유우꼬(裕子)를 끌어안았다. 유우꼬(裕子)도 積極的으로 료헤이(良平)에게 팔을 걸어왔다.

「잠이 오는 거 아니니?」

「아 아니.」

「무라세끼(村瀬)에게는 絶對 秘密이다.」

「네에.」

료헤이(良平)의 손은 유우꼬(裕子)의 花園을 찾아 내려갔다. 유우꼬(裕子)는 아까보다도 더 젖어있다. 료헤이(良平)의 愛撫가 始作되었고, 유우꼬(裕子)는 呻吟을 吐한다. 이따금씩 몸이 굳어지곤 한다.

「여기가 氣分 좋지?」

「응.」

「이렇게 하는 것 보다 이렇게 하는 것이 氣分좋지?」

「응.」

유우꼬(裕子)는 료헤이(良平)의 귀에 입을 대었다.

「저도 만져도 돼요?」

료헤이(良平)가 고개를 끄덕이며,

「좋 구 말구.」

유우꼬(裕子)의 손이 뻗어왔다. 躊躇 躊躇한다.

이렇게 해서 어둠속에서 相互愛撫가 始作되었고, 유우꼬(裕子)의 呻吟소리는 漸漸 한 결 같이 이어졌고 그리고 흐트러져 갔다.

후미꼬(文子)는 조용히 있다. 자고 있는 것일까?

그러나, 只今은 이젠, 후미꼬(文子)에게 辭讓하지 않고 유우꼬(裕子)에게 專念할 수밖에 없게 되었다.
「나, 나요.유우꼬(裕子)가 말한다.
「나…….」
「왜 그러니?」
「異常해져 와요. 무언가, 氣分이 異常해 저요.」
「그렇게 되는 게 正常인 거야.」
「허지만.」
「아무 생각 말 어.」
료헤이(良平)는 한곳에 集中하기 始作했다.

12
歸京의 窓가

歸京의 列車속에서, 료헤이(良平)는 길고 길었던 여름 放學를 反芻(반추)해 보았다.
모지(門司) 始發의 列車에서, 多幸스럽게 窓쪽에 앉을 수가 있었다.
車內에는 鄕里에서 여름放學을 끝내고서 學校로 되돌아가는 學生들이 많다. 제 各各의 追憶꺼리들을 가슴에 안고 東쪽으로 向하고 있는 것이다.
當然히 료헤이(良平)의 가슴 正面을 바치고 있는 것은 驛의 프랫홈에서 손을 흔들면서 餞送해 주던 요시꼬(美子)였다.
요시꼬(美子)는 도쿄(東京)에서의 료헤이(良平)의 行狀이나 이번의 歸鄕에서의 료헤이(良平)의 難行도 모르고 있다. 료헤이(良平)를 믿고 있는 것이다. 萬一 료헤이(良平)에게 무슨 일이 있다고 한다면, 료헤이(良平)가 새로운 女子를 만나서 새로운 사랑을 느낄 때라고 생각하고 있는 것뿐인 것 같다.

男子란 愛情없이도 女子와 情을 通할 수 있다. 多情한 男子는 이따금씩 그런 放蕩을 되풀이한다. 그런 男子의 本質을 요시꼬(美子)는 全然 생각지를 못 하는 것 같다. 그것은 그만큼 그女 自身이 貞淑하기 때문이기도 하다. 그러나 료헤이(良平)는, 요시꼬(美子)와의 前途에 幻想을 품고 있지는 않았다.

요시꼬(美子)의 同生인 사까다·가쓰나리(酒田一成)는 男子이니까 奔放하게 살아갈 수가 있는 것이다. 人生을 冒險도 해 본다. 마음이 기울면, 試行錯誤도 거듭하기도 한다.

사까다(酒田)의 兩親은 期待속에서 그런 試行錯誤를 認定하고 있다. 靑年이란 잘못을 바로잡을 수가 있기 때문이다. 失敗의 體驗은 糧食이 되는 것이니까.

그런 点에서, 요시꼬(美子)는 束縛되어 있다. 常識的으로 살아가도록 强制 當하고 있는 것이다. 그래서 그 規制는 요시꼬(美子) 自身의 意識속에서도 물 드려져 있는 것이다.

이미 結婚 適齡期에 와 있다.

료헤이(良平)는 年下로서, 더군다나 아직 學生의 몸이다. 將來의 約束도 보이지 않는다. 自立의 生活도 하지 못하고 있다. 요시꼬(美子)가 료헤이(良平)와의 사이에

終止符를 찍고 父母나 周圍에서 시키는 대로 平凡한 結婚을 할 可能性은 크다고 하겠다.

年齡差가 別로 없는 戀人이 도쿄나 교오토(京都)에 進學 하고 있는 境遇, 鄕里에 남아있는 많은 아가씨들은, 自然히 그렇게 되어 버리고 마는 境遇가 많은 것이다. 周圍에도 그例는 얼마든지 볼 수가 있다. 그곳에는 悲劇的인 終末이 없다. 自然의 推移가 있을뿐, 지난날의 戀人의 結婚을 바라보는 學生들도,

「아아, 그女는. 멋들어진 女子였는데, 結婚해 가는 구나.」

憂鬱(우울)에 찬 表情으로 그렇게 말하고,

「글쎄다, 하는 수 없지 뭐. 우리들의 戀愛의 거의가 그렇게 되는 거겠지. 境遇의 變化를 무릅쓰고 오직 自身들의 사랑을 일구어 나가는 것이 珍奇할 뿐이다.」

그래서 深刻하게 슬퍼한다던지 를 하지 않는다. 오히려, 그것으로 一段落 되었다는 心境으로서, 그들 自身의 길을 가게 되고, 드디어는 새로운 戀愛를 始作하는것이다. 요시꼬(美子)와의 사이도 어떻게 보면 그러한 結末이 나는 것이 自然스러운 것인지도 모른다. 고 료헤이(良平)는 생각해보는 것이다. 自身의 心中을 드려다 본다. (그렇게 된다 하더라도 난 動搖하지 않아. 落膽(낙담)

하지도 않을 거야.)

(그女를 사랑하지 않기 때문이 아니야.)

(人生에서의 戀愛는 그 一部分에 지나지 않아. 그리고 戀愛는 단 한번뿐이 아니야.)

(내게 있어서 보다 重要한것은, 나의 野望이다. 말하자면, 自身이 納得할만한 作品을 쓰는 것이다.)

(그것에 比한다면 다른 모든 것은 조그마한 一部分에 지나지 않아.)

그렇게 생각하고서, 그렇게 생각함으로서 마음의 安定을 찾으려 하고 있는 것이다. 그러는 心理의 그 밑바닥에는, 어렴풋이 오사또(小里)의 存在가 비춰져 보인다. 따라서, 漸漸 멀어져 가고 있는 요시꼬(美子)를 그리워 하면 할수록, 漸漸 가까이 다가오는 오사또(小里)와의 再會의 기쁨이 가슴을 부풀게 하는 것이다. 핑계 좋은 心理이기도 하다. 背信이기도 하다.

허지만 原來 男子에게는, 료헤이(良平)에 限하지 않고, 모두가 그런 要素를 지니고 있다. 男子란 至極히 純粹하지 않는 以上, 理想의 戀人이 될 수가 없다는 것이다. 생각치도 못했던 關係를 가졌던 후미꼬(文子)와 유우꼬(裕子)와의 일도, 亦是 腦裡속으로 파고 들어온다.

獵色行脚(엽색행각)쪽으로 생각해 본다면, 이번의 歸鄕

에서의 두 번째의 收穫(수확)이기도 했다.

어떤 男子는,

「난, 이 半年동안 다섯名의 女子를 物件으로 만들었다.」

「只今까지 二十余名은 될 꺼다. 프로는 包含하지 않는 거다. 女子學生과 OL과 家庭婦人들.」

하면서 그 數字를 뽐낸다.

료헤이(良平)에게는 그런 쓰잘데 없는 公明心은 없다.

안아보았던 女子의 數字를 뽐내봤자 別 볼일 없는 거다.

그러나, 肉體的으로, 女子란 千差萬別이다. 여러 가지의 個性을 안다고 하는 것은, 그렇게 나쁜 일은 아닌 것 같다. 工夫도 될뿐더러, 單純한 滿足感도 있다.

女子란, 알고 있는 男子의 數가 적으면 적을수록 價値가 높은 것이고, 男子는 可能한한 많은 體驗을 하는 便이 좋은 것이다.

그런 억지스럽고 제멋대로의 생각이, 료헤이(良平)의 內部에도 存在하고 있다.

후미꼬(文子)는 現代的인 아가씨라는 印象이 强하다.

오히려 료헤이(良平)는 후미꼬(文子)에게 利用 當했다는 形狀이 된 것 같다.

그런 일이 있고난 다음, 한편으로는 한 번쯤은 찾아 오겠지 하고 생각도 해 보았지만, 結局 한 번도 찾아오지 않았다. 亦是, 그날 밤만의 實質的인 놀음이었다고 생각하는 편이 좋겠다. 료헤이(良平)쪽에서도 찾아가지를 않았다. 歸京하기 前에 한번쯤 電話라도 해 볼까하고 생각해 보았지만 어쩐 일인지 마음이 내키지 않았다.
執着이 일어났다고 誤解를 일으키는 것은 別로 좋지 않다고 생각되었기 때문이다.
(다시 한 번, 이번에는 眞짜 마음으로 안아 보고 싶다.)
그런 欲望도 있었다. 그러나, 그것도 마음 한구석에 크게 자리를 차지한 것도 아니었고, 體驗의 追認이라 하는 意味가 큰 것이다. 心情的인 意味가 우러나지 않는 것은, 맺어진 形態와 動機가 화끈했기 때문인지도 모른다.
(그럼, 서로가 한판의 놀이였으므로, 그런대로 좋겠지.)
여름放學이 끝나면 도쿄로 간다는 것은 후미꼬(文子) 自身도 알고 있다. 그러는데도 한 번도 찾아오지 않는것은, 후미꼬(文子) 自身도 료헤이(良平)와의 한 밤을 그렇게 重要하게 생각하고 있지 않는 것으로서, 오히려 마음이 가볍다.
그러는 한편, 료헤이(良平)의 內部의 에고이즘이, 그것을 不滿스럽게 여기고 있는 것이다.
(내게는 후미꼬(文子)를 옴쭉못하게 하는 힘이 없다는 것이 되는 셈이다.)

키시모토·코이찌로(岸本光一郎)와의 사이가 어떻게 될 것인가도, 한편으로 마음이 쓰인다. 그렇지만, 그건 후미꼬(文子)의 일이니까 別탈 없이 處理되리라 여겨진다.
(簡單하게 나와 놀았다.)
(이것은, 다른 男子에 對해서도 그렇게 할 可能性이 强하다, 고하는 意味도 된다.)
그러나, 賢明한 女子다. 나쁜 男子에게 걸려들 女子는 아니다. 自由롭게 살고 있으므로, 옆길로 빠지지 않고 조만간에 着實한 새로운 戀人을 만나게 되겠지.
(그보다도, 재미있는 것은 키시모토(岸本)다. 文學靑年의 典型인지도 모른다. 아마도, 아무런 苦生도 하지 않고 大學生活을 보내고 있고, 文學에 빠져있다고 볼 수 있겠다. 글쎄다, 어떤 小說을 쓸 것인지는 모르겠으나, 機會가 오면 읽어 봐야겠다.)
그런 意味에서의 라이벌(Rival)이기도 하다. 意外로 그러한 어정쩡한 親舊들이 佳作을 쓰는지도 모르지. 人物과 作品과는 一致하지 않는 点이 많으니까 말이다.
그날 밤, 키시모토(岸本)가 眞짜로 가버리고 난 다음, 이번에는 후미꼬(文子)의 눈앞에서 료헤이(良平)는 유우꼬(裕子)를 안았었다.
후미꼬(文子)는,

「나요, 그만 잘래요.」

하고 말하면서도 자지 않고, 료헤이(良平)와 유우꼬(裕子)와의 狀況의 進展에 異常하리만치 關心을 보이기 始作 했었다. 유우꼬(裕子)도 알-콜 끼가 들어 있었기 때문 이었겠지. 후미꼬(文子)에게 보여주는 것을 싫어하지 않았었다.

그 反對로, 후미꼬(文子)의 助言을 얻으려 하고 있었다. 무라세끼(村瀨)와의 體驗을 하고난 直後의 밤에 겹쳐서 료헤이(良平)에게 안기려는 心理는, 후미꼬(文子)以上으로 異常한 것이라고 말할 수 있겠다. 무엇이 유우꼬(裕子)로 하여금 그렇게 하게 한 것일까, 여러 가지를 생각하게 한다.

그러나, 료헤이(良平)는 深刻하게 생각하지 않기로 하고 유우꼬(裕子)를 안았던 것이다.

무라세끼(村瀨)에 對한 꺼림칙한 마음도,

(於此彼 이애는 내게 안기려고 마음먹고 있었고, 亦是 무라세끼(村瀨)의 戀人이 될 마음은 없는 것이다.)

라는 判斷에 따른 것으로서, 그렇게 큰 比重은 아니었다. 但只 료헤이(良平)가 最後의 線을 넘으려고 하는 瞬間에,

「眞짜 이렇게 해도 괜찮겠니?」

이렇게 물어볼 必要도 없는 것이라고 생각하면서도 다짐

을 하려 할 때의 유우꼬(裕子)의 對答은 新鮮하기 짝이 없었다.

「멈추지 말아요. 멈추면, 후미꼬(文子)짱에게 바보 取扱 當해요. 그 보다도, 하고 싶어요. 어째서 이런 氣分이 되었는지, 나 自身도 모르겠어요. 그것을 確認하고 싶어요.」

그렇게 말했던 것이다.

그런 다음의 유우꼬(裕子)의 反應도 新鮮했다. 痛症을 呼訴하는 것이다. 그리고 료헤이(良平)도, 處女地로 進入하는 틈새와 壁을 느꼈고, 途中에서 멈춘 채로 그 感覺을 머리속에 간직하려 하고 있었다.

곁에 있던 후미꼬(文子)는 유우꼬(裕子)의 反應을 듣더니 그의 얼굴을 드려다 보고서는,

「아 아니 너, 무라세끼(村瀨)氏와는 아무 일도 없었던 거 아니니? 只今이 처음인 것 아냐?」

하고 물었다. 그 表情에는 놀라움이 슬쩍 스쳐가고 있었다.

그에 對해서 유우꼬(裕子)는,

「아니야, 그렇지 않아. 그렇지만 아파. 아프지만 그것만이 아닌 것 같아. 念慮없어. 마음 쓰지 말 어.」

숨이 차서 헐떡거리면서 그렇게 말하고선, 自身에게 주

어지고 있는 刺戟을 맛보고 있는 눈매였다.

후미꼬(文子)는 다시 료헤이(良平)를 向하여,

「어때요?」

하고 물어온다.

료헤이(良平)는 고개를 끄덕인다.

「처음 하는 것과 같은 것 같 애. 두 번째에도 이런 程度인지도 모르지.」

그렇게 對答하고서는 다시 한 번 몸을 들이밀면서 유우꼬(裕子)를 끌어안았다.

「기다려 봐. 그대로 가만히 있어요.」

후미꼬(文子)가 그렇게 말하고선, 하얀 가-제 손수건을 가지고 와서 료헤이(良平)와 유우꼬(裕子)의 맺어지고 있는 部分을 부드럽게 훔쳤다.

유우꼬(裕子)도 그러는 것을 拒否하지 않았고, 지그시 눈을 감은 채, 가슴을 크게 올렸다 내렸다 하고 있다. 손수건에는 빨간 흔적은 묻어 나오지 않았다.

「亦是, 유우꼬(裕子)가 말 한대로 네요.」

드디어, 료헤이(良平)의 律動은 始作되었고, 유우꼬(裕子)는 呻吟을 吐하면서, 가슴을 밀어 올리거나 료헤이(良平)에게 꼭 달라붙거나 했다. 그러는 外部의 反應보다도 內部의 反應은 보다 더 複雜 했었다.

후미꼬(文子)의 손이 다시 뻗어 오더니, 료헤이(良平)의 몸을 確認해 보고서는,

「氣分 좋아요?」

하고 물어 왔다. 妖艶스럽게 번득이고 있는 눈이었다.

「음.」

「내꺼와 比較해 보고 있는 거죠?」

「그렇지 않다고는 할 수 없겠지.」

「어때요?」

「個性도 다를 뿐 아니라, 體驗도 다르니까.」

漸漸 유우꼬(裕子)는 痛症의 苦痛을 呼訴하지 않게 되었고, 드디어,

「어쩐지 氣分이 좋아져 와요.」

하고 말한다.

료헤이(良平)로서는 유우꼬(裕子)를 한곳 頂上으로 이끌어 준 다음 自身도 頂上을 달리는 것이 理想的인 것이다. 그렇지만 유우꼬(裕子)는 氣分좋게 구름 속을 헤매고만 있을 뿐 오르가슴(Orgasm=性交時 性快感의 絶頂)의 기척은 보이지 않는다. 처음 經驗하는 것과 같기 때문에, 그것까지는 不可能하다고 생각 되었다.

그래서, 이 程度로서 끝내려는 姿勢를 取하려 하는데, 그것을 敏感하게 알아챈 후미꼬(文子)가,

「기다려요.」
하고 말했다.
「응?」
「유우꼬(裕子)짱.」
유우꼬(裕子)에게 말을 건다.
「조금 後에 끝나는 거야.」
「…………..」
「大略 알 것 같니?」
유우꼬(裕子)가 고개를 끄덕인다.
「어떻니, 亦是, 別로 좋지 않니? 自身에게 疑問이 일어
 나니?」
「아 아니.」
「처음에는 다 그런 거야. 自身은 特別하다고 하는 생각,
 그만 버리는 거다. 다음은 똑 같애. 자아, 그 팔 풀어.
 와까스기(若杉)氏의 엣센스(Essence＝精水＝精液)는
 내가 밭을 테니까.」
그 말에 對해서,
「싫어.」
날카로운 語調로 유우꼬(裕子)가 그렇게 말하고서는,
료헤이(良平)를 꼭 끌어안는 것이다.
「그런 게 어디 있어. 싫어. 最後까지 體驗하지 않으면

後悔하게 될 거야.」
후미꼬(文子)는 한숨을 쉬면서,
「허긴, 듣고 보니 그렇기도 하네.」
하고 말했다.
료헤이(良平)도 유우꼬(裕子)의 意志를 따라, 姿勢를 取했다. 료헤이(良平)가 操心하면서 最高의 精誠으로 유우꼬(裕子)를 사랑해주고서 떨어져 내려온 뒤에도, 유우꼬(裕子)는 눈을 감은 채 微動도 하지 않았다. 후미꼬(文子)가 료헤이(良平)를 깨끗이 씻어주었다.
드디어,
「大略 알 것 같애.」
눈을 뜨고서 天井을 바라보면서, 유우꼬(裕子)는 그렇게 중얼거리듯 말하는 것이다.
「어떻게 알 것 같은데?」
후미꼬(文子)의 목소리는 多情스럽다. 무언가를 追求하려고 애쓰고 있는 유우꼬(裕子)에의 同情心으로 꽉 차있다.
(아주 妙한 友情이로구나.)
(結局, 후미꼬(文子)도 유우꼬(裕子)도 나를 自身들의 成長을 爲해서 利用한 것이므로, 이렇듯 平穩한 것이다.)

「亦是 나도.」

유우꼬(裕子)가 沈着한 語調로 對答한다.

「好色한 女子야.」

그런 다음, 두 사람의 女子는 大略 다음과 같은 이야기들을 나누는 것이었다.

좀처럼 들을 수 없는 이야기였으므로, 료헤이(良平)는 두 사람의 音色까지도 記憶하고 있다.

「그야 그렇지. 女子이니까.」

「틀림없이, 무라세끼(村瀨)氏는 엉겁결에 끝나버린 거겠지.」

「받아들이는 感覺이 달랐을 테지?」

「그럼. 나도 餘裕가 생겼기 때문인지도 모르겠어.」

「이번에 깜깜한데서 안기더래도 누가 누군지 分別할 수 있겠니?」

「그러리라 봐.」

「너, 於此彼 곧 도쿄로 갈 거지?」

「응, 응.」

「도쿄에서 와까스기(若杉)氏와 만날 거니?」

「만나고 싶어.」

「이렇게 繼續하고 싶니?」

「繼續해도 相關없어.」

「그렇지만, 사랑하게 되면 안 돼.」

「그건 알고 있어.」

「이런 사람을 사랑하게 되면, 不幸해져. 그러니까, 도쿄에 가거들랑 프라토닉(Platonic=理想的인)하게 좋은 사람을 찾는 거야.」

「그런 사람 찾을 것 같지도 않아. 그렇지만, 이 사람을 사랑하지는 않을 거야.」

「그럴 自信 있니?」

「글쎄.」

「없으면, 만나는 거 그만 둬.」

「만나는 것을 自身에게 禁止 시키겠다. 그렇다고 하지만, 만나고 싶어서 어떻게 할 수가 없게 될 것 같애. 그런 自身을 發見 할 수 있다는 게 기뻐.」

「그런 것을 기뻐한다면 안 되는 거야.」

「어째서? 그러는 女子의 마음이 自然스럽고 普通인것 아니니? 그런 女子가 되고 싶은 걸.」

「저 런 저런.」

후미꼬(文子)는 료헤이(良平)에게도,

「도쿄에서 유우꼬(裕子)와 만날 건가요?」

하고 물어본다.

「그건 이 사람 나름이겠지.」

「그럼, 만나겠군요. 그렇지만, 서로가 사랑해서는 안 된다는 것을 두고두고 確認해 가면서 만나지 않으면 안 될 거 에요.」

후미꼬(文子)의 房을 료헤이(良平)와 유우꼬(裕子)는 아침 일찍 나왔다. 료헤이(良平)는 유우꼬(裕子)를 驛에까지 바래다주었다.

헤어지려할 때에 유우꼬(裕子)는,

「도쿄의 저의 住所를 알고 싶지 않으세요?」

若干 不滿스러운듯이 그렇게 물어왔다.

「알고 싶어.」

새삼스레 住所를 적은 쪽지를 료헤이(良平)에게 건네 주었다. 그것은, 只今도 료헤이(良平)의 手帖에 적혀있다.

「異常한 사이가 되어버리고 말았다.」

車窓을 뒤로 사라져가는 風景을 바라보면서, 료헤이(良平)는 그렇게 중얼거리는 것이다.

13
合評會

와세다(早稻田))에는 몇 個의 同人雜誌가 있다. 文學部 地下賣店에서나 學校 近處의 書店에 陳列되어 팔리고 있다.

表紙에 若干 두터운 종이를 사용한 것뿐인 멋대가리 없는 것으로부터, 二, 三度 印刷로 멋을 부린 裝幀을 한 것까지, 雜誌로서의 體制는 여러 가지였다.

美術的으로 깨끗한 雜誌이건, 돈으로 멋을 들인 것들이건 모두, 內容과는 아무런 關係가 없다.

「그러나 亦是, 裝幀이 깨끗한 雜誌에 揭載된 作品이 作品다워 보인단 말이야.」

하고 하야노(早野)가 말했다.

「그렇더래도, 우리들 것은 돈이 不足하니까.」

이이쓰까(飯塚)가 歎息하듯 말한다.

옛날, 시라카바波(白樺派)의 사람들이 만들어낸 雜誌는

豪華스러웠던 것 같았다. 이쪽은 그네들처럼 富裕階級이 아니었다. 『街』는 여러 同人誌 中에서도, 第一 싸구려 냄새가 나는 雜誌였다. 히노·요시히라(火野葦平)先生님이 언짢게 생각한 것도 納得이 가는 일이다.

그것은 二 號째도 마찬가지였다. 다만, 돈을 들이지 않고서도 어떻게 해서든 豪華롭게 보이도록 모두가 머리를 짜 보았으나, 그것에도 限界가 있게 마련이었다. 다 된 것을 손에 들고 보니, 亦是 貧弱하기는 매한가지 였다. 그렇지만 同人이 세 倍로 불어났기 때문에, 同人名簿欄은 제법이었다.

료헤이(良平)는 그 二 號에도 短篇을 發表했다. 亦是, 몇몇의 同人雜誌評에서, 뽑혀져서, 제법 詳細한 批評을 받았다. 同人 雜誌 評이라는 것은, 大槪 半은 稱讚이고 半은 缺點을 찾아서 들어내어 議論하는 것이다.

全面的으로 稱讚만을 받는다는 것은 그렇게 흔한 일이 아니다. 批評의 對象으로 뽑히는 것만으로도 榮光인 것이다.

創刊號에 이어서 二 號에서도 료헤이(良平)의 作品이 批評의 對象이 되었다는 것은 學生으로서는 光榮이라 해도 좋을만한 일로서, 『街』의 同僚들은 그렇다 치고 다른 雜誌의 同僚들에게 료헤이(良平)의 이름을 浮刻

시키는 結果가 되었다.

그들 作品은 나까무라·하찌로(中村八郎)氏에게 읽혀졌던 것이 아니었고, 누구에게도 보여주지 않았던 作品이었다.

나까무라·하찌로(中村八郎)氏는 사람을 稱讚함으로써 그 才能의 눈을 뜨여 주는데 能爛한 사람이었다. 그러나, 그 心地는 결코 그렇게 너그러운 것이 아니고, 決定的인 마이너스的인 面에서는 부드러우면서도 살짝 못을 쳐놓는 것을 잊지 않는다. 批評을 받고나서 이것 저것 생각하고 있는 中에, 勿論 그 作品을 그대로 發表할 마음이 없어지고, 加筆을 한다 하더라도 누군가에게 알려진 作品이라고 밖에 생각되지 않는다.

그것보다는 누구에게도 보이지 않는 새로운 것을, 하는 그런 생각이 드는 것이다.

그러나 료헤이(良平)는,

「이것을 『新作家』에 실어보자. 내가 말 한 것을 參考로해서 다듬어 오게 나.」

하고 말한 『例外』라는 作品은, 精神을 다해서 다듬어 가지고 간 것 이었다.

『街』의 二號에 뒤따라서 豫定보다 한 號 늦게, 료헤이(良平)의 그 作品이 『新作家』에 發表되었다.

료헤이(良平)로서는, 태어나서 처음으로 많은 旣成作家나 編輯者나 先輩들로부터 批評을 받게 되는 것이다.
情이 깊은 다까야마(高山)가,
「너 혼자 가면 氣가 죽을 거다. 내가 따라가 주지.」
하고 말했다.
「付託한다.」
於此彼 痛烈한 批評을 받을 것은 틀림없는 事實이다. 親舊가 곁에 있어 준다면 마음이래도 든든해지겠지.
세끼모도(關本)는 『新作家』를 輕蔑하는 親舊다.
「그런 낡아빠진 무리들의 이야기 같은 거 듣고 싶지 않단 말씀이야. 그런 雜誌에 發表되었다고 어깨를 으쓱대는 너란 子息의 꼬락서니도 뵈기 싫고…‥.」
어깨를 움츠리며 나가버렸다.
이이쓰까(飯塚)는,
「會費를 支拂하고 苟且스러운 생각을 하면서 但只 한盞의 술을 마시는 거, 바보도 이만저만이 아니야. 나 신쥬꾸(新宿)에서 마시고 있을 께.」
하고 말하자, 이이쓰까(飯塚)와 親한 하야노(早野)는,
「난 只今, 마루꼬(丸子) 한테 옴쭉 빠져 있걸랑. 그런 會에 가는 것 보다는 마루꼬(丸子)랑 같이 있는 것이 훨씬 편하고 좋아.」

하고 말한다.

마루꼬(丸子)란, 이이쓰까(飯塚)나 하야노(早野)가 어느 女人에게 부쳐준 닉·네임(Nick·Name＝別名)이다.

얼굴 생김새가 동그랗기(丸) 때문에 글字 그대로 마루꼬(丸子)이고, 맛도 멋도없는 스트레이트(Straight＝純粹한)한 닉·네임이다.

밤의 신쥬꾸(新宿) 거리를 헤매고 다니면서 肖像畵를 그리는 女子들 中의 한 사람 이다.

 一定한 宿泊所도 없고, 마음 내키는 대로의 룸펜(Lum-pen＝失業者(獨))生活을 하면서 그림工夫를 하고 있는 것이다. 男子를 만나 意氣投合하면, 그 男子의 아파-트로 들어간다. 한두 달 그 男子와 同居하고, 다시 룸펜生活에로 되돌아오거나, 다른男子의 아파-트로 옮기거나 한다. 自由奔放하게 살고 있는 그런 女子가, 세끼모도(關本)의 말을 빌리자면, 이 신쥬꾸(新宿)에도 十余名 있는 것 같다. 古參이 사라지고 나면 다시 新參이 合勢한다. 마루꼬(丸子)는 그 中에서 比較的 新參에 屬하는 병아리 畵家인 것 같다. 只今은 어느 出版社에 勤務하고 있는 男子와 同居하고 있으면서, 밤이 되면 肖像畵를 그리려 신쥬꾸(新宿)로 나오는 것이다.

아무래도 하야노(早野)는, 그 마루꼬(丸子)를 自身의 품으로 뺏어 오려는 꿍꿍이를 품고 있는 것 같다. 한 사람의 男子와 同居하고 있으면서도, 簡單하게 다른 男子의 誘惑에 應하기도 하는 것이다.

그女들은, 世上의 倫理觀에서 내세우고 있는 純潔이라는 것은 男子가 女子를 抑壓하고 束縛하기 爲해서 女子에게 심어놓은 奴隷思想이라고 생각하고 있고, 그런 觀念에는 無緣하게 살아가고 있다. 마음이 내키는 대로 生活의 場所도 바꾸어 가고 있는 것이다.

히로가와·미찌에(廣川道江)는,

「난, 같이 갈래요. 親近한 사람의 作品을 評價하는 것이니까, 많은 工夫가 될 꺼야.」

하고 말한다.

헌데, 十四日의 저녁 무렵에 만난 이께다·오사또(池田小里)가,

「저도 出席하면 안되나요?」

하고 료헤이(良平)에게 묻는다. 合評會에는 會費만 支拂하면 누구든지 出席해도 相關없다. 오사또(小里)에게 료헤이(良平)가 그렇게 말 한 적이 있었다. 會費라는 것은 會場을 提供해주는 『모나미(Monami＝프＝나의친구, 愛人＝여기에서는 會場의 이름)』에 支拂하는 出席者 自身의 飮食代 이다.

「같이 가 주려고?」

「그러고 싶어요.」

「氣分 좋은데. 그러나, 나의 처음 실린 作品도 批評의 對象이 되는 거야. 아마도 제법 호되게 當할텐데, 요다음으로 미루는 것이 내 마음이 편해질게야.」

「전 무슨 말을 듣더래도 잘 알지도 못해요.」

「아니야, 그렇지도 않아. 어려운 哲學을 論하는 자리가 아니야. 小說의 技術批評이니까, 누구든 알 수 있어. 응, 그렇구 먼. 함께 參席해 볼 꺼나?」

「데리고 가 줘요.」

「집에는 괜찮을까?」

「親舊집에 들리는 걸로 할 게요.」

다음날 合評會의 저녁 무렵, 료헤이(良平)는 와세다(早稻田)에서 신쥬꾸(新宿)로 나왔다.

다까야마(高山)나 미찌에(道江)는 會場에서 만나기로 約束했다.

신쥬꾸(新宿)의 후다요시(二幸)驛앞에서 오사또(小里)와 만났다. 오사또(小里)는 검은 곤색의 수-쓰를 입고 있다. 年齡이나 服裝이나 雰圍氣를 봐서도, 女子學生처럼 보였다. 그대로 히가시나까노(東中野)로 向했다.

「사람들이 본다면,」

료헤이(良平)가 오사또(小里)의 귀에다 속삭인다.
「當身을 나의 愛人으로 보겠지. 愛人을 데리고 合評會에 參席하는 뻔뻔스런 놈이라고 생각하는 사람들도 있을 거야.」
「會場에 들어가서는 다른 座席에 가서 앉겠어요.」
「아니야, 그럴 必要 없어.『街』의 同人들도 두 사람와 있을 거야. 合席해도 괜찮아. 紹介해 줄 테니까.」
接受簿를 들러 會場으로 들어가니까, 아직 開會 前이었기에 사람들은 和氣靄靄, 서로들 옆 사람과 이야기들을 나누고들 있다.
메인·테-블(Main·Table)에는 몇몇 낯익은 作家들의 얼굴이 보인다.
아까하네·후미오(丹羽文雄)先生님은 아직 出席하지 않은 것 같고, 中央이 空席으로 비어 있다.
기둥 옆에 나까무라·하찌로(中村八郞)氏가 서서 누군가와 이야기를 나누고 있다.
「좀 기다려.」
오사또(小里)의 귀에 그렇게 말하고, 료헤이(良平)는 나까무라·하찌로(中村八郞)氏에게로 다가가서 人事를 드리자, 언제나처럼 상냥한 얼굴로 어깨를 두드려 준다.
「이보게, 여러 面에서 批評을 듣게 되겠지만, 同感이 가는 곳이 있으면 가슴속에 새겨두는 것을 잊지말게나.」
「네에.」
료헤이(良平)가 人事만 하고 座席으로 돌아 왔다.
그곳에 미찌에(道江)와 다까야마(高山)가 다가왔다.
이와이(岩井)도 함께였다.
「於此彼 코가 납작하게 當할 것은 뻔 한 일이고, 慰勞 해주려 왔다. 끝나는 대로, 신쥬꾸(新宿)로 나가서 마시자 꾸나.」
그러는 이와이(岩井)들에게 오사또(小里)를 紹介할때에 료헤이(良平)는, 오사또(小里)의 姓氏만 말했다.『親舊』라거나,『한동네에 사는』등의 말은 하지 않았다.
그래서인지, 료헤이(良平)의 同級生인 다까야마(高山)가 고개를 갸우뚱 한다.
「이런 사람, 우리들 크라스에 있었나.」
다까야마(高山)는 거의 學校에는 나오지 않고 아르바이트를 하고 있다. 그러니까, 크라스·메이트의 얼굴들을 어렴풋이만 알고 있을 뿐이다.
「아니야. 同級生이 아니다. 下宿 近處에 살고 있는 사람이다.」
「흐-음.」
이와이(岩井)가 辭讓끼 없는 눈으로 오사또(小里)를 바라본다.

「그럼 그렇지. 『新作家』에 揭載되었다는 것을 武器 삼아 이 아가씨를 꼬드기려 하고 있단 말이겠다. 效果를 노리고서 데리고 왔단 말이구나.」

普通으로 말한다면, 設使 마음속으로 그렇게 생각했더라도, 面前에서는 해서는 안 될 말이다. 그러고 보니, 이와이(岩井)는 벌써 제법 알-콜 끼가 들어 있는 것 같다.

「그런지도 모르지.」

료헤이(良平)는 苦笑를 禁치 못한다. 오사또(小里)는 얼굴이 굳어지면서 이와이(岩井)를 쳐다보았다.

「그게 아니에요. 제가 데리고 가 달라고 付託을 드렸던 거 에요.」

「그런 것 같네요.」

미찌에(道江)도 이와이(岩井)에게 非難의 눈초리를 보낸다.

「每事를 自身의 잣대로 재는 것은 나빠요.」

다까야마(高山)도 亦是,

「아니, 假令 이와이(岩井)氏의 斟酌대로라고 하더래도, 相關없지 않나. 우리들 젊은이들에게 있어서 權威있는 『新作家』에 發表되었다는 것은 대단히 자랑스러운 일이니까.」

하고 말한다.

이와이(岩井)는 입을 다물었다.

미찌에(道江)가 오사또(小里)에게 말을 걸었다.

「當身에 對한 것은 벌써 以前에 료헤이(良平)氏로부터 들어 알고 있어요. 小說을 좋아하나요?」

「이따금씩 재미있을 것 같은 것을 읽을 뿐이에요.」

「와까스기(若杉)氏가 小說을 쓴다는 것을 알고서 만나게 된 것인가요?」

「아니요. 그렇지가 않아요. 그건, 만나고 나서 한 참 後에야 알게 되었어요.」

드디어 아까하네·후미오(丹羽文雄)先生님이 나타나자, 會場을 가득 메운 參席者들과 함께 會議가 始作되었다. 司會者는 前 달에 이미 定해져 있다. 그 司會者가 일어서서 人事를 한 後에, 첫 번째 發言者를 指名했다. 最初의 發言者의 任務는 매우 重要하다. 이번 달의 論點의 方向을 定하기 때문이다. 너무 有名한 사람도 안 되고, 그렇다고 無名 人事도 안 된다. 中堅 크라스로 硏究心이 强한 사람이 指名된다. 그런 다음 第二의 發言者가 서서, 自身의 意見을 披瀝한다. 다시 第三의 發言者가 나선다.

作品을 發表한 사람만이 評價를 받는 것이 아니다.

發言者도 다시 그 發言內容을 批評 當하는 것이다.
거의가 메-모만을 읽어 내려가는 사람이 있는가 하면, 雜誌도 보지 않고 熱辯을 吐하는 사람도 있다.
全 作品을 評價하는 사람이 있는가 하면, 但 한 편만을 가지고 評하는 사람도 있다.
當然한 일이겠지만, 모든 사람이 모두 료헤이(良平)의 作品을 評하지는 않았다. 어떻게 보면, 發言者는 自身의 親한 사람의 作品에 對해서 많은 時間을 消費하고 있는 것이다. 一般的으로 말한다면, 료헤이(良平)의 作品은 가볍게 取扱되었다고도 볼 수 있다. 痛烈한 批評도, 過大한 讚辭도 없이, 適當하게 다루어졌다고 말 할는지도 모른다. 그리고 서는 亦是, 論議되어진 것은 創作技術에 關한 자 잘못이 거의 全部였다. 그러나, 同感을 일으키는 批評도 있었다.
自作에 對한 批評에서는, 그곳에 自身도 意識하지 못 했는데도 表現되어 있는 面을 分明하게 드러내어 보였고,
 (아 아니, 그런 要素도 있었나?)
하고 놀라는 境遇도 있다. 한 편, 納得이 되는 指摘도 많았다. 揭載하더라도 그렇게 異常하지도 않거니와 그렇다고 稱讚할 만한 것도 아니라는 点이 大多數의 意見인 것 같다.

「『新作家』에는 下士官들이 시끄럽게 군 다더구면.」
라는 것은 와세다(早稻田) 學生들 間에 敬遠視되고 있지만, 료헤이(良平)에 있어서는 그 사람들도 好意와 함께 『新人』으로 받아드려 주었다는 印象을 받았다.
맨 마지막으로 아까하네·후미오(丹羽文雄)先生님이 일어서서, 總括的(총괄적)인 評을 하였다. 하나의 作品을 이는 이렇다 저는 저렇다 가 아니라 問題가 擧論되었던 点에 對해서만 意見을 披瀝했다.
료헤이(良平)의 作品에 對해서는,
「어린 새싹이 漸漸 자라나면서 차례 차례로 새로운 作品을 發表할 것을 생각하니 期待가 커진다.」
라는 意味의 말을 해 주셨다.
그의 發言을 끝으로 合評會는 끝나고, 료헤이(良平)들도 다른 出席者들과 함께 驛으로 向했다.
電車안에서 료헤이(良平)는 오사또(小里)에게,
「곧바로 돌아갈래요? 萬一 當身이 그러고 싶다면, 내가 바래다 줄 테니까. 若干 늦더래도 괜찮다면, 신쥬꾸(新宿)에서 내려서 한 盞 하지 않을래요.」
하고 말했다.
「쪼끔이라면 요.」
오사또(小里)가 그렇게 말했으므로, 이와이(岩井)와

미찌에(道江)들과 함께 신쥬꾸(新宿)의 西쪽켠으로 나왔다.

改札口를 빠지면 바로 마-게트가 있고, 그 안에 많은 술집들이 줄줄이 늘어 서 있다.

「좋아, 오늘밤에는 아직 너희들에게 알려지지 않은 술집을 紹介 해 주지.」

하고 이와이(岩井)가 말한다.

「그 代身에, 와리깡(割り勘=머릿수대로 나누어서 支拂하는 日本말)이다. 商店의 마마에게 요상스런 마음 품지 말거라. 내가 찍어놓은 商店이니까.」

이와이(岩井)가 先頭에 서서 걸어간다. 醉漢이 스쳐간다. 이와이(岩井)의 어깨에 부딪힌다.

「操心 해, 짜 아식.」

이와이(岩井)는 모른 척 걸어간다. 닭고기나 돼지고기를 굽는 煙氣가 이 곳 저곳의 술집에서 흘러 나와 좁은 通路에서 만나 서로 뒤엉켜서 밤하늘로 사라져 간다. 여러 가지 飮食物이나 안주가 뒤 섞인 냄새가 四方에서 피어오른다. 걸어가면 갈수록 그 냄새가 각각 다르다. 各 商店 안에서 들려오는 소리도 가지 各色 이다. 奇聲을 發하면서 노래를 부르는가하면, 왁자지껄 떠들어 대는 소리도 들려온다. 길에 接한 商店의 階段을 이와이

(岩井)는 올라갔다. 다까야마(高山)도 미찌에(道江)도 그 뒤를 따랐다.

미찌에(道江)는 제법 能熟한 발 거름 이다.

오사또(小里)는 若干 不安스런 눈으로 료헤이(良平)를 쳐다본다.

「걱정 없어요.」

하고 료헤이(良平)는 말했다.

「얌전히 하고 있으면, 이 신쥬꾸(新宿)에서는 와세다(早稻田)의 學生에게는 너무 寬大해요. 어떤 商店이건 別탈 없으니까요.」

오사또(小里)는 고개를 끄덕이면서,

「한 時間 程度에요.」

하고 다짐을 놓는다.

「그렇게 합시다.」

료헤이(良平)들이 階段을 올라가서 商店안으로 들어가니까, 이와이(岩井)와 主人 女子가 부둥켜안고 입술을 交歡하고 있다. 商店안은 카운터 뿐이었다. 여덟 사람 程度 손님이 앉아있으면 滿員이 될 程度다.

照明이 밝다는 것은 飮食 專門店이라는 것을 말해주고 있다.

이와이(岩井)에게 안겨있던 女子는 뚱뚱한 女子다.

가슴팍에서부터 直接 허리가 붙어있는 느낌으로서, 나이는 四十을 넘은것 같다.
얼굴을 돌리면서 입술을 떼고서,
「어서 오세요.」
하고 말한다. 스타일-과는 어울리지 않게, 얼굴은 耳目口鼻가 整然하다. 化粧도 普通이고, 特히 눈이 맑게 빛나고 있다.
손님 이라곤 아무도 없었다.

14
友情과 競爭心

이와이(岩井)가 亦是 醉해서 亂暴해지지 않을까 하고, 료헤이(良平)는 마음을 쏟고 있다.
세끼모도(關本)들은 료헤이(良平)가 보다 큰 舞臺에 作品을 發表한데 對하여 모른 척 등을 돌리고 있다.
그 心理는 能히 알 수 있다.
다까야마(高山)는 점잖은 性格이므로, 라이벌 意識을 갖지 않고 祝賀해 주었다.
이와이(岩井)는 心境이 複雜한 것 같다. 公式席上에서, 누군가가 료헤이(良平)의 作品에 關해서 若干 豫想이 빗나가는 말을 할 때에는,
「저 親舊, 돌은 거 아냐?」
하고 火를 내면서 友情을 나타내어 보인다. 그렇다고 생각하는데, 稱讚을 하면,
「흥, 달콤한 말만 늘어놓는군.」

달갑지 않다는 얼굴을 하는 것이다.

다섯 名이 카운터에서 나란히 앉아 마시고 있는 데서도, 이와이(岩井)의 態度는 눈알이 빙글빙글 돌 程度로 變化 無雙이다.

료헤이(良平)에게 보다도 다까야마(高山)를 헐뜯는다. 그런가하면 이번에는 미찌에(道江)의 容貌에 對해서 내리 깎기도 한다.

어느 사이에는 方向을 完全히 바꾸어 료헤이(良平)와의 사이를 露骨的인 表現으로서 오사또(小里)에게 묻기도 한다.

「이봐요, 여어!」

하고 다까야마(高山)가 말한다.

「이와이(岩井)先輩, 무언가 괴로워하는 일이라도 있는 거 아닙니까?」

「빌어먹을!」

이와이(岩井)는 燒酒盞을 들이킨다.

「난 말이야, 세끼모도(關本)와는 달라. 觀念的인 괴로움 같은 거, 있을 턱이 없잖나! 나의 괴로움이라는 것은 말이야, 어떻게 하면 女子를 내 것으로 만들 것인가 하는 分明한 動物的인 問題란다. 어이, 다까야마(高山), 넌 잘도, 二町目의 女子를 안는 것만으로도 滿足하고 있구나.」
「二町目에서건 하나소네(花園)에서건. 女子는 女子죠.」
「그렇지만, 나는 그렇지가 못해. 너, 女子를 안고 射精을 하고나면 虛無感 같은 거 느끼지 않니?」
「그야 勿論 느끼죠. 첫째, 돈이 아깝게 느껴지지. 發射 直前까지는 그런 거 全然 생각나지도 않아요. 發射後 冷情을 찾고 나면, 强하게 느껴져요. 재미있는 일이죠. 欲望이라는 것도 제멋대로 거든.」
오사또(小里)가 듣고 있다.
오사또(小里)는 燒酒를 마시지 못한다. 사이다를 마시면서 잠자코 듣고만 있다.
別로 들려주고 싶지 않는 話題들이다. 그러나, 이러한 話題들에 익숙 해 지는 것도 하나같이 나쁜 것만은 아니다. 료헤이(良平)는 그렇게 생각하면서, 두 사람의 이야기를 막지 않고 내 둬 버리고 있는 것이다.
「아니야, 그것뿐만이 아니야. 처음에, 登樓하기 前부터 虛無하게 느껴져. 아, 그것은 虛無하고 어딘지 모르게 더러운 짓을 하려하는 거다. 마음 한구석에서 그렇게 생각하면서도, 二町目으로 발길을 옮기는 거야. 왜? 그럴까? 또한, 그러는 自身을 非難하는 要素는 어디에서 생겨나는 것일까? 나는 나를 잘 모르겠어.」

「누구든 間에 自己 自身을 잘 모르지. 알게 되면 큰 일 나게요.」

「헌데, 미찌에(道江).」

이와이(岩井)는 미찌에(道江)의 어깨를 껴안는다.

「오늘밤 나를 너의 房에 좀 재워주라.」

「좋아요.」

미찌에(道江)는 快히 應諾했다.

「그 代身에, 점잖게 자겠다고 約束할 수 있죠. 騷亂을 피우게 되면 같은 아파-트 사람들에게 弊를 끼치게 되니까요.」

「알겠다. 約束하지. 그럼, 잘 곳은 定해졌고. 오늘밤에는 돈이 되는 대로 마시는 거다.」

이와이(岩井)를 자기 房에 자고 가도록 한 미찌에(道江)도 제법 醉해 있다.

「이봐요, 이께다(池田)氏.」

오사또(小里)에게 이야기를 건넨다.

「當身, 와까스기(若杉)氏와 사귀는 거, 그만 두는 게 좋아요.」

「왜 그러는데요?」

알-콜이 들어있지 않은 오사또(小里)는, 眞摯한 表情으로 미찌에(道江)를 바라본다.

「이 사람, 當身을 귀엽다고 생각하고 있어요.」
「글쎄요.」
「아니요, 그래요. 그런데 그 센티멘탈적인『귀여움』이란 말이 妙한 거 에요.」
「네에.」
「"귀엽기 때문에 안아주고 싶다." 그런 氣分은 틀림없이 心情的으로 純粹해요. 그런데 끌어안고 있다 보면 마음이 異常하게 變하는 거 있죠.」
「…………….」
「센치멘탈 한 것이 男子의 欲望으로 變質되어 버려요. 自然스럽게 그렇게 되죠. 그것이 男子라는 겁니다.」
「…………….」
「귀엽다 라던가 챠-밍하다 라던가, 그런 것들은 愛情과 엇비슷하지만 本質的으로는 달라요.」
「그것은 알고 있어요.」
「그러니까, 注意하세요. 男子란 말이에요, 惡意가 없이도 結果的으로는 女子에게 나쁜 짓을 해버리고 마는 動物이에요.」

오사또(小里)는 료헤이(良平)를 바라본다.

「反論은 없으신가요?」
「응. 反論의 餘地가 없는데. 바로 그렇다고 할 수밖에요. 人生이란 操心만 하면 그르칠 게 없다는 거지.」
하자 瞥眼間에 이와이(岩井)가,
「무슨 말을 지껄이는 거야?」
료헤이(良平)에게 是非를 걸어온다.
「너 말이야, 나까무라·하찌로(中村八郎)氏가 제멋대로 作品을 揭載한 것뿐이야. 그런 거, 大學內의 同人雜誌中에 쌔고 쌘 거다.」
「응.」
료헤이(良平)는 首肯했다.
「나도 只今 그렇게 생각하고 있어요. 그렇게 좋은 作品은 아니었으니까요.」
「事實이 그런걸. 모두는 하찌로(八郎)의 얼굴을 봐서 부드러운 批評밖에 할 수 없었던 거야.」
「그 点도 생각하고 있어요.」
「우쭐대지 말거라.」
「알고 있어요.」
헌데, 카운터-의 저쪽에 서 있던 商店의 女主人이, 하얀 손을 뻗어오면서 이와이(岩井)의 손을 붙잡는다.
「이봐요, 이와짱. 오늘밤 우리 집에서 자고 가지 않을래요?」
「마마 집에서?」

「그래요. 집에는 할머니와 다섯 살짜리 계집애 뿐 이지만, 相關없어요.」
「어데 인데?」
「니시오기(西荻).」
「좋아, 그렇게 합시다.」
이와이(岩井)는 미찌에(道江)의 등을 두드린다.
「들은 바 대로다. 너와의 約束은 캔설(Cancel)하자구.」
「나도 그러는 편이 좋아요.」
미찌에(道江)는 웃는다.
「푹 잠을 잘 수가 있으니까요.」
「그런데,」
이와이(岩井)는 女主人의 손을 마주 잡는다.
「마마를 안을 수 있게 해 주겠죠?」
「내가 當身을 안는 거 에요, 가득히. 虛無한 것이 어떤 것인지를 느끼게 해 줄 테니까요.」
「安心했다.」
이와이(岩井)는 燒酒盞을 들이켰다.
「이것으로, 몇 十 番을 드나들었던 보람이 있구나.」
「허지만 오늘 밤 뿐이에요.」
女 主人은 못을 박아 놓는다.
「來日이 되면 말끔히 잊어버리는 거 에요.」

女 主人도 혼자서 마시고 있었으므로, 若干 醉해 있는 것이다.

「아아, 좋을 시구. 但 한번이래도 極樂이다.」

거의 한 時間쯤 되어서 료헤이(良平)가 일어섰다.

이와이(岩井)는 료헤이(良平)의 팔을 끌어당기면서 말린다. 그러나 오사또(小里)의 돌아갈 時間을 計算해 보고서 斷念했다.

「와까스기(若杉)氏, 잠깐.」

미찌에(道江)가 료헤이(良平)의 팔소매를 붙잡고, 若干 떨어진 場所로 끌고 갔다.

「나요, 다까야마(高山)氏와 한집 더 돌려 고 해요.」

「응.」

「다까야마(高山)氏를 한번 誘惑해 볼까요?」

「아서라. 그 親舊, 眞實한 사람이야. 놀이 같은 戀愛를 할 사람이 아니란 말이다.」

「허지만, 二町目을 찾는 거 아니던가요?」

「그 点이 微妙한거야. 프로 女子를 찾는 것은 全的으로, 欲情 處理를 爲해서다. 그러나, 普通 女子에게는 絶對로 손을 대지 않아. 손을 내어 미는 것은 사랑을 할 때 만이다. 이 世上에는 이런 男子도 있단다.」

「그렇담, 나도 그냥 돌아갈까 부다. 이봐요, 當身들, 내

房으로 오지 않을래요? 그렇게 해 준다면 쬐끔 더 마
실 수 있겠고, 멀리가지 않아도 되잖아요?」
「글쎄다, 그女가 外泊을 할 수 있는지가 問題지.」
료헤이(良平)는 다까야마(高山)와 무언가 이야기를
주고받고 있는 오사또(小里)의 곁으로 다가갔다.
「오사또(小里)氏, 오늘밤, 꼭 돌아가지 않으면 안 되
  나요?」
「네에.」
오사또(小里)는 료헤이(良平)를 올려다보고 複雜한 表
情을 짓는다.
「親舊 집에서 자는 걸로 하면 안 될까? 히로가와(廣川)
  氏가, 한 곳 더 들렸다가 그女의 아파-트로 가자고 하
  는데.」
「글쎄요.」
고개를 갸웃거리다가, 決斷을 내린 듯이,
「늦게 될 때에는 親舊집에서 자게 될는지도 모른다고
  하고는 나왔었지만.」
「그거 多幸이네요, 그렇게 합시다.」
오사또(小里)의 집에는 電話가 없다.
「만난다고 했던 親舊 집에 電話가 있나요?」
「없어요.」

아직도, 電話가 놓여 있는 집은 別로 없었다.
「그렇다면, 말이 맞지 않을 걱정은 없겠네요. 그리고 事實은 女性의 房에서 자기 때문에 問題 될게 없어요.」
그렇게 되어서 네 사람은 시끄러운 이와이(岩井)와 헤어져서 二次로 마시게 되었다.
東쪽 入口를 돌아서, 미찌에(道江)가 몇 번 親舊들과 들렸던 술집으로 向했다.
넓은 店鋪로서, 안에는 떠들썩한 것 같다.
「들어 가 볼까요?」
주름을 제치고 안쪽을 드려다 보던 미찌에(道江)가 뒤돌아보고서는,
「자리가 있어요.」
하고 말한다.
「저기 하야노(早野)氏가 베레帽를 쓴 女人과 마시고 있어요.」
「그거야 재미있게 되었는데.」
하고 對答한 것은 다까야마(高山)였고, 앞서서 門을 열고 들어갔다.
료헤이(良平)들을 본 하야노(早野)는 매우 놀라는 表情이었다.
「야-,야-. 너희들이 이 술집에 오다니. 이 술집은 비싸

단 말이야. 燒酒는 팔지 않는 집이야.」
「알고 있다네.」
하고서 다까야마(高山)가 옆의 빈자리에 앉았다.
「燒酒로 목구멍을 태웠기 때문에 麥酒로 식히려 왔단다.」
다까야마(高山) 뒤를 따라 미찌에(道江)도 앉았고, 뒤따라서 료헤이(良平), 오사또(小里) 順으로 앉았다.
미찌에(道江)는 오사또(小里)를 돌아보면서,
「우리들은 주먹밥과 된장국을 먹어요. 이집의 주먹밥, 맛있어요. 된장국도, 손님들의 注文에 따라, 된장을 넣어서 새로 끓여 내어 와요.」
하고 말한다.
「네에, 그것을 먹겠어요. 眞짜 배가 고팠거든요.」
료헤이(良平)는 두 사람만이 되었을 때에 이께부꾸로(池袋)에서 무언 가를 먹으려고 생각 했었다.
미찌에(道江)는 繼續 료헤이(良平)의 귀 에다 무언가를 속삭인다.
「저 女子가 마루꼬(丸子)라는 分이죠?」
이름 그대로 보름달처럼 동그란 얼굴을 하고 있기 때문에 얼른 알아 볼 수 있었다. 머리는 단발머리를 하고 있다.
「그런 것 같은데.」

「아 아니, 료헤이(良平)氏도 만난 일이 없어요?」

「只今이 처음이야.」

저쪽에서는 하야노(早野)가,

「와까스기(若杉)의 作品, 評判이 어 땠는데?」

하고 다까야마(高山)에게 묻는다.

「大體的으로 好評이었다.」

「그렇다면 잘 못된 것 같은데.」

하야노(早野)가, 고개를 도리질한다.

「그 合評會에서 好評을 받았다고 해서, 文壇에서는 重要視하지 않아. 別 볼 것 없는 作品이 높은 點數를 딴다고들 하던데. 詩 同友會같은 것으로, 個性的인 傑作은 評判이 나쁘다더라.」

「여러 가지 点에서, 트집을 잡기도 하더구나.」

「何如튼 잘됐다. 어이, 와까스기(若杉), 한잔 어때?」

「아니야, 나 麥酒를 마실래.」

그 麥酒가 날라져 왔고, 네 個의 컵에 均等하게 따라졌다. 그리고 乾杯에는 오사또(小里)도 合勢했다.

「이와이(岩井)도 갔었지?」

하는 하야노(早野).

「아,아. 좀 前까지 함께 마시고 있었다. 西쪽 入口에서. 혼자서 只今도 마시고 있을 거야. 마마를 꼬드기고 있단다.」
「아아 그 女子 말이지. 그 뚱뚱보 女主人, 그 子息도 趣味가 좋지 않아.」
그러나 하야노(早野)는 그 以上의 險談은 하지 않았다. 이이쓰까(飯塚)와 親하게 지내고 있고 그 影響을 받은 셈인지 無賴派처럼 거드럭거리고 있다고는 하지만, 뿌리는 점잖은 性格이다. 그러므로 오사또(小里)를 紹介했을 때, 비꼬는 말투는 하나도 없이, 紳士的인 모습으로 머리를 숙였을 뿐이다.
하야노(早野)의 얼굴은 다시 마루꼬(丸子)쪽으로 돌려졌다.
어떻든 間에 하야노(早野)와 마루꼬(丸子)는 료헤이(良平)들이 나타나기 以前에는 油畵에 對해서 이것 저것 이야기를 하고 있었던 것 같다.
미찌에(道江)가 료헤이(良平)의 귀에 속삭인다.
「저 두 사람, 只今 어느 程度의 사이 인가요?」
미찌에(道江)는 오사또(小里)의 心理를 分別 할 수 있기 때문에, 아까 부터도 오사또(小里)에게는 들리지 않는 목소리로 말하고 있는 것이다.
「勿論,」
료헤이(良平)는 躊躇하지 않고 對答했다.

「몇 번인가, 自身의 房에서 자고 갈 程度의 사이죠.」
「그렇겠죠.」
「只今은 한 달 程度 同居해 보려고 꼬드기고 있는 中이지.」
「어째서?」
「저 女子는 只今, 다른 男子의 房에 居處하고 있거든. 하야노(早野)는, 娼女들에게 줄 곳 다니고 있지만, 同居의 經驗이 없어요. 小說을 쓰기 爲해서도 그런 經驗을 하고 싶은 거죠. 저 子息은 只今, 한번 程度 同居 經驗을 하지 못한다면 어엿한 男子 口實을 못한다고 생각하고 있으니까요.」

燒酒를 마시고 있을 때에는 別로 달라져 보이지 않던 다까야마(高山)의 얼굴이, 麥酒 한잔을 마시더니 금새 발갛게 되어 버린다.

「異常한데.」
「알-콜 度數가 낮은 麥酒를 마시고, 醉해버린것 같구나 야.」
「麥酒는 吸收가 빠르거든. 結局 燒酒의 알-콜도 같이 吸收되어 버린 거다.」

다까야마(高山)는 미찌에(道江)의 어깨너머의 료헤이(良平)의 등을 쿡 찌른다.

「야, 인마!, 와까스기(若杉).」
「왜냐?」
「너, 이 오사또(小里)氏를 좋아하고 있는 거지?」
「그렇다.」
「난 잘 알지. 實은 말이야, 나도 어느 女子를 좋아하게 되었단다.」
「호오.」
「勤務하고 있는 곳에 이번에 새로 入社한 茶 심부름 하는 少女란다.」
「그럼, 定式으로 프로포-즈 해 봐라.」
「아니야, 손도 발도 내밀지 않았단다. 아직 커피 한 잔 마시자고 말도 건네 보지 않았다.」
「그러면 안 되지.」
「中學生같은 짝사랑이지. 中年男子가 純情어린 사랑을 하는 心情을 알 것 같은 氣分이 들 더라.」
「젊디젊은 게 못할 말이 없구면.」
「그래서 난 이번에, 中年 男子의 그런 사랑을 描寫해 보려고 한단다.」
「그건 안 돼.」
마루꼬(丸子)와 이야기를 나누고 있던 하야노(早野)가 버럭 소리를 지른다.

「스무 살 밖에 안 된 네가 中年男子를 그린다고. 그야 안 되지. 必然性이란게 없어. 리얼리티(Reality)도 없단 말이야. 무-드(Mood)밖에 없어. 무-드 만을 쓴다해도, 그건 가짜밖에 될 수 없어.」

「그럴까.」

「자, 우리는 갈랜다.」

「어디로 가는데?」

「가긴 어딜 가. 집으로 가는 거지.」

「그 畵家도 함께 가는 거니?」

「그女는 只수부터가 장사다. 밤이 샐 무렵이면, 醉客들이 붐비게 되지. 술에 醉한 親舊들은 생각도 하지 않고 應해 주거든. 이제부터가 그女의 장사 時間이란다.」

하야노(早野)와 마루꼬(丸子)는 門을 나갔다.

마루꼬(丸子)는 료헤이(良平)들에게 고개 한번 까딱 하지도 않는다.

15
亦是, 헤어진 男子

료헤이(良平)가 오사또(小里)를 데리고 미찌에(道江)의 房으로 간 것에 對해서, 萬一의 境遇를 생각하지 않을 수 없었다.
萬一, 오사또(小里)의 집에서 外泊이 問題가 되었을 境遇, 미찌에(道江)에게 오사또(小里)의 집으로 찾아가 달라고 하려는 것이다.
突然히 잘 알지 못했던 女子親舊가 나타났다 해도, 같은 女子이므로 父母들은 그렇게 問題視하지않을 것이기 때문이다.
假令, 료헤이(良平)가 오사또와 함께 되고 싶다 해도 한 집안에 몇몇의 親舊들과 함께 살고 있기 때문에 그곳으로는 데리고 갈 수가 없는 것이다.
미찌에(道江)의 房으로 데리고 간다. 미찌에(道江)가 무엇을 생각하고 있는지는 如何튼 間에, 어찌 보면 무슨 일이 일어 날것도 같은, 冒險에 對한 期待도 있는 것이다. 그러나, 그런 期待는 그렇게 큰 比重을 차지하고 있는 것은 아니다. 어디까지나 自然的으로 그렇게 되어 진다면, 하는 바램이라고나할까.

아무런 別 일 없이 아침을 맞아도 좋다. 反對로, 어쩌면 그러는 것이 이제부터를 爲해서도 잘 된 일인지도 모른다. 함께 있었다는 것 만 으로도 즐거운 것이다.

신쥬꾸(新宿)驛에서 中央線을 타는 다까야마(高山)와 헤어져서, 세 사람은 地下鐵의 改札口로 向했다. 結局, 미찌에(道江)는 다까야마(高山)를 誘惑하지 않았다. 弄談이었는지도 모르겠다. 올라 탄 것은 마지막電車였다. 술에 醉한 사람들이나 술집 女子들이 많았다.

여기저기서 嬌聲(교성)이 들려온다.

十分程度 달리다가 電車에서 내렸다.

「여기에요.」

걸어가자니 몇 칸 째의 빨간 燈을 매달아 놓은 술집들이 눈에 들어온다.

「들어가서, 쬐끔만 더 마시고 가지.」

료헤이(良平)가 말하자,

「안 돼.」

미찌에(道江)가 팔소매를 끈다.

「이 以上 마시면 毒이 되는 거 에요.」
「허지만, 어쩐지 不足한 것 같아서…….」
「그렇더라도, 亦是 그만 두는 게 좋아요.」
하고 오사또(小里)도 덧붙여 말한다.
그러자, 료헤이(良平)는,
「그럼, 그렇게 할 꺼나?」
率直하게 首肯하고서 그 술집 앞을 지나가는데,
「요전번에는, 저 집에 强制로 들어갔었죠.」
하고 미찌에(道江)가 말한다.
「아, 그랬었던 가요.」
료헤이(良平)도 생각이 나는 것이다.
오사또(小里)는 아무 말도 하지 않는다. 그러나, 두 사람의 이야기를 듣고서, 료헤이(良平)가 以前에도 미찌에(道江)의 房에서 자고 간 일이 있었다는 것을 알 수 있었다.
미찌에(道江)는 얼른 그런 氣味를 알아채고서,
「이께다(池田)氏, 誤解는 하지 말아요. 그때 이 사람 재워 주기는 했지만, 아무 일 없었으니까요.」
하고 말한다.
「그랬었나요? 그렇지만 오늘밤에는 제게 辭讓할 必要가 없어요.」

오사또(小里)의 意外의 對答이었다. 료헤이(良平)와 오사또(小里)는 이미 입술을 交歡한 사이이고, 제법 親密하게 되었다고 생각하는데, 스스로 한 발짝 물러서는 것은 異常한 일이다.

(이거야말로 좋잖은 徵兆인데.)

료헤이(良平)는 오사또(小里)의 어깨를 안았다.

「그렇지가 않아요. 히로가와(廣川)氏는 나와는 但只 親舊사이에 不過 해요. 아까 이와이(岩井)를 자고 가게 하는 것과 같은 意味라구요. 나와 히로가와(廣川)氏 사이에 무슨 일이 있을 턱이 없어요.」

主要한 일이기 때문에, 힘들은 목소리로 熱心히 辯明했다.

「알고 있어요, 그렇지만.」

하고 오사또(小里)가 웃는다.

「但只 親舊사이라 할지라도 서로 그런 마음이 있어서 같이 노는 것도 없을 수는 없잖아요?」

그 말에 對해서 료헤이(良平)는,

「그런 일, 있을 수 없어요.」

하고 對答하는데, 미찌에(道江)는 그 反對로,

「그렇네요, 있을 수 있는 일이네요.」

하고 말하고선, 바로 繼續했다.

「허지만, 念慮말아요. 나와 와까스기(若杉)氏 사이에서는 있을 수 없어요.」

여름 放學때에 나까가와·유우꼬(中川裕子)와 후미꼬(文子)의 房에서 밤을 새운 일이 있었다.

그날 밤은 性的인 무-드가 充滿해 있었다.

(오늘 밤은 달라.)

료헤이(良平)는 確實하게 그것을 느꼈다.

若干, 不足感을 느꼈다. 허나, 한편으로는,

(이런 밤도 있어도 좋다.)

하는 氣分이 들었다.

세 사람은 얼마後에 미찌에(道江)가 살고 있는 아파-트로 들어갔다. 현관으로 들어가서 구두를 벗고, 미찌에(道江)를 따라 複道를 걸어갔다. 한 밤중이기 때문에, 다른 房에 살고 있는 사람들에게 弊가 되지 않도록, 발소리를 죽이면서 걸어갔다. 이야기도 하지 않았다.

門앞에 섰다. 門의 가운데가 牛乳色 유리로 되어있다. 房에 電燈이 켜져 있는 것을 알 수 있었다.

「아 아니, 電燈을 켜놓은 채로 外出했었나?」

고개를 갸우뚱하고 중얼거리면서, 미찌에(道江)는 열쇠를 돌렸다.

門을 열고 房으로 들어가던 미찌에(道江)가,

「앗!」

하고 외치면서 그대로 複道로 뛰어나와서 료헤이(良平)를 껴안는다.
「사람이, 사-사람이 있어요.」
그때에 房안에서,
「나다, 미찌에(道江).」
하는 男子의 목소리가 들렸다.
료헤는 미찌에(道江)의 어깨를 두드린다.
「아는 사람인가 봐.」
그러나, 只今도 미찌에(道江)는 떨고있다.
오사또(小里)도 얼굴이 새파래져 있다.
그러는 미찌에(道江)를 뒤로 돌리고, 료헤이(良平)는 房안으로 들어갔다. 빨간 셔츠를 입은 男子가 房 한가운데에 서 있다.
키는 료헤이(良平)보다 若干 큰 것 같다. 머리는 길게 길렀고, 蒼白한 얼굴을 하고 있는 美 青年 이었다.
료헤이(良平)를 보고 놀랐다는 表情으로, 壁쪽으로 물러 선다. 그 눈에 恐怖의 빛깔이 흘러갔다.
료헤이(良平)는 啞然해 졌다.
료헤이(良平)가 女子 房에 갔다. 그 곳에, 여름放學때에는 男子가 뒤에 나타났다. 이번에는 男子가 먼저와 있다. 혼자 사는 女子의 房에는 이렇듯 男子가 나타나게 마련인가 보다.

(그렇고 그런 거구나. 틀림없이, 이 世上은 男子와 女子로서 짜여 져 있기 때문이로구나.)

미찌에(道江)도 료헤이(良平)의 뒤를 따라 房으로 들어갔다.

「어머, 當身. 어디에로 들어왔나요?」

「未安 해.」

男子는 머리를 숙인다.

「窓門으로 해서 들어왔다.」

「窓門은 잠겨 져 있지 않던가요?」

「잠겨 있었어. 자꾸 흔드니까 조금씩 빠지길 래 열고 들어 왔지. 그리고 暫間 기다리고 있던 참이다.」

미찌에(道江)가 헤어졌다고 하던 以前의 戀人이라는 것을 쉽게 알 수가 있었다.

「그는 그렇고, 뭣 하러 왔어요?」

「……………」

「여긴 이젠 當身이 아무렇게나 함부로 들락거릴 데가 아니라 구요.」

「알고 있다. 付託이 있어서, 할 수 없이 찾아 왔다.」

오사또(小里)는 아직도 複道에 있다. 男子에게는 료헤이(良平)와 미찌에(道江)만이 보인다. 普通때라면, 미찌에

(道江)는 얼른 오사또(小里)를 불렀을 것이다. 男子의 出現으로 그것을 잊어버렸던가, 아니라면 일부러 료헤이(良平)와 둘이서 온 것처럼 보이기 爲해서 그런 건지, 오사또(小里)를 부르지 않았다.
(여기서는 내가 미찌에(道江)의 새로운 戀人行世를 하는 것이 좋을는지도 모르겠군.)
료헤이(良平)도 그대로 다다미위에 正座를 하고 앉았다.
「재미있는데. 모처럼 찾아온 것 같은데, 이야기를 들어 보는 게 어때? 그래, 當身도 앉아요.」
「아니요.」
미찌에(道江)는 男子에게로 다가선다.
「돌아 가 줘요. 이야기 같은 거, 더 以上 할 것도 들을 것도 없어요. 더군다나 이런 밤중에……..」
「이야기 좀 들어 줘.」
「들을 이야기 같은 거 없어요.」
미찌에(道江)는 窓門을 열고 밖을 내다보았다.
「구두가 있네요. 자, 窓門으로 들어왔으니까, 窓門으로 해서 나가요.」
「돈 좀 꿔줘. 얼마래도 좋아. 돈이 좀 必要해. 付託 해.」
「돈을 빌리려 왔나요?」
「그렇다. 언제인가 너를 만났었지. 네가 火를 내지 않고

있다는 것을 알고서 安心했단다. 그래서 어리광을 부려
 보고 싶었다. 어떻게 되어서, 돈이 좀 必要 해.」
큐우슈(九州) 오구라(小倉)에서, 후미꼬(文子)의 집에
醉해서 나타났던 男子는, 후미꼬(文子)와의 사이를 復
活시키려는 目的 이었다. 제멋대로 구는 無禮한 親舊
였지만, 무언가에 熱中하는 모습이 보였었다.
(이 男子의 境遇는, 등쳐먹는 子息인가? 제법 美 男子
이므로, 女子를 깔보고 있는지도 모르겠다.)
료헤이(良平)가 일어섰다.
「어이, 미찌에(道江). 돈을 꾸어주지 않으면 안 될 義理
 라도 있는 거야?」
간단히 이름을 부른 것은, 미찌에(道江)와의 사이를 表現
하기 爲해서였다.
「없어요.」
미찌에(道江)는 고개를 도리질 했다.
「그러니까, 돌아가요. 不法 侵入은 容恕할테니까 얼른
 나가기나 해요.」
료헤이(良平)는,
(이거야 亦是 싸움이 일어날지 모르겠구먼. 이 親舊, 키
는 크지만, 別 볼 것 없는 것 같기는 헌데, 말이야.)
그렇게 생각하면서도, 갑자기 달려들 것을 豫想하면서,

「돌아가라는 말, 듣지 못한 거는 아니겠지.」
하고 말했다.
「이 房의 主人이 이렇게 말하고 있다. 돌아가는 게 좋겠는 데.」
男子는 료헤이(良平)를 바라본다.
「네가 이와이(岩井)가?」
이와이(岩井)는 미찌에(道江)와 같은 크라스이고, 親하게 지내는 사이다. 이 房에서 자고 간 때도 있다.
「틀려요.」
미찌에(道江)가 얼른 對答한다.
「當身과는 相關없는 사람이에요. 何如튼 돌아가요.」
「돈 좀 꿔 줘. 形便되는 대로도 좋아.」
「알 수 없는 男子로군. 女子에게 돈을 꾸어 간다는 거, 그런 根性이 뵈기 싫군. 빨리 돌아가지 않으면, 피비가 내릴 거야.」
男子는 허리를 구부려서 房바닥에 있는 洋服 윗도리를 집는다.
이런 때가 第一 危險하다. 몸을 숙인채로 突進해 오는 境遇가 있다. 료헤이(良平)는 벽 쪽으로 살짝 물러났다. 그러나 男子는 몸을 바로 세우고는 웃옷을 걸쳤다.
「다시 오겠다.」

「제발 오지 말아요.」
「車費도 주지 않는 거니, 電車도 다 끊어졌는데.」
사람 좋은 미찌에(道江)는 지갑을 꺼내어, 한장의 紙幣를 男子에게 건네주었다.
「이것이 마지막이에요.」
돈을 받아서 주머니에 쑤셔 넣은 男子는 싱긋 웃으면서,
「재미있게 놀아라.」
이렇게 말하면서 窓門을 넘었다. 미찌에(道江)는 얼른 덧 門까지 잠갔다.
료헤이(良平)는 오사또(小里)를 부르러 複道로 나갔다. 오사또(小里)는 複道의 壁에 기대고 서 있다. 데리고 들어갔다.
미찌에(道江)는 다다미 위에 펄썩 주저앉아 있다.
「정말 귀찮아. 當身이 나의 새로운 戀人이었고, 내가 그치와의 過去를 告白하지 않았더라면, 단번에 끝장이 날 번한 그런 場面이었네요.」
료헤이(良平)도 오사또(小里)도 앉았다.
「바로 그렇네. 窓門은 끈질기게 흔들다 보면 조금씩 조금씩 잠을쇠가 돌려지고 헐거워지면서, 窓과 窓사이가 헐거워져서, 열려지게 돼 있어.」
「眞짜 多幸이야. 當身들과 함께 오게 되어서. 그렇지 않

았더라면, 그치를 자게 했겠죠.」

「아니야, 쫓아내었을 걸.」

「아니야, 난 나 自身을 알고 있어요. 자고 가게 했을 거고, 結局, 前처럼 되돌아갔을 거 에요.」

「마음 弱한 말 그만 둬요.」

「女子란 弱하단 말이에요.」

오사또(小里)가,

「어째서 헤어 졌던 건가요?」

하고 물어본다.

「어떻게 되다보니 헤어지고 말았죠. 싸움을 하고나서 헤어진 것도 아니고, 그치는 年中 다른 女子에게 손을 뻗치고 있었으나, 그것도 原因이 아니었어요.」

「아직도 좋아하고 있는 거 아니세요?」

「아 아니.」

確實하게 고개를 젓는다.

「人間的으로 좋아하지 않는다는 것을 알고 나서, 헤어졌어요.」

「그런데 美男子이군. 저 程度라면 차 례 차례로 女子를 끌어들인다는 것이 異常할 것도 없겠군.」

「바로 그래요.」

오사또(小里)의 面前이지만, 미찌에(道江)는 료헤이(良

平)에게 가까이 다가앉으면서, 兩손으로 료헤이(良平)의 손을 잡는다.
「그 얼굴이 좋았어요. 只今도 그렇게 생각해요. 더군다나, 섹쓰도 잊혀 지지가 않아요. 그렇지만 헤어졌어요. 人間的으로 싫은 男子였어요.」
「어디가 싫어졌나요?」
「돈을 꾸러 왔다고 했죠? 女子란 모든 것을 男子에게 바쳐야 한다고 믿는 사람이에요. 이 房은 아니었지만, 한 달 程度 同居를 했었어요.」
「흐음.」
「말하지 않던가요? 房貰라든지, 食費나 定期券을 살 돈까지, 全部 내가 대었어요. 아르바이트를 하면서 그 돈을 마련한 거에요.」
「그 程度로 오냐오냐 한 게 잘못된 겁니다. 그러니까, 이렇게 뜯으러 찾아다니는 겁니다.」
「이젠 틀림없이 더 以上은 오지 않으리라 봐요.」
「아니요, 모르는 거에요.」
「내게 아직 다른 사람이 없는 걸로 알고 찾아 온 거에요. 오늘밤, 當身과 함께 돌아 왔죠. 이께다(池田)氏의 모습은 發見하지 못했겠다, 當身을 나의 새로 생긴 戀人으로 생각 한 거에요. 아까 내던지고 간 말로서도 알 수가 있거든요.」

「글쎄, 그렇게도 생각 되 누만.」
「當身은 쎈 것처럼 보였고, 그치, 腕力에는 自身이 없 거든요. 더 以上은 두려워 서도 못 올 거 에요.」
「잘못된 거 아닌가?」
「무슨 말씀. 이것으로 잘 됐어요.」
「그와의 섹쓰가 잊혀 지지 않는 거 아닌가요?」
「이젠 過去之事.」
「그러나 現實的으로, 當身은 戀人을 만들고 있지 않잖 아요.」
「이제부터 만들 참이에요.」
「이와이(岩井)가 아니냐고 불리어졌을 때에는 깜짝 놀 랐지 뭐야.」
「이와이(岩井)氏와 親하다는 것을 알고 있어요. 내가 그치와 헤어진 것도 이와이(岩井)氏와 꼭 붙어 다녔 기 때문이라고 생각했었으니까요.」
「돈이 왜? 必要한거지?」
「於此彼, 어디 엔가의 女子의 中絶 費用인가 뭔가 겠죠. 나를 업신여기고 있었기 때문에 찾아 온 거 에요.」
「車費도 주지 말았어야 했는데.」
「그도 그렇군요. 허지만, 틀림없이 이번이 마지막 이에 요.」

「그렇게 된다면 좋겠지만. 何如튼, 女子에게 돈을 뜯어 가는 男子는 마음에 들지 않아. 品性이 卑劣하단 말이야. 자아, 이렇듯 한 幕 演劇도 끝났으니까 그만 자지 그래.」
「罪悚하게 되었어요.」
「되돌아오지는 않겠지.」
「돈도 주었고, 當身이 곁에 있기 때문에 감히 오지 못해요.」
미찌에(道江)는 壁欌에서 이불을 꺼내어, 두 개의 잠자리를 만들었다. 오사또(小里)가 그것을 돕는다.
료헤이(良平)는 구석 쪽으로 물러나 앉아, 담배를 피워 물고서 그것을 보고 있다. 寢床이 되었다. 房 가뜩 펼쳐져 있다.
「자아, 료헤이(良平)氏와 오사또(小里)氏는 이쪽 이불에서 주무세요.」
미찌에(道江)는 이렇게 하는 것이 自然스러운 것이라는 語調로 말했다.
오사또(小里)는 료헤이(良平)를 쳐다본다.
(拒否해서는 안 돼.)
오사또(小里)의 눈을 보고서 료헤이(良平)는 그렇게 생각했다.

그러나, 미찌에(道江)의 本心은 알 수가 없다. 內心, 료헤이(良平)가 혼자서 점잖게 자는 것을 바라고 있다고 推理해보는것이 좋을 듯 했다.

16
女子의 다부짐

結局, 료헤이(良平)는 意見을 말하지 않기로 했다.
狡猾(교활)하게도, 오사또(小里)의 判斷에 맡겨 보기로 했다.
萬一 오사또(小里)가,
「아니에요, 와까스기(若杉)氏가 미찌에(道江)氏와, 라고 말하면, 그렇더라도 좋다. 또한, 료헤이(良平)를 혼자 자라고 한대도, 亦是 그것도 좋다.
미찌에(道江)와는 이미 愛撫를 나눈 사이였기 때문에, 期待가 없는 것도 아니다. 그러나,『街』의 同人으로서, 그런 關係를 갖는 것을 拒否하는 心理가 클 것이다.
오사또(小里)에 對해서는, 이렇게 해서 같은 房에 미찌에(道江)가 있는 以上, 거의 期待할 수 없는 것이라고 생각하는 便이 妥當하다. 어느 쪽이건 間에, 이야기를 나누면서 잠으로 빠져 들어가는 道理 밖에 없다. 하고 료헤이(良平)는 생각 했다.

그래서, 료헤이(良平)는 일어서서, 속옷바람으로 미찌에(道江)가 일러준 이불속으로 들어갔다.

「저어,」

오사또(小里)가 미찌에(道江)에게 操心스런 말투로 말했다.

「저요, 이쪽에 혼자서 잘 수 있도록 하면 안 될까요?」

「어머!」

미찌에(道江)는 姿勢를 바로 했다.

「어째서 辭讓하는거죠?」

「저와 와까스기(若杉)氏, 아직은 그런 사이가 아니에요.」

「그럼, 그렇게 되어버리면? 내게 마음 쓸 必要가 없어요. 난 혼자서 자는 게 훨씬 편하고 좋으니까요.」

「……………」

「자, 얼른 잡시다.」

「그렇지만……」

躊躇하고 있다.

미찌에(道江)에 對한 辭讓때문이 아니다.

료헤이(良平)는 그것을 確實히 알 수가 있다.

료헤이(良平)와 한 이불속에서 잔다는 것에 危險을느끼

고, 보다 安全한 場所에 몸을 놓아두고 싶은 것이다.
處女의 防衛本能 이라고나 할까.
오사또(小里)와 자더라도, 아마도 最後의 線은 넘지 못하리라는 것은 틀림없다. 미찌에(道江)와는 더 그렇다.
오늘 밤만의 欲望에 限한다면, 오사또(小里)와 자는 便이 스릴(Thrill=짜릿짜릿한 기쁨)이 있어 좋다.
또한, 心情的으로도 그러는 것이 즐겁다.
그래서 료헤이(良平)는,
「오사또(小里)氏,」
이불속에서 불렀다.
「걱정 말아요. 約束해요. 아무 일도 없을 거 에요. 安心해요. 들어와요.」
「허지만……」
「이봐요. 本人이 그렇게 말하고 있잖아요? 이 사람, 約束을 지키는 사람이세요. 그거고요, 나도 곁에서 자고 있잖아요. 무슨 짓을 하면, 내곁으로 避해도 좋구요.」
오사또(小里)는 료헤이(良平)의 베갯머리로 가서 앉았다.
「히로가와(廣川)氏와 함께 주무시는 게 좋지 않으세요?」
「싫은데.」
료헤이(良平)는 오사또(小里)를 올려다본다.

「當身쪽이 훨씬 좋아. 자, 얼른 들어와요.」
「…………….」
「約束하지. 점잖게 잘 테니까.」
「그럼, 그렇게 할게요.」
드디어, 오사또(小里)는 그렇게 말했다. 료헤이(良平)는 몸을 추스르면서 오사또(小里)가 들어오게끔 자리를 만들었다.
이렇게 해서, 오사또(小里)는 스리프 姿態로 료헤이(良平)곁으로 들어와서 누웠다.
미찌에(道江)도 옆 이불속으로 가서 누웠다.
헌데, 다시 일어나서는,
「電燈, 꺼버릴까, 어쩔까요.」
료헤이(良平)를 바라본다.
「아니, 就寢 用으로 바꾸는 게 좋겠어요.」
료헤이(良平)가 그렇게 對答했다.
「그럼.」
電燈을 바꾸고, 다시 이불속으로 들어갔다.
료헤이(良平)쪽으로 돌아 눕는다.
료헤이(良平)와 오사또(小里)는 行爲도 좋게 반듯이 天井을 보고 누워 있다. 若干만이 어깨가 맞닿아 있는 것뿐이다.

료헤이(良平)는 野心이 없다는 것을 보여주기 爲해서, 兩 손을 自身의 배 위에 얹어 놓고 있다.
「오늘밤, 有名한 사람들이 몇 名 이야기를 했다.」
하고 료헤이(良平)가 입을 열었다.
「제 各各, 어떤 印象을 받았었지?」
오사또(小里)에 對한 質問이었다.
「먼저, 아까하네(丹羽) 先生님은?」
「멋들어진 先生님이셨어요. 貫祿이 있 구요, 仔詳하신 분 같아요.」
「仔詳하시다?」
「네에.」
「흐음, 우리들에게는 무섭다는 게 첫 번째라오.」
文壇 第一의 美男子이기도 하다. 오사또(小里)가 그것을 말하지 않았기 때문에,
「異性으로서의 魅力은 어떻다고 생각했었나요?」
하고 물어보았다.
「그런 거, 느낄 사이도 없었어요. 구름위의 사람이니까요.」
하자 미찌에(道江)가,
「난 몇 番인가 멀리서라도 보아 왔는 때문인지는 몰라도 달라요.」

하고 말을 거든다.
「호오, 어떻게 다른데?」
「한 번 만이래도 좋으니까, 안겨 보고 싶어. 그렇게 느끼고 있었다니까.」
놀란 나머지 료헤이(良平)는 미찌에(道江)를 돌아보았다. 쇼-크 였다.
「當身은, 그런 宏莊한 것을 그 大先生님에게서 느꼈단 말인가요? 只今은 日本文壇의 帝王이라 구요.」
「그럼요. 느꼈어요. 女子니까요.」
서슴없이 말한다.
어떻게 보면, 흔히 말하는 弄談인것 만은 아닌 것 같다.
「으음.」
료헤이(良平)는 呻吟을 할 뿐이다. 오사또(小里)가 말한 그대로, 아까하네·후미오(丹羽文雄)先生님은 文學靑年으로서는, 特히 와세다(早稻田)의 學生으로서는, 구름 위의 存在인 것이다.
앞에 나서기만해도 몸이 굳어져 버린다. 헌데, 女子에게는 그러한 느낌이 드는 것일까?
「大膽한데요.」
「뭐가요? 허지만 女子로서는 그런 느낌이 드는 거 當然 하잖아요.」

「그런 건가, 女子라는 것은. 으음, 어떻게 보면, 그렇게 느낄 수 있는 것만큼, 男子에게는 없는 武器를 가지고 있다고 할 수 있을는지 모른다. 그러니까, 女子란 뻔뻔스럽다 고도 말 할 수 있겠군.」
「나 自身도요, 現實的으로는 도저히 있을 수 없는 일이라고 생각해요. 그러니까, 安心하구서, 只今 그렇게 느끼고 있는지도 모르지.」
「會場에는 많은 作家志望의 女子들이 와 있었죠. 그女子들도 속으로는 그렇게 바라고 있었을까요?」
「아마도 그렇다고 생각 들어요. 그렇지만 그것과, 아까 하네·후미오(丹羽文雄)先生님에게 色끼어린 눈을 하고 있었을 것인가 그렇지 못했을 것인가는 別個요. 大槪는, 할 수가 없겠죠.」
「當身에게는 只今, 戀人이 없어요. 戀人이나 男便이 있는 女子도 그렇게 생각할까요?」
「똑 같아요.」
「무서워지는데.」
료헤이(良平)는 이불속에서 어깨를 움츠린다.
「이러니까, 女子는 當할 수가 없단 말이야. 그렇담 先生님은, 二重의 意味로서 한 사람의 女子의 作品을 選擇하는데도 愼重을 期하지 않으면 안 된다는 것이군. 小說을 쓰는 者로서의 競爭意識 外에 女子로서의 嫉妬도 加해지니까.

「그런 点도 있겠죠.」

「아직 學生으로서, 山戰水戰을 다 겪은 能手能爛한 사람들에 比해서 處女에 다름없는 當身이 그렇게 생각하다니. 으-음.」

「바꿔서 생각해본다면, 納得이 가지 않으세요? 女子로서 非常하게 魅力的인 女流作家가 있어서, 實力者이기도 하다고 합시다. 當身은 男子로서 안아보고 싶다는 野心을 품지 않나요?」

「아마도, 그런 野心은 품을 수가 없을 것 같애. 作品만 認定을 받으면 그것으로 足하겠지. 但只 그것만 생각하게 될 것 같은데.」

「眞짜 그럴까요.」

「男子란 그 程度로 純眞해요.」

「틀려요. 女子는, 假令 相對가 어느 만 큼 훌륭한 사람일지라도, 男子의 年齡과의 差를 그렇게 느끼지 않아요. 相對를 男子로서 意識할 뿐이세요. 男子는, 相對가 年上이면 女子로서 느끼지 않아요. 그런 点에서 틀리는 거 아닌가요?」

「아니야, 그것뿐만이 아니야. 女子는 體質的으로 大膽

해.」

가만히 있던 오사또(小里)가 그쯤에서 말을 거든다.

「全部가 그렇다고는 말할 수 없어요. 尊敬하고 있는 사람을 男子로 생각한다는 거, 그렇지 않는 女子도 있어요.」

「도가에시·하지메(十返肇)라는 評論家가 줄곧 毒舌을 퍼붓고 있었지만, 그 사람은?」

「어딘가 술 酒酊하고 있는 것 같았어요.」

하고 오사또(小里)가 對答한다. 繼續해서 미찌에(道江)가,

「난 그렇게 좋아하지 않아요. 그 사람, 切親한 사람의 作品은 無知하게 稱讚해요.」

「그런 것 같더구먼. 그러나, 批評은 제법 날카로운 것 같아. 대단한 秀才라더군.」

「그래요, 일부러 惡黨인체 하는 点도 있어요. 나까무라(中村)氏와는 앞서거니 뒤서거니 에요.」

「나까부라(中村)先生님은,」

하고 오사또(小里)가 말한다.

「第一 仔詳한 分처럼 느껴져요. 그런대로, 公評한 分이라고 생각 되어요.」

「그런데, 제법 頑固한 点도 있다고 들었어요. 編集會議

를 할 때에는 한 발자국도 讓步를 하지 않는 대요.」

「아까하네·후미오(丹羽文雄)先生님의 信賴가 너무나 깊어서 그럴 거야. 當身은.」

료헤이(良平)는 다시 미찌에(道江)를 돌아다본다.

미찌에(道江)는 언제부터인지 료헤이(良平)에 바싹 붙어 있다. 손만 뻗으면 쉽게 료헤이(良平)의 몸을 만질 수 있을 만큼 가까이 다가와 있다.

「나까무라·하찌로(中村八郎)氏에게도, 亦是 男子을 意識하는 거요?」

「그 先生님은 아니야.」

미찌에(道江)는 고개를 흔든다.

「夫人을 너무 사랑해서요. 夫人 一邊倒에요.」

그것도 興味있는 發言이다. 료헤이(良平)는 고개를 돌렸다. 미찌에(道江)의 얼굴을 바로 보면서,

「夫人만 사랑하고 있다. 그래서 可能性이 없다. 可能性이 없으므로, 안겨보고 싶은 願望을 품을 수가 없다는 거요? 그런 건가요?」

「그럼요.」

「그럼, 아까하네·후미오(丹羽文雄)先生님에게는 그런 可能性이 있다고 생각하고 있는 거요?」

「내가 좀더 魅力的이었다면 없는 것도 아니겠죠? 女子

를 描寫하는 데는 日本 第一의 作家 아닌가요? 여러
女子에게 興味를 가지는 게 當然하거든요.」
「으-음, 亦是 女子란 무서워. 언제나 自身이 男子에게
있어서의 女子라는 것을 意識하고 있는 게로군요.」
「그야 勿論이죠.」
료헤이(良平)는 오사또(小里)에게 나까무라·하찌로
(中村八郞)氏와 그 夫人과의 結婚까지의 純愛譜를 들
려 주었다.
「그래요.」
료헤이(良平)에게 처음으로 그 이야기를 들려주었던
미찌에(道江)가 덧 붙였다.
「그러니까, 그 分의 作品은 달콤한 것 뿐 이세요. 女子
에게 背信을 當해 보지 않았기 때문이에요. 夫人이 惡
女였다면, 보다 낳은 小說을 쓸 수 있었을 거라고 생
각되어요.」
「그렇담,」
오사또(小里)가 미찌에(道江)에게 물어본다.
「小說家의 夫人은, 惡女쪽이 더 좋다는 意味인가요?」
「그렇게 생각해요. 아까하네·후미오(丹羽文雄)先生님도
小學生時節에 母親에게서 버려졌고, 只今의 夫人도 結
婚하기 以前에 女子로서 相當히 背信 行爲를 하지 않

았던 가요?」

아까하네·후미오(丹羽文雄)氏의 出世作은 自身을 버리고 家出해버린 어머니에 對한 것을 쓴 『은어(鮎)』였다. 그 後의 아까하네(丹羽) 文學의 根幹이 되었다고 傳해져 왔다. 그 『은어』는 오사또(小里)도 읽어 본 記憶이 난다.

그러나, 아까하네·후미오(丹羽文雄)氏가 同居하고 있는 女子에 對해서는 오사또(小里)는 알지 못했다. 그것에 對하여 쓰여 져 있는 作品을 아직 읽어보지 못했었다.

「설마요, 그런 일이 있었던가요?」
「그래요. 그런 것 때문에 아까하네·후미오(丹羽文雄) 先生님은 女子를 冷徹하게 보는 눈을 길렀었겠죠? 貞淑한 女子에게 오로지 사랑만 받고 있었다면야, 그 程度로 嚴한 리얼리즘(Realism＝現實主義, 寫實主義)은 생겨나지 않았을 거 에요.」
「틀림없이 그런 点도 있긴 있어. 그러나, 그 透徹(투철)함은, 타고난 能力이라고 봐.」
「난 그렇지 않다고 생각해요. 體驗에 依해서 다듬어진 거에요. 그러니까 이께다(池田)氏.」

미찌에(道江)는 오사또(小里)를 부른다.

「이제부터 이 사람의 愛人이되면, 크게 背信을 하세요. 그것이 이 사람을 훌륭한 作家로 만드는 길이세요.」
「전 到底히 그러지는 못할 것 같아요.」
「그렇담, 이 사람의 愛人이 되지 않는 便이 좋아요. 家庭의 平和는 모든 惡의 根源이라고 타자이·나오루(太宰治)도 말했잖아요.」
「아 아니, 아 아니,」
료헤이(良平)는 唐慌해 한다.
「요상스러운 거 가르치지 말아요.」
「하지만 事實인걸요.」
료헤이(良平)는 요시꼬(美子)의 일을 생각했다.
요시꼬(美子)는 료헤이(良平)를 背信하고 結婚할는지도 모른다. 그렇게 된다면, 自身은 어떤 쇼-크를 받고, 그 쇼-크를 어떻게 克服할까?
(어떻게 보면 나는, 쇼-크를 正當하게 받아들이지 않으려는 것 아닌가. 그러니까 只今부터라도, 틈틈이 그 可能性을 自身에게 强調해가면서 自身의 마음을 익숙해지도록 하는 것은 아닌가?)
「이봐요. 오사또(小里)氏,」
처음으로 료헤이(良平)는 腹部위에 얹혀져있는 손을 움직여, 오사또(小里)쪽으로 뻗었다.

오사또(小里)의 허리에 닿았다.

「이 사람이 하는 말, 믿으면 안 돼요. 이 사람의 말은 쾌쾌 묵은 體驗主義者의 發言이야.」

「저도 그렇게 생각 되네요.」

「그 外에, 아꾸다가와(芥川)賞 作家들이나 그 外 作家나 評論家들도 몇 分 와 있었는데, 누가 가장 印象에 남던가요?」

「야기·요시도꾸(八木義德)氏. 獨特한 말솜씨던데요.」

「그 分이 이와이(岩井)의 先生님이셔. 學生들 間에 대단한 人氣가 있는 分이야.」

「그 사람.」

미찌에(道江)가 그쯤에서 새로운 情報를 提供해 주었다.

「나와 나이가 같은 女子와 結婚해서 살고 있어요.」

「호오.」

「어머, 當身도 모르고 있었어요?」

「처음 듣는 이야긴데.」

「깜깜 無消息 이군요.」

「當身과 같은 나이라면, 나와도 同甲인데.」

「그래요, 女子는 그런 거 에요. 男子가 스무살 程度 위라도, 戀愛나 結婚相對가 되는 거 에요.」

「그래 그래, 이제 그만. 그 會에서 이시가와·도시히꼬

(石川利光)氏가 남버·원이야. 色男으로서, 언제나 女子들에게 둘러싸여 있어. 어떻게 생각해요?」

「都會地的인 사람이세요. 와세다·맨(Waseda·Man)처럼 보이지 않아요.」

「男子로서의 魅力은?」

「글쎄요. 훌륭하신 先生님이라 생각하고 보고 있었을 뿐 이었으니 까요.」

「그 分 큐우슈(九州) 出身이지. 이시가와(石川)氏에게 作品을 읽어 보이고 있는 사람이 많아요. 小說을 쓰는 技法이 能熟한 사람이죠.」

「그 사람은 요.」

미찌에(道江)가 말한다.

「좋아하는 女子와 싫어하는 女子를, 두 쪽으로 나누고 있다고 생각해요.」

「當身은 亦是, 누구에 對해서건 먼저 女子로서 男子를 보는 눈으로 보는 거군요.」

「그건 그래요.」

「그럼, 이시가와(石川)氏는?」

「사겨보지 않고서는 모르겠어요. 허지만, 바람둥이 같아요.」

「바람 끼가 있는 男子는 안 된다 이건가?」

「그럼요. 그렇지 않아요? 재빨리 다른 女子에게로 날라가 버리니까요.」
「着實해도 안 된다, 바람 끼도 안 된다. 어렵기 짝이 없군.」
「適當主義의 男子가 좋아요.」
「結局, 自己 마음대로 할 수 있는 男子가 좋다 이거군.」
「그런 뜻이겠죠.」
「많은 것을 가르쳐줘서 고마워요. 자, 그만 자지 그래.」
「眞짜 자려고?」
미찌에(道江)는 上體만을 조금 들어 올리고서
료헤이(良平)를 바라본다.
「아무것도 하지 않고?」
「누구에게?」
「누구든지.」
「할 수 없어요.」
「어째서?」
「一對一이 아니니까.」
유우꼬(裕子)와 후미꼬(文子)를 양옆에 뉘이고 잘 때와는 狀況이 完全히 다른 것이다.

17
兩 者 擇 一

제법 年上의 有名作家에게도 男子를 느낀다고 하는 미찌에(道江)의 말은, 눈을 감고 있는 中에서도 료헤이(良平)는 몹시도 感心하지 않을 수 없었다.
男子로서는 생각 할 수 없는 일이었다. 普通 作家志望의 女性들은 그것을 가슴 깊숙이 간직하고서도 泰然한 얼굴들을 하고 있는 것일까?
(女子에겐 도저히 當할 수가 없단 말씀이야.)
(그렇다고 한다면, 色끼를 흘리면서, 作家나 評論家나 編輯者를 說得시키는 女子가 있다 하더라도 그렇게 異常한 일은 아니지 않는가.)
(問題는 그러한 處世上의 것이 아니다. 女子의 그러한 大膽함이 作品을 進步시키는 可能性을 가질 수 있다는 点이다. 男子를 意識한다고 하는 것은 그 相對와 對等한 位置에 서고 싶다는 意味다. 看護師가 醫師의 要求를 들

어 주어서 그 欲望을 받아 드리는 것과는 意味가 다른 것이다.)

이런저런 것을 생각하는 사이에 료헤이(良平)는 잠이 왔다.

그래서,

「자아, 잘 테다. 잠이 들면, 醉해있기 때문에 콧노래를 세차게 불는 지도 모르니까 알아서 들 하라 구.」

하고 말했다.

「괜찮아요, 주무세요.」

오사또(小里)인가 미찌에(道江)인가 둘 中에 하나가 그렇게 對答했다고 생각하면서, 료헤이(良平)는 잠속으로 빨려 들어갔다.

얼마만큼 잤는가, 눈을 떠보니, 房은 깜깜했다. 목이 마른 것을 느꼈다. 繼續해서 自身이 뭔가 부드러운 것을 안고 있다는 것도 느꼈다.

(사람이다.)

(사까다(酒田)냐, 가메다(亀田)냐, 곤도(近藤)냐.)

이따금씩, 료헤이(良平)의 房에,

「저 子息들이 시끄러워 잠을 잘 수가 있어야지.」

하고 중얼거리면서 房으로 들어와서 이불속으로 기어 들어오는 때가 있다.

(아니야. 그게 아니야. 여긴 내 房이 아니야. 내 房에는 덧門이 없잖아. 그리고 이렇게 부드러운 것을 안고 있다는 것은……)
(그렇지. 이께다·오사또(池田小里)를 데리고, 히로가와·미찌에(廣川道江)의 房에서 자고 있는 거다.)
오사또(小里)와 한 이불 속에서 자고 있다. 그러나, 미찌에(道江)도 亦是, 꼭 부쳐 깔은 옆의 요에서 자고 있다.
(오사또(小里)인가 미찌에(道江)인가.)
(그런데 分明히 就寢用 電燈으로 바꾼 걸로 알고 있는데, 어째서 깜깜해져 있는 것이지?)
몸의 方向을 생각해 보고서,
(난 이쪽을 向하고 있다. 그러니까 오사또(小里)구나.)
겨우 그렇게 推理할 수가 있었다.
오사또(小里)도 이쪽을 보고 누워 있다.
료헤이(良平)는 팔로 그 머리를 가슴에 끌어안고 다리도 포개어 얹고 있다.
오사또(小里)는 무릎을 가지런히 하고 꾸부린 姿勢로 안겨있다.
(언제부터 이렇게 하고 있었을까? 이렇게 하고 있으니까, 미찌에(道江)가 마음을 써서 電燈을 껐던 것이로구나.)

只今에 와서 팔을 푼다는 것도 異常하다.
(아무 짓도 하지 않겠다는 約束을 했으면서도, 아마도 자고 있는 中에 强制로 끌어안았음에 틀림없다.)
多幸스럽게도, 료헤이(良平)의 손은 오사또(小里)의 下半身은 만지지 않은 것같다. 머리와 등을 끌어안고 있고, 오사또(小里)에게 팔베개를 하고 있는 姿勢가 되어 있다.
(글쎄, 어떻게 된 셈이지?)
이런 생각을 하면서, 오사또(小里)의 숨소리를 듣고있다. 呼吸은 規則的으로 쉬고 있고, 그 숨을 들이 쉴때에, 료헤이(良平)의 가슴은 울렁거렸다.
(자고 있는 거다.)
(이때에 풀어야 겠다.)
(아니야, 그러기 싫어. 이 瞬間이 너무 아까워.)
료헤이(良平) 自身의 졸음끼는 좀 前부터 사라져버렸다. 료헤이(良平)는 살짝 오사또(小里)의 등을 쓰다듬어 주었다. 若干 땀이 배어있다.
하자, 오사또(小里)의 머리가 움직이더니,
「팔이 저려오죠?」
낮은 목소리로 말한다.
「깨어 있었나?」

「네에.」
「내가 强制로 끌어 드려, 이렇게 안고 있었나?」
「네에.」
「電燈은?」
「停電인것 같아요.」
「當身, 이때껏 한숨도 자지 않았었군요?」
「잤어요. 途中에 눈을 떴어요.」
「내가 끌어안으니까?」
「후후후후.」
「무언가 내가 잠꼬대를 한 모양이지?」
「네에, 아무 짓도 안 하겠다 구요.」
「그럼, 자고 있더라도 分別은 分明히 하고 있었지.」
「허지만……..」
「…………..」
「저요, 마음먹고 뺨을 한대 쥐어박을까 하고 생각했어요.」
「어째서?」
「그건요, 女子의 이름을 불렀거든요.」
「거짓말.」
「아니요, 眞짜에요.」
「어떤 이름?」

「저가 아닌 이름.」

하자 背後에서,

「저도 들었어요.」

하고 미찌에(道江)가 말한다. 亦是 잠이 깨어 있었다.

「이봐요. 와까스기(若杉)氏. 謝過를 해야 해요. 이건 容恕할 수 없는 일이거든요.」

「異常한데. 그런 꿈은 꾸지도 않았는데.」

「그렇지만 불렀어요. 후미꼬(文子) 후미꼬(文子)하고 부르던걸요. 두 번씩이나요. 깜짝 놀랐지 뭐에요.」

오사또(小里)가 말하기 躊躇스러운 것을 確實하게 미찌에(道江)가 말했다.

「후미꼬(文子)라고, 누구?」

「으-음.」

팔안에서 오사또(小里)도 듣고 싶은 姿勢를 取하고있다.

(속이려들면, 도리어 異常해진다.)

「그랬었나. 그런 이름을 부르더란 말이지. 나도 놀랬네, 高校時節의 後輩란다. 아, 알겠다. 그 男子가 그때에 몇 번이고 그렇게 불렀다. 그것이 귓속에 착 달라붙어 있어서 그런 흉내를 낸 것 같다.」

「흉내라고?」

「그럼. 그런 게 틀림없어. 그애 말고는 후미꼬(文子)는 없어. 헌데, 난 그 애와는 아무런 關係도 없어. 좋아하지도 않고. 여름放學에 말이야, 그女의 下宿집에 놀러 간 일이 있었는데, 그女의 헤어진 戀人이 술에 醉해서 나타나서, 끈질기게 소리치더구나. 이것이다.」

료헤이(良平)는 열심히 說明했다. 미찌에(道江)가 날카롭게,

「女子 혼자 사는 下宿집에 놀러 갔단 말이죠? 그 戀人, 醉해서 나타났다 구요?」

「그렇다니까. 혼자 간 게 아니야. 그女의 親舊와 함께 갔었단다.」

미찌에(道江)는 어떻게 보면 오사또(小里)를 위해서 質問을 하고 있는 것이다. 료헤이(良平)도, 오사또(小里)를 爲해서 辯明을 하고 있는 것이다.

「정말일까.」

「틀림없다니까. 잠꼬대를 한 것은 그일 때문이다. 생각지도 않고 불쑥 쓸데없이 튀어 나온 것뿐이야.」

료헤이(良平)는 다시 辯明을 繼續 했다.

드디어 미찌에(道江)가,

「그런 理由인지도 모르겠네요. 그럼, 나 쬐끔만 더 잘래요.」

하고 말한다.

「只今, 몇時?」
「네 時쯤 되겠지.」
「그럼, 別로 자지도 않았네.」
이렇게 료헤이(良平)가 오사또(小里)를 안고 있는 것을 미찌에(道江)는 아는지 모르는지, 조용해졌다. 자려하고 있는 것 같다.
료헤이(良平)는 오사또(小里)의 乳房을 매만진다. 오사또(小里)는 고개를 저으면서 拒否했으나, 료헤이(良平)가 끈질기게 要求하니까 조금씩 열어 주었다. 료헤이(良平)는 直接 그 가슴을 문질러 주었다. 젖꼭지 근처가 特히 팽팽해져 있다고 느꼈다.
(이것까지는 여름 放學 歸鄉하기 前에 許諾 받아두었던 것이다.)
그날 밤, 이처럼 되기까지에는 무척 힘이 들었다. 그러던 것이 오늘 밤에는, 간단히 만질 수가 있었다.
이불속이라는 때문만은 아닐 것이다. 亦是, 그날 밤부터 只今까지의 사이에, 오사또(小里)의 心境에 變化가 있는 것이다. 이렇게 하여 한 이불 속에서 자고 있는 것도, 그 表現에 틀림없다.
愛撫를 하면 할수록, 오사또(小里)의 乳房은 팽팽하게 굳어져왔다. 젖꼭지도 톡 튀어 오른다.

료헤이(良平)는 그 귀에다 속삭인다.

「여기, 뽀뽀해 주고 싶어.」

「안 돼.」

미찌에(道江)에게 들리지 않는 말이었다.

「저 分이 자고 있잖아요.」

「어두워서 보이지 않아.」

소리가 나지 않도록 료헤이(良平)는 몸을 움직인다. 오사또(小里)를 바로 뉘어놓고, 자신의 얼굴의 位置를 定했다.

입술로 젖꼭지를 물었다. 오사또(小里)는 낮은 呻吟을 吐한다. 혀로 문지른다. 이러는 료헤이(良平)의 가슴 깊숙이에는, 미찌에(道江)에게 알려져도 相關없다고 하는 判斷이 내려졌다.

그러나, 들어내어 놓고 堂堂하게 한다는 것은 아니다. 미찌에(道江)는 료헤이(良平)와 도모에와의 秘密의 장난을 알고 있다. 文學少女이기 때문에, 若干의 常識에 벗어나는 것쯤은 認定하고 있는 셈이다. 오사또(小里)의 呼吸이 거칠어져갔다.

(미찌에(道江)에게 들리겠다. 그러나, 이미 이렇게 된 以上, 進行할 수 있는데 까지 가 볼 수 밖에 없지 않는가.)

긴 時間에 걸쳐 료헤이(良平)는 오사또(小里)의 左右의

乳房을 愛撫한다음, 다시금 그 등을 껴안았다.
입술을 合하니까, 처음부터 세게 빨아온다. 그러는 途中에 료헤이(良平)의 손은 처음으로 오사또(小里)의 엉덩이를 만졌다.
만지면서,
(오늘밤에는 이렇게 하려고 하지 않았는데.)
自身에게도 어이가 없었다.
앞 뒤 分揀(분간)도 없이 行動으로 줄달음치는 것이 아니다. 너무 性急한 짓이고, 아직 그럴만한 時期도 아니고 그럴만한 場所도 아니라는 것을 알면서도, 欲望이 부풀어 오르는 것을 어쩔 수 없다.
허벅다리는 차가웠다. 위쪽으로 올라간다.
하자, 오사또(小里)는 입술을 떼고서, 몇 번이고 도리질을 한다.
「그만 둬요.」
떨리는 목소리다.
「싫으니?」
귀 부리를 가볍게 깨문다.
「아 아니.」
다시, 고개를 젓는다.
「싫지가 않으니까, 困難해요.」

료헤이(良平)의 손은 다시 위쪽으로 올라갔다. 매끄러운 허벅지다. 올라감에 따라 따스함이 더해간다.
「그럼 됐어. 困難하다고 생각하지 마.」
「그렇지만 困難한걸요.」
따스한 입김이 뺨에서 느껴진다.
「가만히 그대로 있으면 돼.」
오사또(小里)의 손은 료헤이(良平)를 안고 있는 그대로이다. 自身을 지키겠다고 하는 意志는 보이지 않는다. 그 때문에, 스리프의 안으로 밀어 넣어서 엉덩이를 스쳐가는 료헤이(良平)의 손은 아무런 抵抗도 받지 않고 안쪽으로 돌아서, 秘部를 가리고 있는 부드럽고 얇은천에 到達했다. 오사또(小里)는 엉덩이를 뒤로 물리려했다.
료헤이(良平)는 그것을 가만두지 않는다. 但只, 손은 얇은 천위로 秘部를 눌러 주는 것뿐으로, 그 以上의 것은 하지 않았다. 따스함이 손으로 전해져 온다.
秘毛는 그렇게 짙지가 않는 것 같다.
「아무 짓도 하지 않겠다고 約束한 주제에.」
怨望스런 어조다.
「하지 않아. 하지 않을 테니 걱정 마.」
이런 境遇 男子가 말하는 "아무것도"란, 女子의 純潔을 빼앗아 버리는 것이라는, 그러한 意味인 것이다. 그래서 료헤이(良平)는, 그런 約束을 지키려는 意志를 잃지 않고 있다.
「그럼, 믿어도 좋겠죠?」
「좋 구 말구.」
「요시꼬(美子)氏에 對한 말 한마디도 하지 않네요.」
말하지 않았다. 무엇을 어떻게 말해야 좋은지 알 수가 없었기 때문이다.
「報告 해 줄만한 꺼리가 있어야지.」
「그럼, 只今도 繼續하고 있군요.」
오사또(小里)는 료헤이(良平)로 부터 떨어지려고 한다. 료헤이(良平)는 팔에 힘을 주어, 그것을 沮止하고 있다. 暫時동안 無言의 몸싸움이 繼續되었고, 結局 오사또(小里)는 斷念했다.
「나요, 좀 자야해요.」
「그럼, 자요.」
「이 손 좀 풀어줘요.」
「이대로 자요.」
「잠이 안와요. 응, 付託이에요, 이 손 좀 풀어줘요.」
그 목소리에는 固執스런 그 무엇이 內包되어 있다.
「알겠어.」
료헤이(良平)의 손은 다시 엉덩이를 쓰러주면서, 그곳

으로부터 떨어져서, 이불위로 해서 오사또(小里)의 등으로 되돌아왔다.
(이 程度로서 됐어.)
自身도 장난을 하지 않고 손을 거둬들인 것을 後悔하지 않았다.
「바로 누워요. 나 眞짜 좀 자야해요.」
「그렇게 하지.」
結局 료헤이(良平)는 팔을 풀고, 짧은 입맞춤을 한 뒤에, 두 사람은 떨어졌다. 오사또(小里)는 곧바로,
「잘 자요.」
하고 人事를 하였다.
료헤이(良平)는 배위에 팔을 얹고서, 자려는 姿勢로 들어갔다.
(普通때라면 이 程度에서 물러날 내가 아닌데, 오늘밤에는 妙하게도 말을 잘 듣는 구나.)
(抵抗하지않고 말로서 呼訴했기 때문인지도 모르겠군.)
료헤이(良平)가 두 번째 눈을 떴을 때에는 電燈이 켜져 있었다.
窓의 덧 門사이로 바깥의 밝음이 스며들고 있었다.
옆자리의 오사또(小里)의 모습이 보이지 않았다.
미찌에(道江)를 돌아다보았다.

미찌에(道江)는 얼굴을 이쪽으로 하고서 눈을 뜨고 있었다.
「오사또(小里)氏는?」
「化粧室에요.」
미찌에(道江)가 다가온다.
「그 後로, 무언가 했나요?」
「아 아니.」
료헤이(良平)는 고개를 저었다.
「아무것도 하지 않았어.」
「가여 워 라.」
「왜 요?」
「當身 말이에요. 女子를 두 사람이나 兩 옆에 끼고 자면서, 아무것도 하 지 못했다니…..」
「그래요, 불쌍하게 되었죠.」
「벌써, 일곱時 半이에요. 그女, 會社에 出勤해야 해요.」
「벌써 그렇게 되었나?」
「그래요, 當身 그女와 함께 나가세요.」
「若干 씁쓸한데.」
「자, 精神 차려요.」
미찌에(道江)가 웃는다.
「그女와 함께 나간다면 信用을 얻을 거 에요.」

「응.」
「萬一 當身이 남게 된다면, 그女 매우 率直한 애라 할 지라도, 亦是 나와의 일이 마음에 걸릴 거 에요.」
「그렇겠지.」
「저 혼자만 돌려보냈다는 것에 對해서 억울함이 오래 동안 남을 거 에요.」
「……………」
「그 代身에,」
미찌에(道江)의 눈빛이 번득였다.
「남는다면, 나와 놀아 도 좋아요. 요전 번 보다도 그 以上의 것을 해요.」
「아무렴.」
료헤이(良平)는 이불위에 兩班다리를 하고 앉았다.
「當身은 只今 나를 試驗하고 있는 게로군요.」
「바로 봤네요. 어쩌실래요?」
미찌에(道江)는 妖艶스린 微笑를 흘리고 있다.
「내가 魅力이라곤 없는 女子라는 것은 잘 알고 있어요. 그렇지만 只今, 當身은 欲情에 넘쳐 있어요. 어제 밤, 아무것도 못했으니까, 나도 女子에요. 허지만 當身은 그女를 좋아하고 있어요. 그렇지만, 電車안에서 헤어 질 수밖에 없어요. 남는다면 나와 하루 내내 질펀하게 즐길 수가 있어요.」
門이 열리고, 벌써 옷을 챙겨 입은 오사또(小里)가 나타났다.

18
이른 아침의 길

미찌에(道江)도 일어났다.
덧 門을 열어 저치니까, 房안에 아침의 햇살이 그득해 졌다. 덧 門사이를 通해서 爽快한 아침 空氣가 비집고 들어왔다. 료헤이(良平)는 어젯밤의 오사또(小里)의 皮膚의 感觸을 떠올리고 있다. 若干 오동통한 게 따스스 했다.
료헤이(良平)의 손가락은 그 溪谷을 들어가 보지도 못한 채, 물러났었다. 그래서 료헤이(良平)의 몸은 欲望에 차서 팽팽해져 있는 그대로 이다.
窓門 아래를 내려다보고 있던 미찌에(道江)가,
「어머, 애처롭게 도……」
하고 소리친다.
「왜 그러는데?」
료헤이(良平)는 배를 깔고 엎드린 채 담배를 피우고 있다.
「꽃이 다 짓뭉개져 버렸잖아요.」

「호오, 어젯밤 그 親舊 짓이로구먼.」
「꽃 이름은 모르지만, 기르고 있었는데.」
「風流를 모르는 無識한 사람이로군.」
「그런 사람이에요.」
오사또(小里)도 넘겨다본다.
「眞짜 그렇게 되어버렸네.」
「이거 일부러 짓밟은 것 같애.」
女子들끼리의 주고받는 말을 들으면서, 료헤이(良平)는 미찌에(道江)의 提案을 생각하고 있다.
(오사또(小里)와 함께 이곳을 나갈까.)
(남아서 미찌에(道江)를 안을까, 미찌에(道江)와의 사이는 아직 엉거주춤한 狀態다.)
보다 더 바라는 바는 미찌에(道江)가 나가고 오사또(小里)와 둘이 남는 것이지만 그것은 不可能한 일이다.
(오사또(小里)와 함께 나가서 學校로 가는척하고서, 되돌아와서 미찌에(道江)를 안는다는 方法도 생각할 수 있지.)
오사또(小里)를 속이는 일이다. 옳은 方法이라고는 생각되지 않는다. 그런데, 그렇게 하면 兩者擇一이 아니라고, 미찌에(道江)가 拒否할는지도 모른다.
미찌에(道江)는 물을 끓이고 식빵을 굽기 始作 했다.

료헤이(良平)에게 일어나라는 말도 없다.

료헤이(良平)는 담뱃불을 재떨이에 비벼 끄고서, 벌떡 들어 누워 兩팔을 空中으로 뻗었다.

「자아, 어떡할까. 일어날까. 아직 쬐끔 자고 싶긴 한데.」

그 말을 받아 미찌에(道江)가,

「첫 講義는 몇 時부터?」

하고 물어본다.

「열 時에 哲學講義가있지. 카시야마·온시료(樫山欣四郞) 先生님이죠.」

「아, 그 教授님이시군요. 제법 돋보이는 男子죠. 昨年, 저도 받았어요. 스피노자가 렌즈를 가는 이야기를 했죠.」

※ 【스피노자(Spinoza, Baruch de) = 네델란드의 哲學者. 유대인으로서 유대교(Judea教 = 모세의 律法을 基礎로 紀元前 4世紀頃부터 發達한 유대民族의 宗教를 批判하여 破門됨. 가난한 環境가운데서 思索하면서《倫理學》《神學 政治論》等을 썼음. 데카르트의 合理主義에 立脚하면서, 그의 『物心二元論』을 反對하고 낱낱의 事物을 神의 여러 가지 모습으로 보고, 神에對한 知的인 사랑으로 神과 合一하는 汎神論을 主唱했음. 그의 思想은

그가 죽은 後에도 오래도록 冷待를 받았으나
一世紀를 지난 後, 獨逸哲學에 큰 影響을 끼쳤음.
(1632-1677)】

「아, 그것은 요전번에 들었어요.」
小說을 쓰는 者들은 講義室에 別로 얼굴을 내밀지 않는다. 大學講義가 지겹게 들릴 뿐만 아니라, 小說工夫에 直接的으로 別로 도움이 되지 않다는 게 내세우는 理由다. 그러나, 內實的으로는 그렇게 아니고 게으름을 피우는 것이다. 二日醉의 境遇와 밤늦게 책을 읽는다는 것 以外에, 어쩐지 가고 싶지 않을 때가 많은 것이다. 그中에서도 료헤이(良平)는, 어느 쪽이냐 하면, 忠實하게 出席하는 쪽에 屬한다. 四年만에 大學을 卒業 해야만 하는 義務感도 있었고, 就職걱정도 하지 않으면 안 되었기 때문이다.
「그럼,」
오사또(小里)가 操心스럽게 말한다.
「아직 時間이 일러요. 좀 더 주무시는 게 좋겠네요.」
료헤이(良平)와 미찌에(道江)를 남겨두고 房을 나서는 것에 아무런 느낌이 없을 턱이 없을 텐데도 그렇게 말한다. 그 말에 기대고 싶은 心理가 료헤이(良平)에게

發動하려 했다.

미찌에(道江)가 말한다.

「난, 相關 없어요. 오늘은 열두 時에 講義가 있으니까요.」

大學은 學年이 올라 갈수록 受講時間이 작게 되어 있다. 四 學年이 되면, 卒業 論文도 써야하고, 그래서 一學年 때의 半 程度밖에 講義時間이 없다. 그래서 一年 위의 미찌에(道江)가 료헤이(良平)보다 自由 時間이 많은 것은 當然한 일이다.

「그럼, 그렇게 할 꺼나.」

남는다는 것은 잠을 자기 爲한 것이 아니다.

미찌에(道江)를 안기 爲해서다. 그러나 只今은, 그런 생각은 쬐끔도 없다는 듯한 얼굴을 하지 않으면 안 된다. 미찌에(道江)는 오사또(小里)를 爲해서, 굽은 식빵에 마가린(Margarine＝人造 버터)을 바르고, 紅茶를 넣었다. 료헤이(良平)를 뒤돌아본다.

「當身도 머을래요?」

거의 남는 쪽으로 기우려져 있는 료헤이(良平)는,

「아니, 아직 먹고 싶지 않아. 물이나 한잔 付託할까요.」

하고 말했다.

이불속에서 술을 깨기 爲해서 물을 마신다.

오사또(小里)는 未安해 하면서 簡單한 아침 食事를 始作했다. 얼른 끝났다.
미찌에(道江)에게 人事를 하고, 료헤이(良平)쪽으로 돌아다 보았다.
「그럼, 전 이만 失禮할께요.」
료헤이(良平)를 바라보는 눈에는 疑惑의 그림자라곤 찾아 볼 수 없다. 밝고 맑게 빛나고 있을 뿐이다.
(이 애는 疑心이라는 것을 모른단 말인가?)
(그에 比하면, 나의 마음은 너무 狡猾해. 어젯밤에는 勿論 아무 짓도 하지 않았다고 하더라도 이 애를 안고 잤었는데, 只今 부터는 미찌에(道江)를 안으려 하고 있다.)
그런 미찌에(道江)는 但只 雜誌 同人일 뿐이고, 료헤이(良平)는 오사또(小里)에게서 사랑을 느끼고 있는것이다.
瞥眼間 그때에,
(萬一 요시꼬(美子)氏가 이런 光景을 보았다면, 내가 果然 어느 쪽을 擇할 것을 바랬을까?)
그런 疑問이 가슴속을 스쳐간다.
오사또(小里)와 함께 이곳을 나서면, 途中에서 헤어져 大學으로 간다. 남게 되면, 미찌에(道江)와 질퍽하고 흥건한 關係를 가질 수 있다. 現實的으로 봐서는, 남는 것이 요시꼬(美子)에 對한 背信이다.

그러나, 心理的으로는 오사또(小里)와 함께 나가는 것이 罪가 더 무거워진다고 말할 수도 있겠다.

료헤이(良平)는,

「그럼, 나 쬐끔 더 자고 가도 괜찮겠나?」

새삼스럽게 오사또(小里)의 許可를 求한다.

하자, 료헤이(良平)를 바라보는 오사또(小里)의 눈의 光彩가, 瞥眼間 强하게 비쳤다. 눈이 반짝거린다.

사이를 두고, 고개가 가냘프게 左右로 흔들린다.

「事實은 요.」

낮은 목소리다.

「함께 나가고 싶어요.」

애처로운 목소리였다.

無意識속에서 료헤이(良平)는 고개를 끄덕였다. 그런 다음에,

「그럼, 같이 나가지.」

하고 말했다.

오사또(小里)의 눈이 반짝인다. 反對로 고개는 左右로 흔들렸다.

「허지만 좀 더 자지 않으면…….」

「걱정 없어. 於此彼, 受講中에 졸게 될 거고, 下宿으로 돌아가면 실컷 자게 될 테니까.」

「히로가와(廣川)氏에게 未安해서 어쩌죠.」
하고 오사또(小里)가 말한다. 그 말은, 오사또(小里)가 亦是, 미찌에(道江)를 意識하고 있다는 것을 나타내고 있는 것이다.
「어 머나, 난 그게 더 좋아요. 혼자서 늘어지게 잘 수가 있으니까요.」
료헤이(良平)는 일어섰다.
遑急하게 옷을 주워 입었다.
미찌에(道江)가 어떻게 생각하고 있는지 모르겠고, 屈辱感을 느끼고 있는지도 모르겠다.
그러나 只今은, 오사또(小里)의 걱정 쪽이 더 重要하다.
結局, 驛을 向하는 료헤이(良平)들을 미찌에(道江)는 아파-트 밖에까지 나와서 바래다주었다.
「驛은 이쪽으로 곧장 가세요.」
說明 해 준다.
「알겠어요. 大略 記憶하고 있어요. 정말 弊가 많았는데요.」
오사또(小里)는 더더욱 鄭重하게 미찌에(道江)에게 人事를 한다.
「요다음 다시 자러 와요. 와까스기(若杉)氏가 없는 때라도 좋으니까요.」

미찌에(道江)와 헤어져서 驛으로 向하면서, 暫時동안
료헤이(良平)와 오사또(小里)는 아무런 말이 없었다.
左右는 住宅街로서, 緩慢한 비탈길로 되어 있다.
自動車는 다니지 않는다.
「괜찮겠어요?」
오사또(小里)가 걱정스러운 듯이 묻는다.
「學校로 가지 말고 곧장 집으로 가서 자는 게 좋지 않
  으세요? 어젯밤, 그렇게 마셨는데 두요.」
「아니, 이 程度 쯤이야. 다섯 時間이나 잤는걸.」
「그 사람, 眞짜로는 當身이 그냥 그대로 있기를 바란 것
  아니었을까요?」
「어째서?」
「허지만, 그렇지 않다면, 當身 分까지도 토-스트를 구웠
  을 게 아니겠어요?」
「나와 그女는 但只 親舊 사이라니까.」
「그렇지만.」
오시또(小里)의 목소리는 確信에 가득 찬 語調였다.
「當身을 좋아하고 있어요.」
「어째서?」
「같은 女子에요. 알 수 있어요.」
「무엇이, 그런 態度로 보였단 말이지?」

「네에.」
고개를 끄덕인다.
「모든 게 다 그렇게 보였어요.」
여기서 급작스럽게 료헤이(良平)는, 미찌에(道江)의 提案을 暴露해 버리고 싶은 氣分이 들었다.
오사또(小里)가 미찌에(道江)의 마음을 그렇게 解釋하고 있는 以上, 말하더라도 미찌에(道江)를 부끄럽게 하지는 않을 것 같다.
이렇게 해서 오사또(小里)와 함께 집을 나왔다는 것을 생각 키우게 하려는 것도 아니다. 主目的은, 남으려고 마음먹었던 男子의 生理를 일깨워 주기 爲해서였다.
「實은 말이야, 당신이 토이레에 가고 없었을 때에, 그 사람이 내게 大膽한 것을 提案 했단다.」
「……………。」
「當身과 함께 이렇게 나가는 것이 좋다. 그러나 萬一 남는다면, 내게 모든 것을 許諾하겠다, 는 것이야.」
오사또(小里)는 걸음을 멈추었다.
료헤이(良平)의 얼굴을 쳐다보지도 않고, 前方의 언덕배기 쪽으로 얼굴을 돌린 채로 이다.
료헤이(良平)는 繼續했다.
「그래서 난 남으려고 했다.」

오사또(小里)는 움직이려고도 않는다.
료헤이(良平)는 그 팔을 붙잡았다.
「자, 걸어 요. 遲刻하겠어.」
오사또(小里)는 발을 굴리면서 抵抗을 한다.
「왜 그러는 거지?」
「그 사람을 좋아하고 있군요.」
「그렇지 않다니까. 그러나, 當身은 許諾하지 않았다.」
「……………」
「男子로서, 그런 말을 들었을 때에, 그런 氣分이 드는 거야.」
「잠자기 爲한 것이 아니었군요?」
「응. 大膽한 것을 提案 했다고 생각 되지만, 反對로 나를 試驗 했는지도 모르겠어. 아무튼 그런 것을 봐서, 心術을 부렸던 것은 틀림없어.」
겨우, 오사또(小里)는 걸음을 내 디디었다.
료헤이(良平)는 그 팔을 잡은 채로 같이 걸었다.
暫時 後에, 오사또(小里)가, 중얼거리듯이 말했다.
「남았더라면 좋았을 것을…….」
「왜 지?」
「斷念할 수 가 있으니까요.」
「남으려고 마음먹었던 것은, 分明히 말해서 좋지 못했

다
「⋯⋯⋯⋯⋯⋯.」
「그러나, 男子라는 것은 그런 族屬이다.」
「⋯⋯⋯⋯⋯⋯.」
「좋아하지도 싫어하지도 않아. 그러나 自身의 男子로서의 欲望을 받아 주겠다는 말을 듣게 되면, 마음이 움직이지.」
「⋯⋯⋯⋯⋯⋯.」
「서로가 戀人이 되려는 게 아니야. 놀이로서 안는 거다. 이 世上에는 알게 모르게, 더군다나 병이 옮을 念慮가 있는 賣春婦를 돈으로 사는 男子들도 얼마든지 있어요.」
「지저분해요.」
「그러나, 그것이 男子의 現實이거든. 그것을 알고 있으라고 말 해 준거요.」
「眞짜로, 그女를 좋아하지도 싫어하지도 않나요?」
「그럼, 그건 틀림없어.」
「只今부터.」
다시 오사또(小里)가 멈추어 선다.
「되돌아가는 것이 좋을 것 같아요.」
餘勢를 타서 몸마저 료헤이(良平)를 向해 돌아서는 것

이다.
「그렇게 하고 싶죠?」
「아 아니.」
료헤이(良平)는 고개를 젓는다.
「現實的으로, 난 이렇게 當身과 함께 아파-트를 나왔잖아요.」
「그렇지만 되돌아가고 싶겠죠?」
「아니야, 그럴 마음이었다면 함께 나오지 않았겠지. 곧 바로 學校로 가겠어.」
「無理를 하고 있군요?」
「아니야, 조금이라도 더 當身과 함께하고 싶어서 지.」
「……………」
오사또(小里)의 얼굴이 굳어져 오는 듯이 보였다.
若干은 발갛게 되어 오는 것처럼도 보였다.
「자, 걸어 요.」
「나, 當身에게도 히로가와(廣川)氏에게도 좋지 못한 짓을 한 것 같아요.」
「그런 일은 絶對로 없어.」
두 사람은 걸음을 내디뎠다.
오사또(小里)의 걸음 거리는 늦다. 망설이면서 걷고 있는 것처럼 보였다.

「火 나셨나?」

「아 아니, 當身에게 나쁜 짓을 한 것 같아서 마음이 아파요.」

「그런 일 없다니까. 난 只今, 이렇게 함께 나온 것을 亦是 잘했다고 생각하고 있는 中이라 구요.」

「거짓말.」

「아니야, 眞짜야.」

「그 사람, 當身이 되돌아 올 것을 기다리고 있어요.」

「아니야, 그인 벌써 잊고 있을 걸.」

「아니에요. 分明히 기다리고 있을 거 에요. 그 사람은 當身을 좋아하고 있으니까요.」

두 사람은 驛에 到着했다.

두 사람은 票를 샀다.

改札口를 나가기 前에,

「眞짜로 되돌아가지 않아도 괜찮겠어요?」

오사또(小里)는 이번에는 妙하게도 事務的인 表情으로 그렇게 못을 쳐 놓는다.

「念慮 마.」

프렛-홈은 通勤 通學의 男女로 꽉 차 있다.

「어느 線이고 아침은 다 이렇다니까.」

電車가 들어온다. 기다리고 있던 사람들은 門쪽으로 몰

려 간다. 내리는 사람은 別로 없다.
두 사람은 左右로 또는 등 뒤로부터 세게 떠밀리면서 電車 안으로 밀려들어갔다. 들어가자, 뒤쪽에서의 힘으로 因하여 自動的으로 안쪽으로 밀려들어갔다. 떨어지지 않도록 료헤이(良平)는 오사또(小里)의 팔을 꼭 붙들고 있다.
門이 닫히고 電車가 움직이기 始作하자, 료헤이(良平)와 오사또(小里)는 서로 마주 보는 姿勢가 되어서 가슴이 密着되어 졌다.
微動도 할 수 없이 超滿員이기 때문에, 이것은 不自然스런 姿勢가 아니다. 료헤이(良平)는 오사또(小里)의 귀에 입을 대었다.
「日曜日 約束 있나요?」
오사또(小里)는 고개를 흔든다.
「아니요.」
「나올 수 있어요?」
「午後부터라면……」
「오지 않을래요?」
「그쪽, 親舊들이 많아서, 들어가기가 그저 그래요.」
「그럼, 時間을 定해서, 어딘가에서 만나죠.」
「네에.」

두 사람은 場所와 時間을 定했다. 驛으로 向하는 途中에서의 對話로서 오사또(小里)가 무엇을 생각하고 있는지, 모르겠다. 그러나, 波紋이 그의 가슴속에 퍼지고 있었던 것은 確實하다. 그런 다음에의 만남의 約束이었다.
신쥬꾸(新宿)의 地下道에서 헤어질 때에, 료헤이(良平)는 새삼스럽게,

「난 곧바로 學校로 가겠다.」

하고 다짐을 했다. 오사또(小里)는 크게 고개를 끄덕였다. 實際로, 료헤이(良平)는 야마데선(山手線)을 바꿔 타고 다까다노바바(高田馬場)驛에서 내려, 곧장 걸어서 와세다(早稻田)로 가서, 體育館 가까이의 外食卷 食堂으로 갔다. 二日醉 때문에 食慾이 없다. 그러나 무언가 먹지 않으면 健康을 해칠 수가 있는 것이다.

點心時間과는 달리, 아침의 食堂은 閑散했다.

료헤이(良平)는 定食을 注文하고, 食堂안에 備置해 둔 新聞을 펼쳤다.

이렇게 오사또(小里)와 함께 나오기 爲해서 너무 일찍 서둘렀기 때문에, 時間이 잔뜩 남아 있다.

19
한밤의 訪問者

大學에서 受講이 끝나자마자 곧장 下宿으로 돌아 와서 곧 이불 속으로 들어갔다. 그리고 잠으로 빠져 들었다. 누군가에 흔들려서 눈을 떠보니, 베갯머리에 사까다·가쓰나리(酒田一成)가 兩班다리를 꼬고 앉아 있고, 電燈도 켜져 있다. 벌써 밤이 되어 있다. 료헤이(良平)는 電燈을 켜지 않고 잤으므로, 사까다(酒田)가 제멋대로 켠 것 같다.

「야, 인마!, 손님이 찾아왔단 말이다.」

료헤이(良平)는 눈을 비비면서 朦朧한 눈으로 사까다(酒田)를 바라보았다.

「어떤 손님인데?」

「제법 귀엽게 생긴 女子손님 이다.」

「들어오라고 해.」

「들어 누워서 손님을 맞아도 괜찮겠냐?」

「相關없어. 於此彼, 格式을 차려야 할 손님은 아닌 것 같으니까.」

사까다(酒田)의 案內로 들어 온 손님은 생각도 하지 못했던, 同人誌 二號부터 參加하게 된 무라가미·가즈에(村上かずえ)였다. 國文科 二學年이다.

乳房의 크기가 돋보인 제법 뚱뚱한 女子로, 틀림없이 제법 귀여운 얼굴을 하고 있다.

「야-아, 자네란 말 이가? 이거야 失禮가 많은데. 자네란 것을 알았다면, 이불도 端正히 개고, 옷이래도 입고 맞아야 하는 건데.」

「괜찮아요. 그대로 있어도요.」

가즈에는 웃으면서 료헤이(良平)의 베갯머리에 다가 앉았다.

「作品, 評判이 좋았던 것 같은데요?」

하고 말한다.

「祝賀해요.」

「아니야, 좋았다고 할 程度는 아니야. 글쎄, 겨우 及第했다고나 할 程度지 뭐.」

가즈에는 가지고 온 물건을 료헤이(良平) 앞에 내어 밀었다.

「초밥이에요. 먹어봐요.」

「야, 고마운 데.」
사까다(酒田)는 가즈에의 옆에 앉으면서,
「紹介해라.」
하고 말한다.
「누워서도 괜찮을까?」
「그런 거 相關없어.」
료헤이(良平)는 두 사람을 紹介 시켰다.
「호오, 詩를 씁니까? 데리케이트(Delicate＝高尙하고 纖細한) 한 마음의 所有者시군요.」
사까다(酒田)는 行爲도 좋게 머리를 숙이고, 료헤이(良平)쪽을 바라보았다.
「인마!, 이렇게 되어서 손님을 맞게 되었다. 술이래도 準備해야 되는 것 아니냐?」
「아니야.」
료헤이(良平)는 손을 저었다.
「어젯밤, 너무 마셨다. 只今은 도저히 마실 수가 없어.」
「모처럼 찾아 오셨는데?」
「어머, 전 괜찮아요. 若干 用務가있어서 들렸던 거에요.」
「그렇습니까? 그럼, 난 葉茶라도 끓여 올 테니까요.」
「付託한다.」
사까다(酒田)는 房을 나가고, 겨우 눈이 맑아진 료헤이

(良平)는 엎드린 姿勢 그대로 했다.
「자네가 여기까지 찾아오리라고는 생각지도 못했단다. 길順을 누구에게 들었지?」
「히로가와(廣川)氏.」
「어젯밤에는 그 사람 房에서 자고 왔단다.」
「그랬 대더군요. 그런데도, 아무것도 하 지 못했다 구요?」
「이래 뵈도 紳士니까.」
「오늘밤, 저를 이 房에 재워 주실래요?」
「호오.」
료헤이(良平)는 가즈에를 바라보았다.
「왜 그러는 거니?」
「자고 가고 싶어요.」
「그러면 안게 될는지도 모르는데?」
「相關없어요.」
가즈에의 눈이 妖艷스럽게 變한다.
「그러려고 자는 건데요.」
「그는 그렇고, 用務란 뭐야.」
「이 일이에요.」
「호-음.」
료헤이(良平)는 담배를 피어 물었다. 보라 빛 煙氣를

空中으로 세게 내어 뿜었다.
「그렇담, 자고가게 해 줄 꺼나.」
하고 말했다.
「고마워요.」
가즈에는 머리를 숙였다.
료헤이(良平)가 덧 부쳐 말했다.
「어젯밤, 히로가와(廣川)氏에게 아무것도 하지 않았다. 그렇다고 해서, 오늘밤에도 아무 일 없으리라고는 保障할 수 없다.」
「알고 있어요.」
「뭔가 事情이 있을법한데?」
「있어요.」
「들려 줄 수 있겠나?」
「천천히 이야기 할게요.」
「何如튼 일어나야겠다. 잠깐 壁을 보고 앉아 줄래.」
「그러죠.」
가즈에는 봄을 돌려 壁을 向하여 앉았다.
료헤이(良平)는 일어났다.
뒤로 돌아 앉아 있으면서, 가즈에가 말했다.
「어째서 일어나는 것을 보여 주면 안 되나요?」
「勃起(발기)해 있기 때문이지. 失禮되는 일이니까.」

료헤이(良平)는 유가다를 입고, 이불과 요를 함께 둘둘 말아서 구석 쪽으로 옮겼다. 壁欌이 없는 洋式 房이기 때문이다.
「이젠 괜찮아.」
이쪽으로 돌아앉은 가즈에의 눈은 료헤이(良平)의 中心으로 向했다. 료헤이(良平)가 말했으므로 興味를 갖는 것은 當然한 일이다. 勿論, 그 눈은 얼른 비켜갔다. 房을 휘둘러본다.
「意外로 깨끗하게 살고 있군요.」
「그렇지도 않는데.」
밥상을 폈다. 時計는 밤 여덟 時를 가리키고 있다.
「세 時間 程度, 푹 잔 게로군.」
사까다(酒田)가 葉茶를 끓여서 들고 들어왔다.
「자아, 찻잔이나 날 래 날래 꺼 내거라.」
초밥의 꾸러미를 끌렀다. 辭讓않고, 사까다(酒田)와 료헤이(良平)는 床 앞으로 다가 앉으면서,
「정말 술을 마시지 않을래?」
다짐을 해 본다.
「안 마셔. 아니 못 마셔.」
료헤이(良平)와 사까다(酒田)는 초밥을 먹기 始作했다.
「이봐, 사까다(酒田).」

하고 료헤이(良平)가 불렀다.
「먹고 나면 너 房으로 가라. 이 사람과 若干 主要한 이야기가 있으니까.」
「알겠다. 으-음, 제법 맛있는데. 빈 털털이 學生으로서, 이런 에도(江戸=옛 도쿄(東京)式 초밥을 먹는다는 거 흔히 있는 일이 아니라니깐.」
하니까 가즈에가,
「좋으시다면, 와까스기氏와 함께 이야기를 들으셔도 좋아요.」
하고 말한다.
「에? 들어도 괜찮아요? 그렇담, 듣죠. 文學部와는 달리, 이쪽은 女學生이라곤 極히 드물어요. 女子學生의 이야기에 굶주려 있거든요. 特히 當身처럼 챠-밍한 사람의 이야기는 꼭 듣고 싶어요.」
「오늘밤 여기로 오게 된 것은,」
가즈에가 사까다(酒田)에게 말했다.
「와까스기(若杉)氏에게 안기고 싶어서 에요.」
부끄러워하는 氣色도 없이 平然한 얼굴로 남의 이야기 하듯 말한다.
사까다(酒田)는 眞心어린 語調로,
「그렇습니까? 그렇담, 와까스기(若杉)는 대단히 즐거

워 하겠군요.」

하고 首肯하고서는, 료헤이(良平)의 어깨를 두드려준다.

「어이, 좋겠구나 야. 생각치도 못했던 幸運이잖냐, 부럽구나 야.」

료헤이(良平)는 고개를 저었다.

「아니야, 事情에 따라서는 그렇지도 않아. 이 사람은 내가 좋아서 그렇게 말하고 있는 것이 아니니까.」

「어머!.」

가즈에는 앉은 姿勢를 꼿꼿이 세운다.

「좋아 하기 때문이에요. 좋아 하지 않는다면, 女子인 내가 이런 밤중에 혼자 찾아와서 이런 것을 감히 付託할 수 없잖아요.」

「그렇겠죠, 그렇겠죠.」

사까다(酒田)는 長短을 맞추어가면서 가즈에의 말에 同意한다.

「當身의 表情을 보면 알 수 있습니다.」

료헤이(良平)는 팔짱을 낀다.

「차 근 차근 알기 쉽게 說明 해 봐. 무엇보다, 같은 同僚이니까. 都大體, 자네에게 무슨 일이 일어 난거니?」

「그이와 헤어졌어요.」

「호오, 愛人이 있었단 말이니?」

「今年, 와세다(早稻田)를 나와서 어느 出版社에 勤務하고 있는 사람이세요.」

「모르고 있었군.」

「허지만, 愛人이 있다고 公表 해 버리면, 뻐기고 다닐 수가 없잖아요. 그래서 秘密로 했던 거 에요.」

「同居하고 있는 거니?」

「아니요, 近處에있는 다른 아파-트. 그런데 그는 저의 아파-트에서 자고 가는 때가 많았어요.」

「어떤 出版社에 다니고 있는데?」

「學術關係의 堅實한 出版社. 허지만, 그는 作家 志望으로서, 세끼모도(關本)氏처럼 觀念的인 小說을 쓰고 있어요.」

「흐음, 그렇다면, 나와는 別로 어울리지가 않는구면.」

「『無』 라는 雜誌가 있는 거 알죠?」

「있어. 언제나 새까만 表紙를 하고 있지. 地下賣店에서 그냥 선채로 읽어 본 일이 있다. 그건 자네, 대단히 難解한 말들을 使用해서 쓰는 치들의 雜誌란다.」

「그 同人이세요.」

「이름은?」

「다니오까·다카시루(谷岡高志). 本名은 아니지만, 다카시루(高志)라는 펜·네임(Pen·Name)을 붙이고 있어요.」

「들어 본 적이 있는 것 같다. 흐-음, 今年에 卒業한 사
 람 이랬지. 헌데, 자넨 그 雜誌에 加入하지 않는 것은,
 그치들이 어려운 理論들만 固執하기 때문이니?」

「네에.」

가즈에가 首肯한다.

「그런 것도 있구 요. 허지만 그것 뿐만은 아니에요.
 그이가 못 들어오게 해요.」

「어째서?」

「嫉妬心이 너무 强해요. 그러니까, 내가 다른 男子와
 親하게 이야기하는 것도 싫어해요.」

「그렇담, 어떻게 해서『街』에는 들어왔지?」

「그이 몰래 들어왔죠. 나로서도, 그이가 모르는 곳에 있
 다는 自身을 確保하고 싶어서요. 언제나 監視만 當하고
 있으면 숨이 막혀져 와요. 그래서, 그가 卒業해서 就職
 한 것을 信號로 다른 그룹에 들어가고 싶었어요. 이따
 금씩,『街』를 사 보고서, 그런 마음이 생겼어요.」

「그렇지만 언제까지나 秘密로 할 수는 없는 것 아냐?」

「네에, 곧 事後承諾 形式으로 보고 했죠.」

「그랬었겠 지.」

「火를 내거나 제멋대로 넘겨 집고 캐 묻거나 빈정거리

거나 했었지만, 何如튼 들어갔으므로, 하는 수 없지 않겠어요. 떨떠름하게 그이는 認定하더군요.」
「너무 끈질기게 다그치면, 자네가 逃亡이나 치지 않을까 그게 두려웠던 거겠지?」
「그런데 여름 放學이 끝나고서 부터는 嫉妬心이 前보다 甚했어요. 大學에 남아있는 同人들에게 付託해서, 『街』의 여러 사람들의 뒷 調査를 詳細하게 시켰던 거에요. 세끼모도(關本)氏가 破滅型이라던가, 이이쓰까(飯塚)氏는 醉하기만하면 사람이 變한다는 것, 하야노(早野)氏는 제법 策士라는 것, 다까야마(高山)氏가 점잖은 紳士라던가, 모르는 게 없을 程度에요.」
「그렇 구먼. 딱 들어맞는데. 헌데, 이와이(岩井)氏는?」
「그 사람 亂暴者라는 것, 무레야마(郡山)氏는 대단한 淫蕩家라는 것, 히로가와(廣川)氏가 同居했던 事實, 무엇이던 다 알고 있는 거에요.」
「잘도 調査했군. 그러나 자넨 아직도 우리들 同人들 누구와도 그렇게 親하게 지내고 있는 것도 아니잖아. 嫉妬할 재료가 없을 텐데.」
「先天的으로 嫉妬心이 強한것 같아요. 누구와 이야기라도 할라치면 그냥 疑心부터 하는 거 있죠. 그 사람은 내가 누구와도 쉽게 잘 수 있는 사람으로 여겨요.」

「사랑하고 있는 證據 입니다.」
옆에서 사까다(酒田)가 다니오까(谷岡)를 辯明하고 나섰다.
「사랑하고 있기 때문에 언제나 걱정하는 거 에요.」
「아니에요.」
가즈에는 고개를 흔든다.
「그렇지가 않아요. 單純한 獨占慾 때문이에요. 칭칭 얽어 매어놓아야 安心이 되고 直星이 풀리는가 봐요.」
「자네쪽에서도 그 사람 앞에서 다른 男子에게 興味가 있는 듯한 行動이나 말을 한 것 아냐?」
「그런 일 없다고는 할 수 없어요. 反抗하고 싶으니까 當然하죠?」
「으-음.」
「異常한 사람이세요. 저의 房에 들어오면 반드시 해야 하는 일이 있어요.」
가즈에는 료헤이(良平)에게 바싹 다가앉으면서, 팔에 손을 올려놓는다.
「무엇을 하는지 想像이 안 되겠죠?」
「모르겠는데.」
「먼저, 쓰레기통을 調査하는 거 에요. 勿論, 내가 모르게요. 무언가 異常한 것이 들어 있지나 않나 하고 찾는 거 있죠. 豫告없이 찾아 올 때에는 더 그래요.」
「러브·레터(Love Letter)라도 버리지 않았나, 그게 마음에 걸렸었겠죠.」
「그런 点도 있겠지만, 보다 不愉快한 想像을 하는 거에요. 하고난 다음 休紙로 닦아서 버린 것이 없는가하고, 精神없이 찾는 거 있죠.」
「그런 거로구나.」
「그리고선, 저를 발가벗겨놓고, 저의 그곳을 檢査하는 겁니다. 그곳이 淸潔하게 되어 있으면 더 疑心하는 거에요.」
「왜 지?」
「깨끗이 하고 있으면, 누구와 즐기고 난 다음에 깨끗이 씻었다고 하는, 그런 發想이에요.」
「아, 그런가. 그거야, 相當히 甚한 重症같은데. 자넨 그 사람에 對해서 제법 참고 잘도 견디는구나.」
「더 以上 참을 수가 없었기 때문에 헤어졌어요.」
「호-음.」
「이것 좀 봐 봐요.」
가즈에는 부라우스의 단추를 끄르고, 가슴을 들어 내었다. 가슴뼈 바로아래에 빨간 斑點이 보인다. 옆으로 若干 길다.

「이거, 벌레에 쏘이고 나서 긁은 자국이세요. 알아 보
 겠죠?」
「그런 것 같은데. 키스·마-크(Kiss·Mark)는 아니야.
 키스·마-크는 이렇게 되는 게 아니야.」
「그런데 오늘 이것을 發見하고 서는, 키스·마-크라고
 생각하는 거 에요. 마시면서 꼬치꼬치 저를 責하면서,
 "告白해라, 不正直한 것은 바람을 피우는 것보다도
 나쁜 거야." 하고 끈질기게 저를 다그치는 거 에요.」
「嫉妬때문에 눈이 돌아버렸군. 틀림없이, 이건 키스·
 마-크는 아니야.」
눈을 가까이 대고 보자니, 그 아래의 乳房의 불룩함이 눈
에 들어온다. 半 程度는 브래지어(Brassier=프)에 가려
져 있지만, 튀어나와 있는 部分의 불룩함도 제법 크게 보
인다. 아니라면 가즈에는 모르는 척 하면서 그것을 誇示
하려하고 있는지도 모르겠다. 사까다(酒田)도 얼굴을 가
까이 하고선 드려다 본다.
「음, 이건 分明히 벌레에 쏘인 자국이다.」
「키스·마-크라고 그 사람은 端正해버려요. 그래서 그이
 는 술을 마시면서, 끈질기게 다그치구요, 저도 그 사람
 의 그런 치근덕거리는 責望에 火가 나서, 서로 間에 입

씨름이 오고갔죠. 그 입씨름이 漸漸 크게 되었고, 전더 以上 "이런 男子, 이젠 어떻게 되어도 相關 없어."하는 생각이 들어서, "이젠 더 以上 當身과는 함께 할 수가 없어요. 헤어져요." 하고 提案했죠.」

「으음.」

「半은 本心이었어요. 그러고요, 疑心을 받고 있다는 억울함도 있었구요. 그런 저의 提案에 對해서, 그는 "좋을시고. 헤어지자구. 나도 너 같은 貞操觀念이 없는 女子와는 함께 할 수 없어. 이대로 가다가는 내 神經이 견디지를 못해." 이러는 거에요. 그런 다음 여러 가지 옥신각신이 있고 난 다음, 그이와 헤어졌어요. 내친 걸음으로 여기까지 달려왔지 뭐에요.」

「여기로 온 것을, 그는 알고 있는 거니?」

「그럼요. 헤어질 때에, "그렇다면 난 只今부터 와까스기(若杉)氏 房으로가서 當身이 想像하고 있는 것과 같은 關係를 實質的으로 가질 거에요." 하고 宣言했거든요.」

「나와의 關係를 疑心하고 있었단 말이니?」

「그럼요.」

簡單하게 가즈에는 고개를 끄덕인다.

20
立會人

무라가미·가즈에(村上かずえ)의 이야기를 듣고 있던 료헤이(良平)는,
(그렇다면, 그 다니오까·다카시루(谷岡高志)라는 男子는, 이렇게 하고 있는 사이에 달려 올 것 같은데.)
하고 생각했다.
료헤이(良平)는 사까다(酒田)에게 말했다.
「사까다(酒田), 繼續 여기에 있어줘라. 그렇게 하지 않으면 피 바다가 일어날 念慮가 있겠다.」
嫉妬心에 눈이 먼 男子는 무슨 짓을 할런지 알 수가 없다. 있지도 않은 疑心을 내 세우고서 달려드는 것은, 너무나 어이없는 일이다. 어찌 보면, 短刀라도 품고 달려오는지도 모른다. 사까다(酒田)가 함께 있어 준다면, 가즈에와의 사이가 但只 雜誌同人이라는 테두리를 벗어나지 않고 있다는 것을 傍證하는 셈이다.

「알겠다.」

사까다(酒田)가 快히 承諾한다.

「마지막 電車가 다닐 때까지 있어 줄께.」

「그렇다고 치고.」

료헤이(良平)가 가즈에 쪽으로 돌아보면서 말했다.

「어려운 文學理論을 내 세우면서 高等複雜하고 觀念的인 小說을 쓴다고 하면서, 女子가 바람을 피우고 있다거나 그렇지 않다거나 하는 次元이 낮은 일에 괴로워한다. 쓰고 있는 것과 實生活과는 完全히 다르구먼. 무언가 矛盾이라고 생각 해본 일 없니?」

「바로 그거에요. 文學이란 生活과는 關係없는 觀念의 苦惱(고뇌)의 結晶體라고 생각하고 있어요. 그 사람, 二十世紀의 實踐的 革命과 인테리(Intelligentsia=러=知識階級의 준말)의 軟弱함과의 相克을 테마(Thema=독=題目, 主題=Theme=영)로 해서 作品을 쓰고 있다고 했어요. 現代에 살고 있는 良心的인 靑年의 知的 괴로움을 描寫하고 있다고 했어요.」

「그렇구먼. 次元이 높은데. 훌륭한 테-마를 붙잡고 있다는 거다.」

료헤이(良平)는 苦笑를 禁치 못했다.

「그러나, 生活의 實體는 다른 거다. 女子房의 쓰레기통을 뒤져서, 뭉쳐진 休紙에 性交의 證據가 붙어 있지나 않나하고, 熱心히 調査를 한다. 난, 自身의 生活實感속에서 보다 主要한 部分에 그 뿌리를 내린 것을 쓰는 것이야 말로 眞짜배기라고 생각하는데, 어때.」
「그는 그렇지가 않아요. 生活과 文學을 分離시키는 거에요. 그가 쓰는 小說의 主人公은 觀念의 도깨비에요. 文學이란 머릿속에서 創造하는 學問이죠. 次元이 낮은 일과는 關係 없어요.」
「그러고서도, 眞짜 小說을 쓸 수가 있을까 몰라.」
옆에서 사까다(酒田)가,
「文學靑年들은 다 그런 거야. 自身의 眞짜소리는 册床서랍속에 넣어두고, 高尙한것만 들어내어 떠들고 있는 거다. 사기꾼이야.」
「그래요.」
가즈에가 首肯한다.
「詐欺에요. 詐欺가 아니라면 私小說로서, 思想이 없는 私小說같은 거, 낡아빠진 거라 생각해요.」
「『思想』이라하는 놀이가 文學으로써, 實生活과는 全然 關係가 없다는 말이로군. 세끼모도(關本)와 꼭 닮았어.」
「세끼모도(關本)氏는 니힐리스트(Nihilist)이죠?」

※【Nihilist＝虛無主義者＝(哲)老子의 學說. 天地萬物을 發生시키는 認識을 超越한 本體를 그 形象이 없어, 보려고 해도 보이지 않고 들으려 해도 들리지 않는다 해서 이르는 말.】

「아 아니, 眞짜는 어찌된 셈인지 低俗한 것을 憧憬하고 있는 리얼리스트(Realist＝現實主義者)란다. 自身의 文學的 立場으로서 니힐과 頹廢(퇴폐)를 看板으로 내걸고 있는 것뿐이다. 그 親舊의 니힐은 그치의 手段에 不過 해.」
「그이의 手段은, 建設的인 革命運動 이에요.」
「훌륭하구나.」
「그러니까 쓰는 것은 小說이 아니라 大說이라니까요. 그것도 論理的인 頭腦가 없으니까, 難解하기 짝이 없는 大說로서, 그 뜻도 알 수 없는 것이 文學的이라고 생각하고 있다는 거 에요.」
「내 생각으로는 말이야, 反對로, 쓰레기통을 뒤지는 自身의 모습을 쓰는 쪽이 훨씬 좋다고 본다.」
「그런 것은 粗雜한 小現實에 지나지 않는다는 거에요.」
「肉體는 眞짜배기가 아니고, 그 一部分에 지나지 않는 頭腦의 妙한 回轉만을 依支하고 있구나. 그러나, 난 어렵고 抽象的인 것만을 쓰는 者들은, 日常生活에서

도, 高踏的이라고 생각했는데, 그렇지가 않는 것 같구
나. 安心했다.」
「아니야.」
사까다(酒田)가 고개를 젓는다.
「그건 그 反對다. 安心하는 것 보단 걱정하는 게 옳은
거다. 그런 子息이라면, 틀림없이 率直하게 單純히 嫉
妬하는 男子役을 할 수 있다. 自身의 頭腦의 産物에게
만 醉해 있기 때문에, 말하자면 쬐그마한 現實에 逆行
하는 自身에게는 羞恥를 느끼지 못 한다는 뜻이다.」
「그도 그렇게 생각되는데. 그는 그렇고,」
료헤이(良平)는 가즈에를 바라보았다.
「어떻게 되어서, 다니오까·다카시루(谷岡高志) 大先生
께서는 나와 자네와의 사이를 疑心하기 始作했다지?」
「疑心한 것은 當身이 처음이 아니세요. 只今까지 自身
의 『無』의 그룹의 누구누구라던가, 저의 國文科의
크라스·메이트 라든가, 내가 若干 親하게 지내고 있는
사람들에 對해서, 곧 疑心을 갖기 始作해요. 當身의 境
遇는, 作品이 『新作家』에 실리게 된 後부터에요.」
「그런 거 疑心꺼리가 아니잖나.」
「아 아니, 입으로는 高級이고 純粹한것만을 떠버리고
있지만, 그 사람뿐만이 아니고, 『無』의 그룹 모두, 文

壇的인 公明心이 너무 强해요. 뜻도 意味도 알 수 없는 것을 쓰는 것도, 自身이 새로운 것을 强調하고 싶은 것으로서, 目的은 文學賞을 타는데 있어요. 그 때문에 文藝雜誌에 실리고 싶다. 그 前에, 權威있고 이름있는 同人雜誌에 揭載되고 싶다. 그런 出世慾으로 뭉쳐져 있는 거 에요. 속뜻은 바로 그거에요. 그러니까, 當身에 對한 羨望을 품게 되었고, 저가 또한 그이를 놀려주기 爲해서 當身을 언제나 稱讚해 주었기 때문에, 自然히 當身과의 사이를 疑心하게 되었던 거 에요.」

「헤-에, 그들 무리들은 애초부터 旣成文壇이나 旣成作家들을 否定하고 있지 않았다는 말 이가?」

「그건 하나의 모양새(포-즈). 否定함으로 해서 文壇으로 나가서, 文壇의 一角에 붙어 있고 싶은 거 에요. 只今까지도 많은 作家는 이런 方法으로 文壇으로 나간다고 했어요.」

「말 되는데. 可當찮은 知能犯들 이로고.」

「재미있는데.」

사까다(酒田)도 손뼉을 친다.

「말하자면, 그런 사람들은, 作品은 入身出世를 爲한 手段이라는 것이다. 學生運動의 리-더-의 一部나 勞動組合 幹部들은 그렇게 하고 있다. 똑 같구면. 文學青

年이나 약삭빠른 革命의 鬪士도 똑같다는 意味로구나. 그러니까, 人間은 信用할 수가 없단 말이야. 그렇겠지, 서로가 信用할 수 없는 者들이므로, 그곳에 怪常한 連帶感이 일어난다는 뜻이로구나.」

「우리 같은 시골 촌놈들에게는 도무지 알 수 없는 일이다.」

료헤이(良平)는 고개를 흔들었다.

「난, 오로지 小說이 좋아서 생각한 것이나 느낀 것을 率直하게 쓰고 있을 뿐이다. 너무 素朴하니까.」

「그러니까, 와까스기(若杉)氏의 小說에는 意識이 없다고 했어요.」

「輕蔑(경멸)하고 있다는 뜻이군.」

「그럼요.」

「輕蔑하고 있다면, 嫉妬는 하지 않아야 하는 것 아닌가?」

「그러니까, 그런 輕蔑도 포-즈라고 計算 되네요. 眞짜로는 억울해 하고 부러워하고 있는 주제들에……」

「고작 『新作家』에 發表한 程度인데, 그런 것인가?」

「그렇다니까요. 何如튼, 嫉妬心과 公明心은 다른 사람들의 두 倍 程度로 强해요.」

「보다 더 純粹하고 高級的인 것을 부르짖으면서, 實際

로 가슴속에 느끼는 것이라곤 低俗한 장사꾼과 같다는 뜻이란 말이지.」

「그렇게 되네요.」

「그런데, 자넨 어째서 그런 사람에게 疑惑을 깊게 하는 말을 함부로 한 거지?」

「재미있잖아요. 그러고요, 나 自身, 와까스기(若杉)氏에게 쬐끔 반해 있는 것도 같아요.」

「이렇게 되어서 여기로 자러 온 以上, 若干의 장난만으로 끝나지 않을 수도 있는 거야. 더군다나, 그도 이것을 알고 있고 말이야.」

「相關없어요. 이미 헤어진걸요.」

「자넨 좋을는지 몰라도, 난 좋지 않아. 나, 찔리는 거 싫거든.」

「그 사람, 腕力에는 弱해요. 그러니까, 念慮놓으세요.」

「弱하다 해도, 瞥眼間에 뒤나 옆구리를 찔러오면, 이쪽은 속절없이 當하고 마는 거야.」

「그런 짓을 할만한 勇氣도 배짱도 없어요. 『街』의 여러분의 망나니 짓 꺼리를 잘 알고 있으니까, 함부로 여기까지 올 勇氣는 없을 걸요.」

「아니야, 모르는 거다.」

「그러고요, 여기 當身의 住所도 모르는 걸요.」

「사람들에게 물어보면 알 수 있어. 세끼모도(關本)나 하야노(早野), 이이쓰까(飯塚)나 이와이(岩井), 그치들은 每日 밤 신쥬꾸(新宿)에서 마시고 있으니까.」
「오더래도 房안에 드려 놓지 않으면 돼요.」
「窓門 유리를 깨고서도 들어 올 거야.」
「그런 大膽한 行動을 할 사람이 못돼요. 十円짜리 銅錢을 한 닢 잃어버리고서는 十日도 더 넘게 끙끙대고 있는 사람이니까요.」
「좀스럽 긴 하 누만.」
사까다(酒田)가 어이가 없어 했다.
「作家志望의 男子라면서, 그렇게 쩨쩨하단 말입니까?」
「사람에 따라서지. 그러나, 一般的으로 말해서, 文學靑年들에게는 좀스러운 點이 없지는 않아. 헌데, 가즈에, 자네 오늘밤 내게 몸을 許諾할 마음으로 자러 왔다고 했지?」
「當身이 그런 마음 이라면 요. 그렇게 해도 좋아요.」
「내게는 分明히 戀人이 있단다. 그리고 또 한 사람, 戀人이 되려고 하는 女子도 있다.」
「알고 있어요. 어젯밤 미찌에(道江)氏 房에서 함께 자고 갔던 그 아가씨 말이죠?」
「그렇다.」

「멋있는 아가씨라 구요?」

「글쎄다.」

「어젯밤에는 그女를 껴안고 잤다는 말씀이죠?」

「응, 안고서 자기는 했지. 그러나, 結局은 아무것도 하지 못했단다.」

「좋아 하나요?」

「그럼.」

「미찌에(道江)氏가 말했어요. 當身 어젯밤에는 아무것도 하 지 못했으므로, 오늘밤에는 欲望이 넘쳐흐를 거라 구요. 찬-스라고 激勵해 주면서, 이쪽으로 오는 길 順을 가르쳐 주었어요.」

「그쪽도 異常한 女子야. 헌데, 자넨 어떻게 되어서 내게 몸을 許諾해도 좋다는 氣分이 된 거니?」

「勿論,」

가즈에는 大膽한 눈으로 료헤이(良平)를 바라본다.

「當身에게 쬐끔 반해 있거든요.」

「아니야, 그런 게 아닐 것 같아.」

「허긴 그렇네 요, 다니오까(谷岡)氏와 眞짜로 헤어지기 爲해서, 라는 意味도 있네요. 그가 疑心하고 있는 것처럼, 當身에게 안기고 나면, 이젠 原点으로 돌아가지는 않겠죠. 그것 때문에, 점프(Jump)한 거에요.」

「그렇다면 꼭 내가 아니더라도 相關 없지 않니?」
「그렇네요, 꼭 當身이어야만 할 必要도 없는 것같네요.」
「現實的으로 생각해서, 나보다도, 섹쓰의 엑스퍼어트 (Expert＝熟練者)쪽이 낳을 것 같은데. 자네도 女子로서, 女子란 무어라 해도 몸으로 思考하는 動物 이란다. 자네의 몸을 딴 생각 못하게 해 줄 수 있는 男子가 더 좋을 것 같다.」
「當身, 自信이 없으세요?」
「없는 것은 아니지만, 그렇게 쎄지는 못해. 나보다도.」
료헤이(良平)는 사까다(酒田)를 가리킨다.
「이 親舊가 보다 더 믿을 만 하 다구.」
「어머나!.」
가즈에는 턱을 끌어 들인다.
「나, 채이고 말았다는 意味?」
「아니, 그런 게 아니라니까. 但只, 난 겁쟁이 이거든. 『無』의 同人으로서 文學部의 先輩의 愛人과 親密하게 되는 것이 若干 두려워. 자네가 魅力的이니까 더욱 그렇단다. 그点, 이 親舊는 政徑部라구. 文學部가 아니야. 小說과는 關係없는 活動家다. 자네로서도 그러는 쪽이 便할텐데?」
사까다(酒田)가 옆에서 거든다.

「勿論, 나 즐겁게 相對해 드리고 싶어. 와까스기(若杉) 보다도 더 깊이 當身을 즐겁게 해 줄 自信도 있구요. 그 다니오까(谷岡)大先生과 對決해도 좋아요. 그러고, 當身, 나의 房으로 옮겨와도 좋구 요. 同居하게 되면, 이런 幸福한 일이 어데 또 있겠어요.」
「고마워요.」
가즈에는 사까다(酒田)에게 人事를 한다.
「初對面이면서도, 當身을 멋있는 사람이라고 생각 했어요. 기뻐요. 허지만, 좀 기다려 줘요.」
그러고선 료헤이(良平)를 다시 돌아다보았다.
「先輩가 아니면 안 된다고 한다면, 저를 내쫓을 셈인가요?」
「아니야, 그때에는 나도 覺悟를 단단히 해야지. 자네에게 奉仕하겠다.」
「어제 밤, 무슨 일이 있었어요?」
「아니, 아무 일도 없었는데.」
「그런네노, 오늘밤에도 얌전히 잘 수 있어요?」
「그럴 여고 했었지.」
「先輩, 男子의 欲望에는 弱한 사람인가요?」
「그런지도 모르지. 十日이나 半 달, 女子도 안지 않고, 매스(Masturbaition의 略字=自慰,手淫)도 하 지 않고서도. 그런데도 夢精 한번 한 일도 없어.」

「헤에, 그렇게 보이지 않는데 두요. 보기완 全然 다르네요.」

「眞짜야. 그点을 봐서라도 이 사까다(酒田)쪽이 훨씬 男子란다.」

「그럼요.」

사까다(酒田)는 自身의 사타구니를 붙잡고서,

「이런 이야기를 魅力的인 當身과 나누는 것 만으로도, 벌써 이렇게 우뚝 서 있는 거 있죠. 전 아직, 여름放學 後에 上京하고 나서 女子를 안아 보지를 못했어요. 付託합니다.」

「當身은,」

眞摯한 얼굴로, 가즈에가 사까다(酒田)를 바라본다.

「도쿄(東京)에 戀人이 없나요?」

「그럼 요. 없습니다.」

사까다(酒田)는 元氣도 좋게 크게 끄덕였다.

「없습니다. 어쩌면, 政經部에는 女子學生이 없다고 해도 過言이 아니구요. 술집이나 찻집의 女子와는 戀愛하고픈 마음이 없어요. 프로(Professional=職業的인의 준말)를 안는다는 것은 不潔스러워서 싫거든요. 그래서 요즈음은 本意는 아니지만, 自家發電만 할 뿐입니다.」

「萬一 오늘밤 자 보고서, 제가 괜찮은 女子라고 여겨지면, 저의 房으로 移徙를 와 주시겠어요?」
「바라는바 올시다. 전요, 여기서 더 사는 것이 지겨울 程度ㅂ니다. 高校 同窓生들만 우글거리고요, 工夫에 妨害만 놓는단 말입니다.」
「저요, 嫉妬心 많은 사람은 이젠 제발이에요.」
「전 嫉妬하지 않아요. 博愛主義者 이니까요. 萬一 當身이 나와 同居한 後에, 이 子息과 자더라도, 결코 不平을 하지 않아요. 서로 서로의 自由를 尊重 합니다.」
「정말일까?」
「정말입니다.」
「그렇담, 좋아요. 오늘밤에는, 사까다(酒田)氏라 했던가요, 當身의 房에서 자겠어요.」
「萬歲다. 바라지도 않던 幸運 입니다.」
瞬息間에 이야기가 成立되었고, 료헤이(良平)와 놀려고 찾아왔던 무라가미·가즈에(村上かずえ)는 사까다(酒田)와 異常스런 因緣을 맺게 되었다.
「그 代身에,」
가즈에는 료헤이(良平)를 돌아보았다.
「條件이 있어요.」
「응.」

료헤이(良平)는 若干 失望어린 表情이 되었고, 結論으로서,

(이것으로 좋아.)

하고 自身에게 들려주었다.

「들어 볼 꺼나?」

「先輩가 이 사람을 推薦해 주셨어요.」

「그렇지. 人物이야 틀림없지. 文學靑年과 같은 싫은 氣分도 없을게야. 나의 둘도 없는 親舊다. 保證하지.」

「그래서 말인데요, 立會人이 돼 주세요.」

「立會人?」

「그래요. 곁에 있으면서, 우리들이 하는 것을 봐 주세요.」

이거야말로 妙하기 짝이 없다. 아무리 開放的인 女子라 할지라도, 性行爲 그 自體는 第三者에게 보이는 것을 좋아 할 理없다.

(어찌 보면, 이 女子는, 通常的인 性行爲로서는 숨에 차지도 않는 것 아니야?)

「조 오 치.」

료헤이(良平)는 首肯했다.

「즐겁게 立會人이 돼 드립죠. 사까다(酒田), 좋으냐?」

「좋구 말구. 너라면, 싫어할 理由가 없지. 세 사람이서

한 이불에 눕는 거다.」
「아니야, 나의 이불을 너의 房으로 가져가겠다. 옆에서 지켜 봐 주지.」
이야기가 決定되었다.

21
이불 속에서

더 以上 무라가미·가즈에(村上かずえ)는 료헤이(良平)의 房에 머무를 理由가 없다. 다니오까·다카시루(谷岡高志)가 찾아오더라도 쓸데없는 疑惑을 줄 흉내를 내는 것은 賢明치 못한 일이다.

그쯤에서, 가즈에는 사까다(酒田)를 따라 그의 房으로 옮겼다. 立會人이 될 료헤이(良平)는 사까다(酒田)의 房으로 自身의 이불을 運搬했다. 複道에서 가메다(龜田)를 만났다.

「여어, 어찌된 일이야?」

가메다(龜田)는 눈을 휘둥그레 뜬다.

「응, 사까다(酒田)의 房에서 자려고.」

「무슨 일인데?」

「左翼인지 右翼인지 야쿠자인지 모르지만, 우리를 暗殺하려 온대나 봐.」

「설마.」
「하하하하. 何如튼, 오늘밤, 난 나의 房에서 자지 않는 게 無難한거라서.」
「흠, 요상스런 것을 생각하고 있구먼. 그러나, 흠-, 이따금씩 다른 房에서 자 보는 것도 나쁘지는 않아.」
「그런 意味란다.」
「좋다. 요다음에는 나도 그래 볼 테다. 헌데, 돈 좀 꿔 주지 않을래?」
「헤에, 벌써, 빈 털털이냐?」
「오늘 부쳐 오리라 생각 했었는데, 오지 않았단다. 아마도 내일쯤 오려나.」
「그럼 來日까지 기다려.」
료헤이(良平)는 複道에 이불을 내려놓고 고개를 저었다.
「오늘 밤에는 必要 없잖니.」
「아니야, 그런 게 아니라니까.」
가메다(龜田)는 深刻한 表情으로 變했다.
「이봐, 잘 들어. 난 오늘 돈이 손에 들어올 거라고 믿고 있었단다.」
「으음.」
「그래서, 이께부꾸로(池袋)로 나가서, 끈질기게 늘어 붙어, 그 商店의 귀염둥이를 꼬드기려고 생각하고 있었다.」

「낌새라도 보이던?」

「그러니까 期待 한 거지. 저쪽에서도 나를 나쁘게는 생각하고 있지 않거든.」

「헤에, 너를 말이지.」

「그럼. 그 商店에서는 내 人氣가 대단하단다.」

「글쎄다, 그럴는지 모르지.」

「그런데 말이야, 送金이 오지 않았단다. 어디에도 갈 수 없고 해서 하루 내내 기다리고 있었던 거야. 이런 몰골로 말이다. 불쌍하게 보이지 않니?」

「同情할만한데.」

「난 오늘밤 그런 氣分이 들었단 다. 이럴 때에는 氣分에 맞춰, 일도 잘 따라 주는 거거든.」

「그렇게 될까?」

「그렇게 될 거야. 그런데, 안 가려고 하니까, 더 가고 싶은 거 있지.」

「알만 해, 그 心情.」

「只수부터 가고 싶단다. 가려면 軍資金이 必要하거든. 내일, 돌려줄 께.」

가메다(龜田)는 金額을 말한다.

료헤이(良平)는 이불을 사까다(酒田) 房으로 옮겼다.

사까다(酒田)와 가즈에는 벌써 부둥켜안고 입을 맞추고 있다. 가즈에의 몸은 활처럼 젖혀져있다. 이야기가 끝났다고는 하지만, 眞짜 빠르기도 하다.

自身의 房으로 되돌아오자, 가메다(龜田)도 뒤따라 들어 왔다.

료헤이(良平)는 册床 서랍 속에서 돈을 꺼내어, 가메다(龜田)가 要求한만큼 건네주었다.

「조-았-어.」

가메다(龜田)는 크게 고개를 끄덕거린다.

「이 程度 있으면 充分 해.」

「이제부터 가는 거니?」

「좋다면, 너도 함께 가지 않을래?」

「아서라.」

료헤이(良平)는 손을 내어 저었다.

「오늘밤에는 술 냄새도 역 겹 단다.」

「그럼 다녀올 께.」

「잘된다년, 旅館으로 가게 되겠지? 不足한거 아니니?」

「아니야.」

가메다(龜田)는 고개를 젓는다.

「旅館으로는 안가. 여기로 데리고 오던지, 그女 房으로 가겠지.」

「精神 차리거라. 이께부꾸로(池袋)의 女人 大部分이 기둥書房이 딸려있단 말이다. 큰 傷處라도 입지 않게 操心해야 한다.」

「기둥書房?」

가메다(龜田)는 웃는다.

「그런 女子가 아니야. 아직 處女인지도 모르지. 純情可憐(순정가련)한 계집애란다.」

「그것이 모르는 일이거든.」

「내게 맡겨 둬.」

가메다(龜田)가 나가고, 료헤이(良平)는 베개를 들고서, 房을 잠그고 사까다(酒田)의 房으로 갔다.

사까다(酒田)와 가즈에는 아까와 똑같은 場所에서, 똑같은 姿勢로 입을 맞추고 있다.

료헤이(良平)는 어이없어 하면서 두 사람 곁으로 다가가서, 사까다(酒田)의 어깨를 두드린다.

「어이, 이제 그만들 해.」

입술을 떼고 나서 사까다(酒田)는 료헤이(良平)를 보았다. 上氣된 얼굴은, 입맞춤에 陶醉되어 있었다는 것을 말해 주고 있다.

(이것 봐라. 이 親舊, 本心이구나.)

「이불이나 펴라.」

「알았어.」
사까다(酒田)와 가즈에가 떨어지자. 사까다(酒田)는 壁欌에서 이불을 꺼내어 펴기 始作했다.
가즈에는 료헤이(良平)에게로 다가갔다.
「자지 말아요.」
「잘 理가 없잖나. 자네가 오기 前에 充分히 잤단다. 하루밤 내내 깨어 있을 수 있지. 그런데, 眞짜로 내게 보여 주려고 하는 거니?」
「그럼요.」
「대단한 勇氣인데.」
「후,후후후, 나요, 露出趣味가 있는 것 같아요.」
「알려지지 않는 곳이, 제법 있는 것 아니니?」
「글쎄요.」
「두 눈을 부릅뜨고 拜見할테다.」
사까다(酒田)가 이불을 다 깔고 나서,
「자아, 가즈에氏, 이리로 와서 누워요.」
하고 말한다.
사까다(酒田)의 이불과 나란히 료헤이(良平)도 이불을 깔았다.
가즈에는 躊躇함없이 속옷차림이 되었다. 乳房의 크기도 허리의 오동통함도 제대로 드러나 보였다. 肉感的인 姿

態다. 그대로 이불속으로 들어갔다.
보고 있자니, 료헤이(良平) 옆자리로 들어간다.
「야야.」
하고 료헤이(良平)가 말한다.
「이렇게 누우면 넌 샌드위치가 되고 만단 말이야.」
「그게 좋아요.」
반듯이 들어 누워서 가즈에는 웃었다.
「이런 때에는 女子가 한가운데에 눕는 것이 에티켓인 거 모르시나.」
「그렇구나. 그런 것이로구나.」
료헤이(良平)도 이불속으로 들어간다. 뒤 따라서 사까다(酒田)도 속옷차림이 되었다.
료헤이(良平)는 正面으로 그의 사타구니를 보았다.
피라미트 模樣은 아직 되어 있지 않았다.
「헌데, 電燈을 끌까, 아니면 就寢燈으로 할까. 이대로 둘까.」
그말을 받아 가즈에가,
「就寢燈으로 해요.」
하고 對答한다. 사까다(酒田)는 그렇게 했다. 그리고서,
「失禮합니다.」
깍듯이 人事를 하고선, 가즈에의 저쪽 方向으로 들어가

서, 똑같이 天井을 向하여 반듯이 누웠다.

료헤이(良平)만이 이들 두 사람을 向하여 옆으로 누웠다.

「가즈에氏.」

새삼스러운 목소리로, 사까다(酒田)가 그렇게 불렀다.

「네에.」

가즈에는 그런 부름에 따라, 몸마저 사까다(酒田)쪽으로 돌아 누웠다.

「이렇게 해서 當身은,」

하고 사까다(酒田)가 말을 꺼내었다.

「생각지도 못한 幸運을 내게 프레센트 하려하고 있어요.」

「그럼요.」

「그러나, 그렇다고 해서, 난 當身의 戀人이 된다고 定해진 것도 아니 구 요.」

「네에, 말 그대로에요.」

「이번 한 番뿐일 수도 있어요.」

「알고 있어요. 아마도, 그렇게 되겠죠.」

「그렇더라도 괜찮겠습니까?」

「그럼요」

「한 가지 더 質問이 있어요.」

「하세요.」

「事實로 말해서, 當身은 아직도 그 다니오까(谷岡)라는 사람을 사랑하고 있는 것 아닙니까?」
「아니요.」
가즈에는 곧바로 고개를 저었다.
「그 点에 對해서는 이미 確實하게 하고 있어요. 사랑하고 있지 않아요.」
「그러나.」
사까다(酒田)가 다시 묻는다.
「未練은 있겠죠? 오랜 期間, 몸을 交歡한 사이입니다.」
「그렇네요. 未練마져 없다고 한다면 거짓말이 되겠죠. 그것을 考慮해 보아도, 現在로서는 헤어지고 싶은 마음이 더 强해요.」
「當身은 情이 강한 사람입니다.」
「그렇지도 않아요. 弱해요. 그래서, 마음 다잡아먹고 이렇게 라도 하 지 않으면 헤어지지 못해요.」
「後悔하리라고 생각하지 않으세요?」
「생각하지 않아요.」
「다시 한 가지 더.」
「말씀하세요.」
「妊娠 걱정은?」
「괜찮아요.」

가즈에는 크게 고개를 끄덕인다.
「좀 있으면 生理가 곧 始作되거든요.」
「그거 기쁜 일인데요. 난 말입니다. 그런 고무製品은 窒塞(질색)이거든요.」
「저도 그래요. 直接 받고 싶어요. 오늘밤에는 그것을 쓸 必要가 없어요.」
「마지막으로 하나만 더.」
「좋아요.」
「當身이 나를 좋아하게 되었다고 치고, 난 當身을 좋아하지 않을 境遇.」
「졸랑졸랑 따라다니지 않아요.」
「그 反對일 境遇에는 確實하게 말해줄 것을 付託해요.」
「알겠습니다.」
「좋아, 이것으로 좋다. 와까스기(若杉), 잘 들었겠지.」
「잘도 들었다.」
이불이 들썩거리고, 사까다(酒田)와 가즈에는 서로 껴안았다. 아마도, 입을 맞추고 있는 것 같다.
료헤이(良平)는 上體를 일으켜, 두 사람의 얼굴을 바라보았다. 두 사람 모두 눈을 감고 있다.
아마도, 가즈에의 혀가 사까다(酒田)의 입안에 들어 가 있는 것 같다.

「어이, 이보라 구.」

료헤이(良平)는 사까다(酒田)의 귀를 잡아 끌었다.

「두 사람 다 뭇수 발가벗어라. 그러는 것이 이쪽도 재미 있으니까.」

사까다(酒田)는 놀랍다는 듯이 눈을 뜨고 료헤이(良平)를 바라본다. 그러나, 그 눈은 다시 감겨지고, 그대로 입맞춤을 繼續했다. 료헤이(良平)는 제 位置로 돌아 왔다. 가즈에의 神經을 理解하기가 어려웠다. 그러나 一般的으로 文學少女는 常識으로는 도무지 생각할 수 없는 것을 하고 있다.

(아니라면 이러한 狀況을 小說로 쓰려고 하고 있는지도 모르겠다.)

드디어, 合쳐져있는 서로의 입술이 떨어지는 소리가 났다.

「멋져. 맛있었어요.」

가즈에의 아양끼 어린 목소리가 들려왔다. 앉아서 이야기할 때의 목소리와는 全然 다른 餘韻을 풍기는 목소리 였다.

「當身이야말로, 너무 能熟해.」

사까다(酒田)가 그렇게 말한다.

그러고선 다시 서로 입을 맞추는 것 같다. 두 번째의 입맞춤을 하는 途中에 이불이 들썩거리고, 사까다(酒田)가 가즈에의 乳房을 만지기 始作했다는 것을 알 수 있다. 그런 다음에도, 두 사람은 斷片的으로 사랑을 속삭이고 있다.
「입술, 模樣이 아주 멋져요.」
「고마워요. 好色 바로 그것이라는 느낌이 들지 않으세요?」
「아니요, 男心을 울렁거리게 하는 게, 너무나 귀여워요.」
「當身처럼 생긴 얼굴, 내가 좋아하는 타입 이에요.」
「이렇게 큰 옷빠이, 그렇게 흔하지 않을 걸요.」
「너무 커서, 부끄러울 地境이에요.」
「부끄러워 할 必要가 없어요. 뽐내어도 좋을 程度ㅂ니다. 內容도 이렇게 忠實한걸요.」
이렇게 되고 보니, 사까다(酒田)는 료헤이(良平)가 생각하고 있는 것보다 무-드를 잡는데 아주 能熟해보인다. 료헤이(良平)는 完全히 無視 當하고 있는 것이다. 그러나 그것은 當然한 것인지도 모른다.
「아아, 매끈매끈한 皮膚로구나. 이렇게 깨끗한 皮膚를 가진 女子, 처음입니다.」
「몇 名이나 되는 女子를 안아 보았죠?」
「別것 아닙니다. 한 대여섯名 程度일까요.」

「모두 戀人?」
「아니요, 한때의 놀이였죠. 나, 아직 定式으로의 戀人을 만들지 않고 있어요.」
「아주 能熟하게 놀고 있다는 거군요.」
그러는 中에,
「아-아-.」
가즈에가 참을 수 없다는 듯한 소리를 지른다. 繼續해서 사까다(酒田)가,
「벌써, 이렇게 젖어 있네요.」
제법 感動에 젖은 목소리로 그곳을 指摘했다.
「허지만, 벌써부터 올라 있는걸요. 아아, 거기야 거기, 너무 좋아요.」
드디어 사까다(酒田)의 손가락의 愛撫가 始作된 것 같다. 그런 後에도 間歇的(간헐적)으로 "으응"라든가 "아-아-" 라는 목소리를 가즈에는 내어 지르고 있었고, 暫時後에,
「이봐요, 나도 만져도 되나요?」
거의 떨리는 목소리로 許可를 求한다.
「좋 구 말구.」
몇 秒가 지나고,
「아아, 宏莊하네요.」

하고 가즈에가 感動에 젖은 목소리를 내었다.
「이렇게.」
「땅땅하죠.」
「너무 멋져.」
「아-아-!」
「나, 키스해도 되죠.」
「나도 하고 싶어.」
이불이 크게 들썩거렸다.
오가는 情談에서 보듯, 두 사람의 行動의 進展을 료헤이(良平)는 確實하게 알 수가 있었다.
가즈에가 이불속에서 몸의 方向을 反對로 바꾼듯했다.
가즈에의 두 다리가 다다미위로 들어났다. 그러나 허리 部分은 이불 속이다.
(서로가 合치고 있구나. 사까다(酒田) 子息, 어제 밤 까지만해도 다니오까(谷岡)라는 子息의 欲望을 받고 있던 女子를 사랑하고 있구나.)
그러나 그것도, 男子로서는 當然한 일인지도 모르겠다.
(이불을 홀랑 벗겨버리고 볼 꺼나.)
立會人이기 때문에 그 程度의 資格은 있을 것 같다.
「앗, 앗, 앗.」
이불속에서 가즈에의 呻吟 소리가 들려왔다.

(가즈에는, 當然히, 나의 귀와 눈을 意識하고 있다. 나의 欲望을 計算하고 있는 것이다. 그것이 가즈에 自身의 興奮을 더욱 높이고 있는지도 모른다.)
瞥眼間, 이불이 크게 젖히지고, 가즈에는 上體를 일으켰다. 료헤이(良平)에게는 그 上體만 보였지만 발가벗고 있다. 下半身도 발가벗고 있음에 틀림없을 것이다.
가즈에는 몸의 方向을 바꾸어 사까다(酒田)를 안았고, 사까다(酒田)는 이불자락을 끌어당겨 自身들을 가렸다.
「이봐요, 넣어줘요. 더 以上 참을 수가 없어요.」
가즈에의 切迫한 목소리에,
「응.」
사까다(酒田)는 그렇게 對答하고서는, 드디어 가즈에를 뉘이고 그 위로 올라왔다.
그때에, 료헤이(良平)를 바라본다.
「간단 말이야, 좋겠지?」
새삼스럽게 료헤이(良平)의 許可를 求해 오는 것이다. 꼭이 장난꾸러기 중대가리 같은 얼굴을 하고서 말이다.
(훌륭해. 眞짜 餘裕를 갖고 있단 말이야.)
료헤이(良平)는 고개를 끄덕거려 주었다.

338 · 이불 속에서

22
見學의 밤

료헤이(良平)는 고개를 끄덕여 주었다.
「알겠다.」
하니까, 가즈에가 上氣된 얼굴로 료헤이(良平)를 쳐다본다. 눈이 발갛게 充血 되어 있다.
「좀 더 이쪽으로 와요.」
「아니야, 여기가 더 잘 보여.」
「이불 걷어버려도 좋아요. 너무 더워.」
「괜찮겠니?」
료헤이(良平)는 놀란 나머지, 사까다(酒田)를 바라본다.
「괜찮겠냐?」
「으-음.」
사까다(酒田)는 困難한 表情이다.
「그건 좀…….」
「어째서요? 우리, 보여줍시다.」

「그러나……….」
「부끄러우 세요?」
「그건 그래요.」
「그렇담, 이대로 해요.」
사까다(酒田)의 健壯한 몸을 받고 있는 가즈에는,
「아 앗, 아- 멋져.」
하고 외친다. 곧바로 사까다(酒田)는 律動을 始作했다. 밑에서는 가즈에도 위를 向해 세차게 밀어 올리고 있다. 간간히 말을 나누기도 한다. 사까다(酒田)는 但只 "응, 응"하고 목소리만 흘릴 뿐 이다.
(이거야!, 相當한 好色女이고, 대단한 베테랑이구나.)
只今까지에는 그런 印象을 받지 않았었다. 敎養있는 女子는 不感症이 많다고 말들 한다. 가즈에에게는 그런 말이 合當하지가 않는 것 같다. 말해서 娼婦와 같은 反應을 보여주고 있다.
드디어, 가즈에는 하나의 고개에 到達한것 같다. 그때에 료헤이(良平)를 보고서는,
「와까스기(若杉)氏, 봐 봐요, 내 얼굴을 봐 봐요.」
하고 소리친다.
「응, 보고 있어.」
뺨과 눈꺼풀 周圍가 부어오르는 듯이 보이고, 눈이 어린

애의 눈처럼 天眞爛漫해져 보이는 것이 異常할 程度다. 아까까지의 반짝임이 어딘가로 사라지고 없다.
(귀여운 얼굴을 하고 있구나.)
「보기 좋은 얼굴이야.」
「나, 나올 여고 해요. 가요, 아-아-!, 멋지다.」
「알겠다. 마음 놓고 쏟아버려.」
「當身은,」
가즈에는 사까다(酒田)에게 注文을 한다.
「끝내면 안 돼요.」
「알고 있어요.」
사까다(酒田)는 對答한다. 그런 直後에 가즈에는 목구멍을 지어 짜는 듯한 소리를 내면서 사까다(酒田)를 꼭 끄러 안으면서,
 「좀-, 좀-, 좀-.」
하고 말한다. "좀 더" 라는 意味로서, 더 字가 목에 걸려 나오지를 못하는 것이다. 가즈에가 지쳐서 녹초가 된 것을 보고서, 사까다(酒田)는 律動을 천천히 하다가, 漸漸 작게 하더니, 드디어 停止하고서, 료헤이(良平)를 바라 본다.
「저기 수건 좀 이리 다오.」
「끝났니?」
「아 아니, 아직 이야. 물이 너무 많이 나와서 닦으려고

그래.」
「그렇구나.」
료헤이(良平)는 타올을 사까다(酒田)에게 건네주었다. 그것을 받아서 이불속으로 가져간다.
그런 다음,
「좀 쉴래요?」
하고 가즈에게 묻는다.
가즈에는 고개를 저으면서 사까다(酒田)의 뺨에 입을 맞춘다.
「싫어요, 싫어.」
「아니면, 료헤이(良平)와 바꿔 볼까요?」
「……………..」
사까다(酒田)가 료헤이(良平)를 바라본다.
「어떠냐? 이번에는 네가 즐겁게 해 줘라. 音色이 어떻게 다른지, 그것을 鑑賞하는 것도 재미있거든.」
「음-음, 어떡할까?」
가즈에는 료헤이(良平)쪽을 본다.
「그렇게 해 줄래요?」
「아니, 그만 둘래. 난 이 親舊의 누님에게 빠져 있거든. 이 親舊와 한 구멍 兄弟가 되고 싶지 않아.」
「응, 생각해보니, 그도 그렇네.」

사까다(酒田)가 조 금씩 조금씩 律動을 始作한다. 제법 그럴듯한 餘裕를 가지고 있다.
가즈에도 그에 맞춰 應하고 있다. 途中, 가즈에는 한쪽 손으로 사까다(酒田)의 등을 껴안으면서, 다른 한손을 료헤이(良平)쪽으로 내밀었다.
「잡아 줘요.」
「이것 程度는 기꺼이 해 드립죠.」
료헤이(良平)는 가즈에의 손을 잡아 주었다.
가즈에는 료헤이(良平)를 바라보고 있다. 아까부터, 天眞爛漫스런 表情을 繼續 짖고 있다.
(女子란, 興奮하고 있을 때에는 반짝거리고 있지만, 一旦 男子의 몸을 받아드리고 나면 이렇게 되어버리는 걸까?)
只今까지 료헤이(良平)는 相對를 하면서 女子를 보아왔다. 女子가 男子를 받아 드리는 것을 第三者의 立場에서 바라 본 것은 이번이 처음이었다.
얼마간은 客觀的인 立場에서 볼 수가 있다고 하겠다.
「너 아주 멋진 얼굴을 하고 있단다.」
「眞짜?」
「그럼. 그렇게 하고 있는 얼굴이 제일 귀엽게 보인단다. 사까다(酒田)가 자네에게 반해버릴는지도 모르겠다.」
「응.」

료헤이(良平)의 말을 首肯하면서 사까다(酒田)도 고개를 끄덕인다.

「眞짜 입니다. 반해버릴는지도 모르겠는 데요. 어이, 와까스기(若杉), 바깥쪽 보다 안쪽이 너무 멋지단 말이다.」

「나도 그래요.」

가즈에가 말한다.

「다니오까(谷岡)보다, 훨씬 멋져요. 아-아-, 이것으로, 그따위 男子, 完全히 未練마져도 없어져 버렸다.」

그러는 사이에 두 사람의 相互 律動은 漸漸 거칠어져 갔고, 이리저리 變化를 주어가면서, 빨라지더니, 조금 後에 가즈에는 두 번째의 頂上을 달리는 것이다.

그때에 료헤이(良平)를 부르면서,

「只수이야, 只수. 나를 봐요.」

그렇게 말하고, 료헤이(良平)의 손을 꼭 붙잡는다.

료헤이(良平)도 그 손을 잡아주면서,

「좋 아 좋아, 알겠다. 辭讓말고 화끈하게 쏟아버려.」

그렇게 激勵해 주었다. 童女의 장난을 훔쳐본 그에 비슷한 氣分이었다.

가즈에의 絶叫속에서,

「나도 안 되겠다.」

하고 사까다(酒田)가 외치고, 그것도 단번에 終點으로 치닫고 말았다. 료헤이(良平)는 긴 한숨을 내어 쉬었다.
「드디어, 第一 라운드가 끝난 셈이다. 判定은, 두 番 다운(Down)시킨 사까다(酒田)가 判定勝한 라운드다.」
사까다(酒田)도 가즈에도 땀투성이가 되었다. 事實은 이불을 벗겨버리고 싶지만, 立會人인 료헤이(良平)가 보고 있기 때문에, 그렇게 할 수가 없었다.
사까다(酒田)는 아까 너무 젖은 곳을 딱은 타올로 가즈에의 땀을 닦아주고, 自身도 얼굴을 닦았다.
가즈에는 눈을 감고 있다. 亦是, 료헤이(良平)와 마주 잡고 있는 손에 힘이 하나도 없다.
사까다(酒田)가 내려오려고 했다. 가즈에에게 무게가 실리지 않도록 팔꿈치로 上體를 바치고 있는 그 姿勢는, 亦是 苦痛스럽게 보인다.
「싫엇.」
가즈에가 끌어안는다.
「쬐끔만 이대로 있어요.」
「알겠어요.」
그런 다음 한 五分 程度 지나서, 드디어 가즈에는 팔을 풀고 서는,
「내려와요.」

사까다(酒田)는 저쪽으로 내려와서 반듯하게 들어 눕더니, 크게 숨을 들어 마신다.

가즈에는 어느 사이에 이불아래에 넣어두었던 休紙를 꺼내어. 아마도 自身의 中心部를 씻는 것 같다.

료헤이(良平)쪽을 돌아다본다.

「刺戟 받았어요?」

「받았지.」

「그럼. 興奮狀態겠네요?」

「그야 勿論이지.」

「어떻게 할래요?」

「어떡하긴. 아무렇지도 않아.」

좀 前의 天眞스런 表情은 간데없고, 다시 가즈에의 얼굴로 되돌아와서 반짝거리고 있다. 눈 깊숙이에서 빛을 發散시키고 있다.

(이 애는 先天的으로 妖婦타입이다.)

「참을 수 있겠어요?」

「그럼. 헌데, 이제 立會人의 役割은 다했다. 第二라운드는 난 몰라. 난 잘 테다.」

「잠이 와요?」

「오구말구. 어젯밤, 한숨도 잘 수 없었거든. 저녁때 暫間 자 두긴 했지만, 充分치 못해.」

「잔다는 것은 요.」
가즈에는 感心한 나머지, 억울하다는 듯한 表情으로 變했다.
「나를 女子로 생각하지 않는다는 뜻이라 구요」
「아니야, 그럴 理가 있나. 자네, 睡眠欲은 모든 欲望에 于先한다는 거 모르는 것은 아니겠지?」
료헤이(良平)는 두 사람으로부터 등을 돌린 채 눈을 감았다. 그러고 어느 사이에 잠으로 빠져 들어갔다.
눈을 떴을 때, 窓門 밖으로부터 若干의 밝은 빛이 새어 들어오고 있다.
옆 이불에서는, 사까다(酒田)는 저쪽을 向하여 자고 있고, 가즈에는 이쪽으로 向하여 자고 있다.
엎드려서, 료헤이(良平)는 담배에 불을 붙여 물었다.
(이 世上, 이런 일도 있는 거로구나. 이 女子, 亦是 다니오까(谷岡)와 헤어지기 爲해서 사까다(酒田)를 이렇게 利用했을 게 分明하다.)
그렇다면, 그런 心情, 理解되지 않는 것도 아니다.
천천히 煙氣를 내어 뿜고서 紫煙(자연)의 方向을 쫓고 있자니,
「저도 한 모금 빨 게 해줘요.」
하는 목소리가 들린다.

가즈에다. 方수 눈을 뜬 것 같다.

료헤이(良平)는 입에서 담배를 빼내어, 가즈에의 입에다 물려주었다. 가즈에가 깊게 빨아들이자, 담뱃불이 발갛게 變한다.

「다니오카(谷岡)는 찾아오지 않은 것 같다.」

「안 와요. 아니. 못 와요. 이미 헤어진걸요.」

「와 주었으면 하는 마음, 없는 것도 아니지?」

「쬐끔은 요. 그렇지만, 只수은 요만큼도 없어요.」

가즈에는 담배를 료헤이(良平)에게 돌려주고, 얼굴을 가까이 기대어 왔다.

「이봐요, 이 사람, 眞짜 正式 戀人이 없나요?」

「없어.」

「나와 同居 해 주지 않을 여나?」

「말 해 보지.」

「可能性, 있을까?」

「있지. 좋아하게 될 것 같니?」

「그럼요.」

「그리고선 어떻게 되었지?」

「그러고 나서 몇 番이나.」

가즈에는 머리맡의 時計를 본다.

「나요, 두 時間 程度 밖에 자지 못했어요.」

「그렇담, 相當히 재미있게 놀았겠는 데.」
「그럼요. 틀림없이 잊을 수가 없을 거 에요.」
「多幸이었다.」
「多幸인지 不幸인지. 한 男子의 멍에에서 벗어났다고 생각하자마자, 어느 사이에 다음 男子와 옴쭉도 못하게 얽혀버렸어요. 女子란 이런 것인지 모르겠네요.」
「그러나, 사까다(酒田)가 사귀기 싫다고 한다면, 따라 붙지 마.」
「네에, 그런 約束이었으니까요. 허지만, 난 싫어.」
「이쪽으로 오겠니?」
「아니, 오늘 아침에는 못하겠어요. 에네르기를 全部 태워 버린 것 같아.」
「그게 좋은거야. 다른 男子에게 안길 것 같으면, 사까다(酒田)는 同居하지 않을 거야.」
「勿論, 그렇게 된다면야 貞操를 지켜야죠.」
료헤이(良平)는 담뱃불을 끄고서, 上體를 일으켰다.
「자, 이불을 개어서 내 房으로 갈 꺼나.」
「그만 일어나려고?」
「아아, 아침 準備를 해야지. 너희들 몫까지 내가 지어 놓을 께. 다 되면 깨울 테니까, 그때까지 자고 있어.」
료헤이(良平)는 일어섰다.

가즈에는 료헤이(良平)를 쳐다보면서 눈을 가운데로 集中시킨다.

「어머나, 저렇게 되어 있는데.」

료헤이(良平)도 그곳으로 눈을 내렸다. 속옷이 圓錐形을 그리고 있다.

「이건 하는 수 없는 거야. 男子의 아침 現狀이니까.」

가즈에는 손을 뻗어왔다.

「쬐끔만.」

료헤이(良平)는 웃으면서 고개를 흔든다.

「이런 짓 하면 안 된다고 方수 말 했잖니?」

이불을 끌어안고 료헤이(良平)는 自己 房으로 돌아갔다. 房에는 아무런 異常이 없다. 房을 整理하고 얼른 밖으로 나가서 風爐에 불을 일군다.

곤도(近藤)가 일어나 나왔다.

곤도(近藤)도 風爐에 불을 붙인다. 두 사람이 나란히 앉아 할랑 할랑 부채질을 하고 있는데, 가메다가 요리비틀 조리비틀 비틀 거리면서 길에서 집 쪽으로 들어서고 있었다.

「어이, 가메다(龜田) 지.」

「정말이군. 저 親舊, 이렇게 이른 아침에 어데 갔다 오는 거야.」

「아니야. 아침 일찍 나간 게 아니다. 이제 사 돌아오는 거라 구. 저 걷는 모습 좀 봐 봐, 아직도 醉해 있는 것 같은데.」
가메다(龜田)는 蒼白한 얼굴로, 돌을 툭툭 차면서 左로 비틀 右로 비틀, 두 사람 앞으로 다가왔다.
머리는 흩으려져 있고, 눈은 게슴츠레 뜨고 있다.
「여어, 두 分 先輩님.」
손을 들어, 繼續 끄덕거리면서, 흐느적거리고 있다. 다툼이라도 있었는지 입 언저리에 피가 배어있다.
「어찌된 일이야? 女子 房에서 자고 오는 길이니?」
「그럼, 가기는 갔었지.」
「그거 잘됐다. 밤새껏 즐겼겠구나. 그럼, 房으로 가서 자 둬라.」
「그렇지가 않아.」
가메다(龜田)는 손을 내저으면서, 땅바닥에 兩班다리로 하고 털썩 주저앉는다.
「가서보니 말이지, 男子가 있었어요. 實로 멍청한 계집애야.」
「호오.」
탄에 불이 붙었다. 쌀을 안친 솥을 얹었다.
곤도(近藤)는 우물곁으로 갔다.

「어떤 男子였는데?」
「머리가 홀라당 벗겨진 중대가리 中年男子. 그게 말이야, 종이 演劇꾼이야. 종이演劇의 그림이 房 가득히 있더구나.」
「女子의 아버지신가?」
가메다(龜田)는 고개를 젓는다.
「書房님이셔. 아니, 놀랐지 뭐냐. 그 女子는 갓 스물이고, 男子는 마흔 살의 書房님이란다.」
「그런 곳에, 어째서 너를 데리고 갔단 말 이가?」
「나도 몰라.」
「그래서, 어떻게 되었니?」
「하는 수 없지 뭐. 아무래도, 野心이 있어서 찾아왔다는 內色은 할 수가 없었다. 둘이서 燒酒를 마셨다. 女子가, 商店에서가지고 온 닭 날갯죽지를 후라이 팬에 구워서, 그것을 뜯으면서 종이 演劇의 이야기를 들었다.」
「그럼, 잘 얻어먹은 거 아니니?」
「그럼, 아침까지 마셨단다. 아니, 종이演劇이라는 거 대단하던데. 그 중대가리, 거리의 藝術家란다.」
「自己 스스로 그림까지 그린단 말 이가?」
「아니, 그 아저씨, 그림은 親舊들에게 맡기는 것 같아. 그 代身 스토리-는 自身이 만든 단다. 오리지날(Orig-

inal=原本)이지. 하나만 들려주더구나. 人情 줄거리 였다. 너의 小說보다 훨씬 재미있던데. 그치 말이야, 文學靑年이 되려다가 그만 둔 사람이더군.」

「만나보고 싶은 걸.」

「途中에 나의 野心은 온데간데없이 사라져 버렸단다. 좋은 아저씨야. 女子가 집을 뛰쳐나와 그런 男子와 어울렸다는 理由도, 어딘가 理解할 것같은 氣分이 들었다.」

「女子를 네게 안겨 주겠다는 말은 없었니?」

「말 할 理가 없잖니. 그 두 사람, 서로 사랑하고 있는 거야. 男子가 女子를 뜯어먹고 있는 게 아냐. 기둥書房도 아니고. 分明한 夫婦사이란 말이다. 나이는 問題가 되지 않아.」

아마도 가메다(龜田)는 妙한 體驗을 하고 돌아 온 것 같아 보인다.

23
脫會者

閑暇롭게 잠이나 실컷 자려했던 사까다(酒田)는 생각지도 못한 女體를 즐기게 되었고, 野心을 가득 품고 自信滿滿하게 나갔던 가메다(龜田)는 結局에는 아무것도 못하고 돌아왔다. 人生이란 다 이렇게 뒤꼬이면서 흘러가는 거겠지.
「그래서,」
하고 료헤이(良平)는 가메다(酒田)에게 質問했다.
「넌 이젠 그女에게 興味를 잃었단 말이니?」
「노(No)-.」
가메다(酒田)는 그대로 땅바닥에 주저앉은 그대로 있다.
「난 한번 하겠다는 마음을 먹으면, 끝까지 해 내는 性質이 잖냐. 잘난 書房이 딸려있건, 야쿠자의 기둥書房이 딸려있건, 拋棄(포기)하지 않아.」
「그러나 사랑으로 맺어져 있는 男子가 있다면, 꽤 어려울 텐데.」

「어렵기 때문에 더욱 더 鬪志가 솟구쳐 오른다니까.」

두어 時間 後에, 료헤이(良平)는 무라가미·가즈에(村上かずえ)와 사까다(酒田)와 셋이서 집을 나섰다.

大學으로 가고 있는 것이다. 료헤이(良平)는 充分히 잤기 때문에, 心身이 爽快해 있다. 反對로, 사까다(酒田)는 비실비실 하고 있다.

男子는 처음만난 女子에게는 必要 以上으로 精力을 쏟게 마련이다.

「어이, 사까다(酒田).」

료헤이(良平)는 그의 어깨를 두드려 준다.

「房으로 돌아가서 잠을 자 두는 게 좋을 것 같은데.」

「음.」

「講義室에 들어가더라도 工夫는 글렀다.」

「講義室에는 어떻 대도 相關없는데, 委員會가 있기 때문에, 어떻게 해서든 꼭 나가야지만 돼.」

「健康을 헤치면시까지 그렇게 해야만 되니?」

「그건 그렇다 만.」

「다른 말은 하지 않겠다. 두 時間 程度 자고 가라.」

「아니야, 나가겠어.」

이미 通勤의 럿쉬·아워는 지난 時間帶이므로, 電車는 빈

자리가 많았다.

發車하고나서 바로,

「失禮 좀 할 꺼나.」

사까다(酒田)는 그렇게 말하면서 구두를 벗고, 빈 座席 위에 벌렁 들어 누워서, 가즈에의 무릎위에 머리를 올려 놓았다. 車가 비어 있다고는 하지만, 乘客은 드문드문 앉아 있다. 거침없고 大膽한 行爲이다.

그러나 료헤이(良平)는 그냥 내버려두기로 했다.

「이 사람, 어린애 같은 곳이 있네요.」

「單純하지. 同居 하고 싶은 거니?」

「네에.」

「그 点에 對해서 이야기라도 나눠 봤니?」

「아 아니, 아직은.」

「이 親舊는 이미 자네와는 두 번 다시 만나지 않겠다고 생각하고 있는지도 모른다.」

「그런 때에는 하는 수 없지 뭐.」

「結論을 아직 끝내지 않았는지도 모르겠군.」

「相談을 請해오면, 反對?」

사까다(酒田)의 귀에 들리고 있는지도 모른다.

사까다(酒田)는 눈을 감은 채 가만히 있다.

「아니야, 反對하지 않아. 그렇다고 贊成도 안 해. 난 他

人의 일에 對해서, 可能한한 關與하지 않는 主義니까.」
停車하는 驛마다 乘客들이 타고 있다. 드디어 빈자리가 없을 程度다. 료헤이(良平)는 사까다(酒田)를 일으켰다. 일어나는 사까다(酒田)에게,
「함께 살 것인가, 그렇지 않을 것인가, 요다음 만나서 相議 해 보자 구.」
하고 말했다. 말하자면, 두 번 다시 만나지 않겠다고 하는 線은 于先 막아 놓았다.
大學構內로 들어가서, 三號館으로 들어가는 사까다(酒田)와 헤어져서 圖書館앞을 지나려는데, 가즈에가 료헤이(良平)와 팔짱을 끼려고 했다.
료헤이(良平)는 그것을 拒否했다.
「어머, 왜 그러세요?」
「자낸 國文科다. 佛文科의 귀염둥이들에게 보이고 싶지가 않단 말이야.」
「흥.」
그러는 가스에와도 헤어져서 講義室로 들어가니까, 이미 講義는 始作되고 있었다.
맨 끝 座席에 妙하게도 세끼모도(關本)가 자리하고 있다. 하야노(早野)와 나란히 앉아서 神妙한 얼굴로 講義를 듣고 있다. 료헤이(良平)는 그 옆 座席으로 가서 앉았다.

講義가 끝난 다음, 세 사람은 佛文學部의 옆門을 나와서 『茶房』으로 들어갔다.

「네가 講義室에 얼굴을 내 밀었는데, 무슨 바람이라도 불었단 말이니?」

료헤이(良平)가 고개를 갸웃거리고 있는데, 세끼모도(關本)가 갑자기 팔을 붙잡아 왔다.

「네게 說敎 좀 해 주려고 왔단다.」

「호오.」

「야! 인마!, 우쭐대지 마.『新作家』程度에 作品을 發表한다고 해서, 얻어지는 게 뭐가 있어. 이봐, 原稿料를 받는 文藝雜誌에 揭載하고 나서, 그때에 우쭐거려 보란 말이다.」

눈이 반짝거리고 있다.

「너, 벌써부터 醉했나 보구나?」

「이 짜 아식, 醉했다면, 좀 더 酷毒(혹독)하게 火를 냈을 거야, 인마!.」

「우쭐대긴. 그러나, 너의 눈에 그렇게 비춰졌다고 하니까, 그 点으로 본다면, 너도 마음속에 두고는 있었는 게로 구나.」

「바보새끼. 난 말이다, 그런 雜誌란 거 輕蔑하고 있단 말씀이야. 그런 거, 中學生의 作文 콩쿠르(Concours=

프)야.」

그곳으로, 미찌에(道江)와 가즈에가 사이도 좋게 들어왔다. 재빨리 료헤이(良平)들을 發見하고 다가왔다.
그들이 나타나자, 세끼모도(關本)가 료헤이(良平)의 팔을 놓았다. 미찌에(道江)들은 옆 座席으로 가서 앉았다.
세끼모도(關本)는 미찌에(道江)의 옆으로 가서 앉았다.
「이봐요. 히로가와(廣川)氏.」
미찌에(道江)는 자리를 비켜준다.
「오래간 만이군요.」
「나,『街』를 그만 두려 해요.」
「어머, 왜 그러는데요?」
「모두들의 次元이 너무 낮아서 죠. 어떻게 해 보려고 努力도 해 보았지만, 더 以上 같이 있을 수가 없군요.」
「그만두고, 새로운 雜誌를 만드는 건가요?」
「아니요, 난 이젠 同人雜誌 같은 거 만들지 않아요. 投稿主義로 나가겠어. 同人雜誌 같은 거 會費가 아깝다니까요. 그런 돈이 있다면, 二町目에 가서 女子를 안는 쪽이 훨씬 낳겠어.」
미찌에(道江)는 하야노(早野)쪽으로 고개를 돌렸다.
「眞짠가요?」
「응.」

하야노(早野)도 首肯한다.

「眞짜인 것 같애.」

「그럼, 當身은?」

「난, 그만두지 않아. 세끼모도(關本)는 말이지, 大學도 中退하려는 거야. 大學의 講義가 無意味하다는 것을 分明히 알았다는 거야. 그래서, 學校에 籍을 두는 理由가 없어졌다는 거지. 佛文科 卒業이라는 資格은 아무데도 쓰잘데없으니까 말이지.」

「그래서,」

세끼모도(關本)가 뒷말을 繼續했다.

「난 只今, 마지막 講義를 들었다는 거다. 이젠 두 番 다시 와세다(早稻田))에는 오지 않겠다.」

「그러고서, 어떡하려고?」

「小說을 쓴다는 거 旣定事實 아닌가. 언젠가 너희들은 新進作家로서의 나의 이름을, 新聞이나 雜誌에서 볼 수 있게 될게야.」

그런 말을 남기고 세끼모도(關本)는 일어섰다.

「어이, 하야노(早野), 나가자.」

료헤이(良平)를 無視하고 있다. 『街』를 脫會하겠다고 宣言하려면, 먼저 료헤이(良平)에게 말하는 것이 順序다. 瞥眼間에, 新規加入者인 미찌에(道江)에게 말하고, 료헤이(良平)에게는 全然 아무 말이 없다. 하야노(早野)도 덩다라 일어섰다.
「우리들 只今부터 『이찌마루』로 가서 마실 참이다. 너도 같이 가지 않을래.」
「가더라도 아직 商店 門을 열지 않았을 텐데.」
「열게 할 거야.」
「何如튼 난 가지 않아.」
「그럴 테지.」
세끼모도(關本)가 웃는다.
「이 子息이 갈 턱이 없지.」
세끼모도(關本)와 하야노(早野)가 함께 나가자, 미찌에(道江)는 한숨을 쉰다.
「하야노(早野)氏도 잘도 따라 다니는군요.」
손님이 들어왔으므로, 료헤이(良平)는 미찌에(道江)들 자리로 옮겼다. 헌데, 들어온 세 사람은 료헤이(良平)가 비워준 자리에 앉지 않고, 료헤이(良平)들을 마주 보고 그냥 선채로 있다.
한사람은 學生服, 한사람은 洋服 차림이고 또 한사람은 빨간 쉐-타 차림이다.
「어이, 가즈에.」
빨간 쉐-타가, 妙하게도 쉰 목소리로 가즈에에게 목소리를 보낸다.

(다니오까·다카시루(谷岡高志)로군.)

료헤이(良平)는 얼른 直感했다.

가즈에는 고개를 쳐들고 相對方은 바라본다.

「무슨 用務라도 있나요?」

「잠깐 나와 봐.」

「어디로?」

「何如튼 나와.」

「싫어요.」

가즈에는 어깨를 움츠린다. 갑자기, 周圍의 눈을 意識하고, 얼굴을 붉혔다.

「오라고 하면 따라 오는 거야.」

눈에 兇暴한 빛이 엿보인다.

「가지 않겠어요. 더 以上, 當身에겐 用務가 없어요.」

「글쎄, 오라면 오는 거야.」

男子가 앞으로 다가 서더니, 가즈에의 팔을 잡는다.

가즈에는 그 손을 뿌리치려 한다. 그러나 男子는 놓지를 않는다. 미찌에(道江)가 가즈에의 어깨를 껴안는다.

「이봐요, 이야기나 들어보자 구요. 나도 함께 가 줄 께요.」

이렇게 해서, 가즈에에 붙어 서서, 미찌에(道江)도 茶房

밖으로 나갔다. 學生服도 紳士服도 함께 나갔다.

료헤이(良平)는 혼자 남아서 물을 마시고 있다.

(설마하니, 칼부림 事態는 일어나지 않겠지. 그러나, 아까 그 눈, 別로 마음에 들지 않는 눈매였단 말이야.)

바깥에 神經을 쓰고 있자니, 長身의 이이쓰까(飯塚)가 들어왔다.

「여어, 혼자 있는 거냐?」

「응. 바깥에 히로가와(廣川)氏랑 무라가미(村上)가 없더냐?」

「있었다. 무언가 어떤 男子와 密談을 하고 있는 것 같던데.」

이이쓰까(飯塚)가 료헤이(良平)의 앞자리에 가서 앉았다.

「세끼모도(關本)가 그만 두겠다고 하더구나.」

「호오, 그럼, 아까 말 한 것은 本心이다 이거군.」

「그런 것 같애. 하는 수 없지 뭐야. 가는 사람 뒤쫓아 봤댔사 道埋없어. 헌데, 그 子息 그냥 남아 있다고 하더라도, 會費를 내지 않을 것 아냐?」

「大學도 中退하겠다고 했다는데, 이것도 事實이니?」

「그런 것 같던데.」

「무언가 집에 무슨 일이래도 있는 건가?」

「글쎄, 그것을 알 수가 없지. 그 親舊, 그런 일은 입 밖에 내지도 않으니깐. 어찌 보면 어딘가 就職이라도 된 거 아냐?」

적어도 료헤이(良平)보다는 親하게들 지내고 있는 이이쓰까(飯塚)의 그 말에는 어떤 意味가 含蓄되어 있는 듯이 보였다.

「헤에, 就職이란 말이지.」

經濟的인 理由로 因한 退學에 觀念的인 그럴듯한 理由를 붙이는 것은, 模樣새를 좋게 하려하는, 文學靑年들의 虛勢인 것이다. 흔히 있는 일이다. 그래서 그 虛勢를 스스로 眞짜라고 생각해 버리는 技術을, 當事者들은 몸에 익히고 있는 것이다.

「그의 집은 그렇게 裕福한 便은 아닌가 부지?」

「裕福하다면, 그런 다 찌그러져 가는 아-파트에 살고 있지는 않았겠지. 그 子息은 딴사람 倍 以上으로 奢侈를 좋아한단다. 奢侈를 좋아하는 것과 現實的인 가난함과의 矛盾이 그치의 文學에의 志向의 原動力이 되고 있는 것 아니니?」

「그치가 사라지고 나면.」

료헤이(良平)는 처음 始作할때부터의 同僚가 脫落하는데 對하여 허전한 생각이 들면서도, 일부러 冷酷한듯한 말을 했다.

「『街』의 이미지(Image)도 한결 좋아지겠지.」

그렇게 말한 다음 이이쓰까(飯塚)를 바라보았다.

「이참에, 너의 술 酒酊도 是正되었으면 錦上添花겠는데 말이야.」

이야기를 나누면서 出入口쪽을 보고 있자니, 빨간 셔츠가 들어왔다.

「와까스기(若杉)氏죠?」

「그렇소.」

「죄끔 봤으면 하는데.」

「當身 都大體 누군데?」

「다니오까(谷岡)요.」

료헤이(良平)는 고개를 끄덕이고 다니오까(谷岡)의 뒤를 따라 밖으로 나왔다. 그 前에, 모두의 커피代를 支拂했다.

저쪽에 가즈에와 미찌에(道江)가 있다. 다른 두 사람의 男子는 사라지고 없다.

「그럼.」

다니오까(谷岡)가 가즈에의 가슴을 쿡 찌른다.

「이 사람 앞에서 다시 한 번 말 해 봐.」

「그럼. 말 하지. 나 어젯밤, 이 사람 房에서 어떤 사람을 紹介받고, 그 사람과 잤어요.」

「事實이요?」

다니오까(谷岡)는 료헤이(良平)에게 다짐을 놓는다.

「事實이요.」

하고 료헤이(良平)는 首肯했다.

「틀림없어.」

「거짓말 시키지 마. 잔 것은 當身이란 말이야. 架空의 人物을 맨들지 않아도 좋아.」

「그럴 必要도 없는걸요. 난 이제는, 그런 것을 當身에게 일일이 報告 할 義務도 必要도 없어요. 내가 무슨 일을 하 건, 그건 내 自由니까요.」

「그럼,」

다니오까(谷岡)는 료헤이(良平)에게로 다가 왔다.

「그 男子와 만나게 해 다오.」

「싫소이다.」

료헤이(良平)는 고개를 도리질한다.

「當身에게는 關係 없는 일이야.」

「亦是, 架空人物이로군.」

료헤이(良平)로서는 귀찮기 짝이 없다.

「그렇게 생각한다면 그래도 좋고.」

「흐음.」

다니오까(谷岡)는 어깨를 움츠린다.
「當身도 요상한 것을 좋아하는구면. 이런 女子에게 걸려 들어서 苦生깨나 하게 생겼다 야.」
「알겠다. 다른 用務 없겠지? 나. 가겠다.」
료헤이(良平)는 걸음을 내 디디었다.
미찌에(道江)가 뒤쫓아 왔다. 가즈에는 다니오까(谷岡)와 옥신각신 하고 있다.
「이 봐요, 같이 있어 줘야죠.」
「괜찮겠죠. 저렇게 싸우고 나면, 眞짜로 헤어질 테니까요.」
미찌에(道江)는 료헤이(良平)의 팔을 잡았다. 두 사람은 大學 構內로 들어섰다.
「當身 親舊分과 그女와의 일 事實인가요?」
「事實이지. 더군다나. 나의 눈앞에서 말이야.」
「그런 거 같았어요.」
「何如間에, 勇敢無雙한 女子야.」
그닐의 료헤이(良平)의 마지막 授業은, 네 時쯤에서 끝났다. 이이쓰까(飯塚)도 같았다. 료헤이(良平)와 이이쓰까(飯塚)는 『아스나로우(翌檜)에 들렸다.
아직도 주름이 거쳐지지 않은 商店 안에서,
「난 말이야, 俗物들과는 함께 일 해 나갈 수가 없단 말이야. 亦是, 文學이란 個人的이거든.
세끼모도(關本)가 氣焰(기염)을 吐하고 있는 소리가 들려왔다. 벌써 相當히 醉해 있는 것 같다.
門을 열고 들어가니까, 세끼모도(關本)와 하야노(早野)가 나란히 앉아있고, 도모에는 카운터- 구석 쪽에 서 있다. 세끼모도(關本)의 컵에는 빨간 술이. 하야노(早野)의 컵에는 黃色 술이 들어 있다.
두 사람은 同時에 료헤이(良平)들을 돌아다보았다.
「여어, 俗物들 두 사람이 나타났다.」
하고 세끼모도(關本)가 소리친다.
하야노(早野) 곁에 이이쓰까(飯塚)가 앉았고, 그 옆 자리에 료헤이(良平)가 앉았다.
「이 子息들, 벌써 몇 잔째니?」
「여섯 잔쯤.」
「마마는?」
「여섯 時쯤 돌아오세요.」
세끼모도(關本)가 하야노(早野)를 끌어안는다.
「어이. 너도 『街』를 그만 두 거라.」
「싫다.」
하야노(早野)는 고개를 젓는다.
「난 그만두지 않아. 그만 둘 理由가 없잖냐.」

「背信者.」
「너도 그만 둘 必要가 없는 거야. 大學은 中退하더라도, 『街』는 함께 하지 않을래?.」
하야노(早野)의 말에 이이쓰까(飯塚)도 合勢해서 說得하기 始作 했다. 하자, 세끼모도(關本)는 더 더욱 비뚤어져서,
「決斷코, 난 그만둔다. 난 말이야, 너희들과는 달라.」
그렇게 소리친다.
료헤이(良平)는 說得에 同調하지는 않았다. 不良 同人은 없어지는 게 오히려 좋다. 세끼모도(關本)는 『文學』에 너무 執着해 있는 것이다.

24
計劃性

日曜日 午後, 오사또(小里)와 만났다. 評判이 藉藉한 프랑스 映畵를 보았다. 俳優의 세리-프는 日本語 字幕으로 나오고 있었다.
오사또(小里)가 속삭여 왔다.
「저기 日本語 字幕을 보지 않고서도, 알아 듣는 게 많겠죠?」
「어림도 없어.」
료헤이(良平)는 唐慌스러웠다.
「아직까지는 英語쪽이 若干은 쉬운 便이야.」
傳統的으로, 와세다(早稻田)의 文學部는 語學에 弱한 便이다.
「난, 프랑스 文學을 工夫하고 있는 거지, 프랑스語를 工夫하고 있는 게 아니거든.」
하고, 自己辯明을 하고 있지만, 많은 學生들의 핑계이기도 했다.
「프랑스語 같은 거, 語學을 하는 能力 밖에 없는 者들에게 맡기는 게 좋아. 우리는 그 飜譯版을 利用하면 되고.」
그에 對해서, 正統派들은,
「眞짜로 프랑스 文學을 硏究하기 爲해서는 먼저, 그 基礎가되는 프랑스語를 工夫하지 않으면 안 된다. 프랑스語의 아름다움도 모르고서 프랑스 文學을 理解 할 수는 없는 거다.」
하고 反論하겠지. 하면 怠慢스런 親舊들은,
「아니야. 난 프랑스 文學을 傳門的으로 깊게 硏究하는 것을 目的으로 하지 않아. 適當하게 하는 거지. 學者가 되려는 것도 아니고 말이야. 目的은, 日本人으로서 日本에 살고 있는 나로서 自身의 小說을 쓰는데 있다. 프랑스 文學을 읽는다는 것은 그런 目的에 무언가 도움이 되기 爲한 것 밖에는 없어.」
하고 슬쩍 피해 버린다.
또한,
「人間의 能力에는 限界가 있는 법이다. 語學을 工夫하고 있는 사이에는 小說을 工夫할 餘裕가 있을 턱이 없거든.」

라고도 말한다. 또 한편으로는,

「原來부터 自身의 이메지네이션(Imagination＝想像力)을 부풀려서 小說을 쓴다는 作業과, 自身을 죽이면서까지 語學을 몸에 익히는 作業과는, 尙存할 수 없는 거다.」

고도 말한다.

「가모메·가이(鷗外)는 어떠냐? 후다바·데이시마이(二葉亭四迷)는 어떻고? 수수이시(漱石)도 宏莊하단다.」

「아니야, 메이지(明治)時代의 作家들은, 하는 수 없었단다. 日本이 近代化 되기 以前으로서 飜譯(번역)이 只今처럼 發展해있지 않았기 때문에, 自身이 그것까지 하지 않으면 안 되었기 때문이었단다.」

도둑질에도 핑계가 있듯이, 何如튼 여러 가지 辯明할 수 있는 理由는 얼마든지 생각할 수가 있다. 요컨대, 語學을 마스터 해 보겠다는 참을성이 없는 것이다.

그에 對해서는 료헤이(良平)도 例外는 아니다.

와세다(早稻田))의 佛文學科에도, 小說을 쓰겠다는 意慾을 갖고 있지 않은 學生들도 제법 있다. 그네들은 적어도 小說을 工夫하는 무리들과는 달리, 프랑스語를 工夫한다, 료헤이(良平)가 唐慌해 한 것은, 大學에도 가지 않은 오사또(小里)가 료헤이(良平)의 『佛文科 學生』으로서 學

力을 過大評價하는 것이 두려운 것이다. 다른 사람에게서 過大評價 當하는 것만큼, 부끄러운 일은 없다.

映畵館을 나오니까 벌써 저녁 무렵이 되었다.

當然, 료헤이(良平)의 目的은 오사또(小里)와 단둘이 될 만한 場所로 가는데 있다.

혼자서 下宿을 하고 있는 學生은 下宿집으로 女子를 데리고 가겠지. 女子가 下宿을 하고 있다면 그女 房으로도 갈 것이다.

료헤이(良平)는 많은 親舊들과 함께 살고 있다.

료헤이(良平)의 房은 료헤이(良平)만의 것이지만, 아무도 모르게, 日曜日에 오사또(小里)를 끌어 드리는 것은 不可能 하다.

房에 불이라도 켜져 있으면, 료헤이(良平)가 있다는 것이 알려지고, 누군가가 찾아오게 마련이다.

오사또(小里)도 兩親과 함께 살고 있다. 이렇게 서로의 事情이 있기 때문에 惑者는 溫泉마-크가 달려있는 旅館을 愛用한다고 한다.

그러나 그것은 이미 親密한 男女의 境遇일 때 이다.

처음에 그女를 旅館으로 끌고 간다는 것은, 더 더욱 어려운 일이다.

男子의 意圖를 알아차리고, 女子는 몸을 사리고 逃亡쳐

버리는 케이스는 흔히 있는 事實이다.

逃亡쳐 버릴 境遇, 屈辱感은 이루 말할 수 없는 것이다. 그것은 참는다고 치더라도, 女子의 男子에 對한 評價가 단번에 달라지고, 그 後로는 警戒하게 되고 말 念慮가 있는 것이다.

료헤이(良平)가 알고있는 男子들 中에, 女子를 旅館으로 데리고 가려다가 그 後로는 絶交狀態가 되어버린 例도 많이 있다. 많은 處女들은, 보다 로맨틱한 心情속에서 男子와 만나고 있다. 男子의 野心을 모르고 있다.

처음부터 그런 黑心 下에 만나고 있다고 알려지는 것만으로도, 대단한 마이너스인 것이다.

그래서 아직 能熟하지 않는 男女는, 밤의 公園으로나 江邊의 둑으로 발길을 向하게 된다.

그곳에서 狀況이 順調롭게 進行되어, 찐한 씬(Scene)에까지 到達하게 된다고 하더라도, 어디까지나 그것은 그 場所에서 만의 進行過程으로서 男子의 黑心을 證明하는 데 까지는 가지 않게 된다.

료헤이(良平)와 오사또(小里)의 境遇는 이미 같은 이불속에서 한밤을 함께 한 일이 있다. 그때에 료헤이(良平)는 完全히 紳士的이었다.

그래서.

「잠깐 쉬어 갈 꺼나?」
라든지,
「沐浴이래도 하고 갈까?」
等等 아무렇지도 않는 듯이 誘惑하는 것이 不可能한 일도 아니다. 그러나, 그런 旅館으로 男女가 들어가는 目的은, 거의가 누가 보더라도 分明한 것이고, 그러한 場所로 誘惑하는 그 自體, 破廉恥(파렴치)한 일이다.
(글쎄, 오늘은 어렵겠 지.)
그렇게 생각한 료헤이(良平)는 亦是 最後에는 누구도 오지 않는 場所를 散策하면서 가는데 까지 進行하다가, 그 다음은 다음 機會로 미룬다는 생각으로서, 適當한 時刻에 오사또(小里)를 돌려보낼 心算 이었다.
무엇보다도, 只今껏 사귀어 왔던 文學少女도 아니라면 술집의 女子도 아닌 普通의 良家집 아가씨이므로, 愼重하게 行動하지 않으면 안 되었다.
驛近處의 아와모리(泡盛)집 『珊瑚』로 들어갔다.
以前에도 한 番 데리고 간 일이 있다. 그때에 료헤이(良平)는 제법 醉해 있었으므로, 店內에서 騷亂을 피우던 男子의 挑發에 怯도 없이 걸려 들 뻔 했었다.
「괜찮겠어요?」
「아니, 그 後로, 몇 番인가 갔었는데. 그 男子는 그 後

로는 出入 禁止가 되었다고 했어. 언제나 多情하고 얌전한 사람들의 만남의 場所란다. 더군다나 아직 時間도 일러. 누구도 醉하지 않았으므로, 걱정 없어.」
아와모리(泡盛)집에 女子를 데리고 들어간다는 것은 게이오(慶應)나 릿교(立敎)의 댄디-(Dandy=멋쟁이)한 男子들은 敢히 생각치도 못하는 일이다.

와세다(早稻田)에서도, 다른 學部의 學生들에게는 그러한 野蠻性이 없다. 그러나, 료헤이(良平)의 佛文學科에서는 그렇게 珍奇한 일도 아니다. 들어가 보니, 雜誌의 同人인 무레야마(郡山)가 도사리고 앉아있다.

무레야마(郡山) 곁에는 야마모도(山本) 누구누구라 하는 女學生도 함께였다.

료헤이(良平)가 처음으로 이이쓰까(飯塚)에 이끌려 이 술집에 왔을 때에도 亦是 무레야마(郡山)와 이 女學生이 있었다. 틀림없이 무레야마(郡山)의 크라스·메이트로 같은 佛文科 學生이라고 紹介 받았었다.

偶然이 繼續된다고나 할까, 아니라면 무레야마(郡山)가 언제나 이 술집에 出入하고 있다고나 할까 이다.

「야아.」

「아-, 또 만났군요.」

무레야마(郡山)가 멋 적어 한다.

「그 以後로, 이 사람을 데리고 온 것은, 처음입니다.」
一年 아래의 무레야마(郡山)는 료헤이(良平)들에게
언제나 깍 듯이 敬語를 쓰고 있다.
「야아, 야아, 辯明하지 않아도 돼.」
료헤이(良平)는 무레야마(郡山) 곁에 앉았고,
오사또(小里)도 야마모도(山本)와 나란히 앉았다.
야마모도(山本)는 료헤이(良平)를 알고 있었고, 姿勢를
바로하고 人事를 해 왔다.
(그때에 이제부터 誘惑할 女子라고 무레야마(郡山)는 말
했는데, 그 後로 어떻게 되었을까?)
그것을 캐 보기 爲해서, 麥酒로 乾杯를 한 다음 료헤이
(良平)는 야마모도(山本)에게 물어보았다.
「무레야마(郡山)는 當身을 좋아하고 있지만, 이따금씩
 이렇게만 만나고 있는 건가요?」
「네에.」
야마모도(山本)孃은 웃었다.
「이따금씩요. 그렇지만 오늘은 저의 쪽에서 불러내어서
 映畵를 보았어요.」
이것도 偶然으로서, 무레야마(郡山)들도 료헤이(良平)들
처럼 같은 映畵를 보고 왔었다.
「프랑스 映畵는 可能한한 보려고 해요. 工夫도 되구요.」

프랑스語의 工夫인 것이다. 大槪, 女學生은, 佛文學보다 프랑스語에 對한 工夫에 熱心인것 같다.

「무레야마(郡山), 자네도 프랑스語 工夫를 하고 있는 거냐?」

「아니요, 전 語學에는 全然 素質이 없는가 봐요. 그거 한 時間만 드려다 보고 나면 自身이 自身이 아닌 것처럼 느껴진다니까요.」

다른 사람들도 똑같은 말을 하니까 료헤이(良平)의 마음도 若干 홀가분해짐을 느꼈다.

奇妙하게도 이런 저런 핑계를 주위대면서 工夫를 하려고 하지 않는 주제에, 곁에 自身과 같은 語學이 안 된다는 者가 있으니까, 安心이 되는가 보다.

네 사람은, 라기보다 오사또(小里)는 입을 封한채 한 마디도 끼어드려 고도 않 했기 때문에, 세 사람은 보고 온 映畵에 對해서 感想을 이야기하기 始作했다.

료헤이(良平)는 재빠르게, 무레야마(郡山)는 映畵에 對해서는 아무것도 모른다는 것을 알아채었다.

료헤이(良平) 自身도, 平均的으로 치자면 잘 모르는 편인 것이다. 그런 료헤이(良平)보다도 더 모른다.

「너, 映畵에 對해서는 別로구나.」

「그래요, 잘 몰라요.」

「오오, 알 것 같다.」
「戰後, 映畫를 본 것은 오늘이 세 번 째 입니다.」
「엣………」
「안 되나요?」
무레야마(郡山)는 眞摯한 얼굴이다.
저쪽에서, 야마모도(山本)孃이 說明을 한다.
「그래서, 오늘 제가 끌어내었어요. 이 사람, 映畫를 싫어하지는 않는데 볼 機會가 없는 거 에요.」
「왜지?」
「어찌된 셈인지, 볼 機會가 없는 거 에요. 보려면 映畫館까지 가지 않으면 안 되잖아요? 途中에 化粧室에라도 갈라치면, 기다려 주지도 않는걸요. 貞淑하게 자리에 앉아 있어야 하구요. 비스듬히 들어 누워서 센베이나 깨물면서 책이나 읽는 것과는 다르지 않은가요.」
이 商店에는 專用 化粧室이 없다. 若干 떨어진 곳에, 다른 여러 店鋪와 共同으로 使用하는 化粧室 밖에 없다.
그곳에 야마모도(山本)와 오사또(小里)가 함께 나간 뒤에, 료헤이(良平)는 무레야마(郡山)에게 물어 보았다.
「그女를 요전번에 만났을 때에, 이제부터 誘惑하려하고 있다고 했는데, 只今은 어느 程度 사이냐?」
무레야마(郡山)는 즐거운 듯이 말했다.

「잘도 記憶하고 있군요. 그 對答은, 그女들이 돌아 오거든 합죠.」
「음, 그건 그렇고, 세끼모도(關本)가 『街』를 그만두고 나가려고 한단다.」
「그런가요? 多幸이지 않습니까. 그는 破滅型 이지요. 小說家가 아니라, 小說속의 니힐(Nihil=虛無的인)한 主人公을 憧憬하고 있는 겁니다. 自身의 그런 포-즈가 사람들에게 얼마나 弊를 끼치고 있는 것 조차도 모른단 말입니다. 아니, 그것을 오히려 즐기고 있습니다. 그런 사람은 차라리 없어지는 게 더 낳아요.」

> ※ 【니힐(Nihil=虛無的인)=老子의 學說=天地萬物을 發生시키는 認識을 超越한 本體를 그 形象이 없어 보려고 해도 보이지않고, 들으랴 헤도 들리지 않는다 해서 이르는 말.】

同人雜誌를 經營해 나가려면 相互協力이 必要한 것이다.
세끼모도(關本)에게는 그것이 全然없다.
무레야마(郡山)는 세끼모도(關本)와는 그렇게 親密感도 없고 잘 어울리지도 않았지만 그 觀察力은 的中했고 잘 보았던 것이다.

「그렇담, 말릴 必要가 없겠군.」
「없어요.」
그러는 중에, 오사또(小里)와 야마모도(山本)가 되돌아 와서 各各 제자리에 앉았다.
무레야마(郡山)가 료헤이(良平)에게 무릎을 부치면서 눈 信號를 보낸다.
그곳에서 료헤이(良平)는, 모르는 척 야마모도(山本)가 들릴만한 목소리로, 아까와 똑같은 質問을 했다.
무레야마(郡山)는 야마모도(山本)를 돌아다본다.
「이것 봐, 이것으로, 그때부터 내가 너에게 반해 있다
  는 것을 알았겠지.」
그에 對해서는 對答하지않고, 야마모도(山本)는 료헤이(良平)를 바라본다.
「정말로 이 사람, 그때에 저가 돌아간 다음, 그렇게 말
  했었나요?」
「그럼요, 말했었죠. 그래서 그 後로 어떻게 되었는지가
  매우 궁금했었어요. 當身들을 만나보니까 그런 생각이
  후딱 떠오르지, 뭡니까.」
「이봐. 와까스기(若杉)氏는 거짓말하는 사람이 아니야.
  確實한 證言이 될 수 있어.」
「그보다, 質問에 對答이나 하라 구.」

「네, 對答하죠.」

아직 時間이 이르기 때문에, 다른 손님은 없다.

료헤이(良平)도 무레야마(郡山)도, 麥酒에서 위스키로 바꾸었다.

「요 몇日 前에, 우리들은 드디어 첫날밤을 맞이했었고, 난 이때까지의 女子들과 손을 끊었어요.」

야마모도(山本)孃은 먼 앞만 바라보고 있다. 反論하지 않는다.

「호오, 그거야, 祝福해야겠구나.」

「헌데 이 사람은, 우리들이 그렇게 된 것은 나의 한 때의 氣分, 말하자면, 그 때 그때의 氣分에서 그렇게 된게 아닌가 하고 疑心하고 있단 말입니다.」

「어째서?」

「하지만,」

야마모도(山本)孃이 수즙은 듯한 목소리로 말했다.

「누구든지 그렇게 생각 할 거 에요. 나요, 氣分이 좋지 않아서 이 사람의 下宿이 이 近處에 있었기 때문에 찾아가서 누워 있었어요. 그때까지, 손 한번 잡아보지 않았었는데, 瞥眼間에 要求해 오지 뭡니까.」

「瞥眼間에?」

「네에, 그렇게 된 거에요. 더군다나, 暴力으로요. 내가

前부터 이 사람을 좋아 했기에 망정이지, 그렇지 않았다면, 너무나 苛酷한 이야기죠. 난 以前부터 기다리고는 있었지만, 이 사람은 發作的인 行動임에는 틀림없어요. 그때에, 곁에 내가 아닌 딴 사람이 있었다 해도, 똑같은 짓을 했겠죠.」

「그것이, 잘못된 생각이야. 난 以前부터 찬-스를 祈願하고 있었단다. 絶好의 찬-스라고 생각 했었지. 但只 난, 要領이 不足해서 그것을 表現할 수가 없었기 때문에, 거칠게 나왔던 것뿐이야.」

「그랬었을 까요.」

「何如튼 間에.」

두 사람의 이야기 內容에 놀라면서도, 료헤이(良平)는 證言을 했다.

「무레야마(郡山)가 그때부터 當身에게 野心아닌 野心을 품고 있었다는 것은 事實입니다.」

普通 女子는, 黑心을 품고 接近해 오는 것을 警戒 하는 것이다. 그때의 그 場所에서의 雰圍氣에 흘러가면서 情熱的으로 되어지는 것은 적어도 認定이 가는 일이다.

그러나 야마모도(山本)孃의 境遇는 그 反對다.

(호오, 이런 女子도 있단 말 이가.)

그러나 이것도, 女子쪽에서 男子를 좋아하고 있는 境遇

에 限한 것이다.

「그래서 난, 다른 女子들과는 손을 씻었죠. 그 点을 봐서도 나의 마음을 알만도 한데 이 사람은 아직도 納得하지 못하고 있어요.」

「眞짜 헤어졌는지 어쩐지 모르는 거 아니세요.」

「아니야, 틀림없이 헤어진 거다.」

「그렇지만, 相對쪽에서 틀림없이 밀치고 들어 올 거에요.」

「오더래도 쫓아버릴 거야.」

「글쎄요, 그렇게 될까요?」

「반드시 쫓아버리지.」

두 사람의 밀고 밀치는 對答을 료헤이(良平)는 말렸다.

「그렇다면 두 사람 同居하면 될게 아닌가!」

「아니요.」

무레야마(郡山)가 고개를 젓는다.

「그런 거는 할 수 없어요. 그렇게 되어서 이 사람 兩親에게라도 알려지면 큰일이 나요. 이 사람에 있어서의 兩親은, 經濟的으로 아 직 아직 利用價値가 있으니까요. 마음을 언짢게 해서는 안 돼요. 난 惡黨으로 보여지는 것이 싫거든요. 父母의 反對를 무릅쓰고 同居하고 있는 무리들, 머리가 若干 돌은 거 아닌지 모르겠

어요. 戰略을 모르고, 눈앞의 感情과 便利에만 빠져
있단 말입니다.」
「至當한 말씀.」
그곳에서 처음으로 오사또(小里)가 입을 열었다.
「앞 前에 사귀었던 사람과 헤어진다는 거, 대단히 힘드
는 일이겠죠?」
「아니요.」
무레야마(郡山)는 시치미를 뚝 딴다.
「簡單해요. 그래요, 들어 보실래요.」
아와모리(泡盛)를 마시고 입가를 혀로 핥는다.

25
한밤의 山속

무레야마(郡山)의 얼굴은 발갛게 되어있다. 벌써 제법 醉한것같다.
「女子와 헤어진다는 것.」
오사또(小里)를 바라본다.
「男子가 그 女子에게 未練이 없는 境遇, 眞짜 簡單해요.」
야마모도(山本)孃은 고개를 갸우뚱 해 보인다.
「그럴까요? 그렇지 않다고 생각해요.」
「아니야, 簡單해.」
무레야마(郡山)는 正色을 하고 말한다.
「헤어진다는 말이 나오지 않는 것은, 男子에게 아직도 그女에 對한 未練이 남아 있기 때문입니다. 그러한 例는 흔히들 있어요.」
다시 오사또(小里)에게 말을 걸어온다.

오사또(小里)에게 說明하는 듯한 모습을 取하면서, 야마모도(山本)孃을 納得시키려 하고 있는 것이다.
「나의 親舊 中에도 그런 케-스가 있어요. 그 子息, 대단한 돈·팡(Don·Juan＝獵色꾼)이었죠. 그러니까, 쬐끔만 放心하다보면, 손을 뻗어오는 겁니다.」
「當身과 꼭 닮았네요.」
빈틈도 주지 않고 야마모도(山本)孃은 끼어 든다.
普通의 境遇, 女子는 사람의 面前에서 男子와의 肉體關係를 맺었다는 것을 分明하게 털어놓는 것을 躊躇한다. 야마모도(山本)孃의 境遇는 프랭크(Frank＝솔직한)하고, 泰然하다.
(이것이 現代에 살아가는 새로운 타입의 女子란 말인가.)
료헤이(良平)는 오히려 그 点에서 爽快함을 느꼈다.
「글 세 글쎄,」
不平을 부드럽게 制止하고 나서 무레야마(郡山)는 말을 繼續했다.
「相對는 特別한 女子는 아니 엇죠. 헌데 情이 들었지 뭡니까. 와까스기(若杉)先輩, 이런 男子의 心理, 알 것 같죠?」
「알지.」
「그렇게 좋아하지도 않았죠. 그러나, 몸을 通하여 情이

옮아가는 겁니다. 흔히 있는 케-스 입니다.」

「음.」

「關係를 繼續했었죠. 돈·팡이기 때문에, 새로운 女子가 생겼습니다. 새로운 女子쪽이 훨씬 나아요. 그래서, 氣分내키는 대로라면 以前에 만나서 계속하고 있는 그 女子와 헤어지고 싶었어요.」

「그랬었겠 지.」

「그러나, 그 親舊, 自身과 헤어진다면, 그 女子가 다시 다른 男子에게 속아 넘어가지나 않을까, 그게 걱정 이었어요.」

「알만 해.」

「그것을 생각하면 그女가 불쌍하게 느껴졌고, 한편으로는 生理的으로도 다른 남자에게 안기는 것을 不愉快하게 여기게 되었어요. 말하자면, 틀림없는 戀人을 만난다면 安心이 되겠지만요. 그女가 不幸해 지지는 않을 것이므로 요. 허지만 萬一 그렇지가 못하고 다시 속아 넘어 간다면, 마음이 아프겠죠. 어떻든 간에 情이 담뿍 들었으니 까요.」

「돈·팡이 아니잖아.」

「돈·팡이라 해도 그런 程度의 마음은 가지고 있는 겁니다. 그래서, 그것이 念慮가 되어서 헤어지지 못했어요. 只今도 繼續하고 있습니다.」

「그래서,」

야마모도(山本)孃이 다시 끼어든다.

「當身의 境遇는 어느 쪽이라고 생각하나요?」

「나의 境遇는, 分明히 말해서 걱정이 없다는 겁니다. 確實한 女子입죠. 그리고요, 내가 이 女子에게 반해 있다는 것을 알고 있을 뿐 아니라, 나와의 關係를 놀이라고 分明히 線을 긋고 있습니다.」

「그럴까요?」

「그럼, 틀림없어. 헌데, 난 第一 먼저 그 女子에게, 目的을 達成했다고 보고 했죠. 하니까, "그럼, 이젠 當身과는 安寧이군요." 分明하지 않나요. "끝내기에 정말 좋은 때에요." 하고 말하면서 깨끗이 사라져 갔습니다. 그러니까, 이제부터는 난, 오로지 이 사람 一邊倒 입죠.」

「믿을 수가 없어.」

「이제부터의 나의 行動擧止를 보면 알 수 있을 거야.」

「야마모도(山本)氏.」

료헤이(良平)가 무레야마(郡山)를 應援해준다.

「本人이 이렇게 말하고 있으니까, 틀림없으리라 봐요.」

야마모도(山本)는 고개를 젓는다.

「信用할 수 없어요. 내게 對해서도 놀이라고 말하는

쪽이 내게는 마음이 便해요. 속키는 것은 죽어도 싫거든요.」

(그렇구나.)

여기에서 다시 료헤이(良平)는 感心했다.

(巧妙한 말에 넘어가서 몸을 빼앗긴 게 아니다. 肉體關係는 定式으로 成立된 것이다. 그런 다음, "좋아한다."고 말하는 것이 속이는 것이고, "놀이다."고 確實하게 말하는 것이 속이지 않는 것이다. 틀림없이 그건 그렇다. 이 계집애, 事物을 合理的으로 생각하고 있구나.)

三十分쯤 지나자, 료헤이(良平)도 거나하게 醉해 왔다. 아까부터 무레야마(郡山)는 되풀이해서, 自身이 야마모도(山本)를 얼마나 사랑하고 있는지를 力說하고 있다.

(이 親舊 보게. 眞짜 같은 걸.)

료헤이(良平)는 그렇게 解釋했다. 女子를 꼬드기기 爲해서 男子는 數도 없이 떠들어 댄다.

무레야마(郡山)의 境遇에는 미 맺어진 後이다.

「그는 그렇고,」

료헤이는 야마모도(山本)에게 얼굴을 돌리고서 물어본다.

「當身은 무레야마(郡山)가 처음인가요?」

普通狀態에서는 너무나도 無賴스러운 質問이다.

(이 女子에게는 相關이 없겠다. 이렇게 判斷이 들었다.)

「그럼요.」

相對는 깨끗이 首肯을 한다.

「처음이에요. 그래서, 이 사람은 자기 생각대로 나를 어르고 치고 하려는 거에요.」

「아니요, 그렇지가 않은 거 같아요.」

「이제부터 더 더욱 注意해야겠어요.」

「그거야 틀림없이 그래요. 監視를 徹底히 해야 할 必要가 있어요.」

하자 오사또(小里)가,

「헤어진 女子, 정말로 그냥 놀이였을 까요?」

고개를 갸우뚱 한다.

「그럼요. 그런 화끈한 女子였어요. 그래서 簡單했던 겁니다. 이쪽이 오히려 김이 빠져버리는 格이라니까요.」

「어이, 무레야마(郡山).」

「네.」

「그렇다면, 애써서 헤어질 必要도 없는 것 아니냐?」

「아니죠, 있습니다. 이 사람에 對해서 誠意를 表해야만 하니까요.」

이야기 하면서 마시고 있는 사이에, 바깥은 제법 어두워져 있었다. 료헤이(良平)는 時計를 바라본다.

「자네들, 이제부터 어떡할 거지?」

「저의 房으로 갈 겁니다.」

「가서 어쩌려고?」

「와까스기(若杉)先輩도 心術이 고약하시군요. 뻔 하지 않습니까. 戀人들끼리 하는 거 있잖아요.」

「혼자 살고 있다는 게 참 좋은 것 이로고.」

「와까스기(若杉)先輩도 그렇겠죠?」

「아니야, 같은 지붕아래 高校時節의 親舊들이 우굴우굴 하단다.」

「그렇담 別론데요.」

하자, 야마모도(山本)孃이 일어서더니, 료헤이(良平)들의 背後를 돌아, 오사또(小里) 곁에 앉는다.

「이께다(池田)氏는, 와까스기(若杉)氏와 어느 만큼 進行되고 있나요?」

오사또(小里)에게의 質問이다.

오사또(小里)는 손을 내어 젓는다.

「우리들, 그런 사이가 아니에요. 이 分, 鄕里에 確實한 戀人이 있어요.」

「어머나!」

야마모도(山本)는 료헤이(良平)를 바라본다.

「정말인가요?」

「으-음, 글쎄, 거짓말은 아니야.」

「더군다나.」

오사또(小里)는 말을 繼續한다.

「이 分과 그 分의 境遇는 놀이가 아닌, 서로 相思 相愛하는 사이세요.」

「헤에.」

야마모도(山本)孃이 嚴肅한 表情으로 變했다.

「그렇담, 와까스기(若杉)氏는 그냥 놀이로 이 사람을 誘惑하려 하고 있나요?」

「설마하니…….」

료헤이(良平)는 苦笑를 禁치 못한다.

「誘惑하려 하지 않아요. 좋아는 하지만서도, 그런 形便이므로, 손을 뻗치려고 는 하지 않아.」

「알만합니다.」

무레야마(郡山)가 크게 고개를 끄덕인다.

「그곳에 男子의 괴로움이 있단다. 나와 헤어진 女子의 境遇는, 놀이였으므로 좋았단다. 그렇지 못하는 境遇, 새로운 사랑의 움이 텄을 때에, 男子는 괴로워하는 거라 구.」

「어째서요?」

야마모토(山本)孃은 뾰로통해져서 不平을 吐한다.

「새롭게 누구를 사랑한다고 한다면 只今까지의 女子

들에게는 사랑을 느끼지 않는 게 아닌가요?」

「그렇지 못하는 境遇도 있는 法이야. 너.」

「어째서요?」

「女子들은 잘 모를는지 모르겠지만, 男子란 同時에 두 사람의 女子를 사랑 할 수가 있다는 거지.」

「그런 거 詐欺에요.」

「아니지. 그게 男子라는거야. 어느 女子를 사랑하고 있다. 그 女子와는 모든 것을 許諾한 사이다. 이러한 境遇에서도, 다른 女子와 適當히 놀 수 있는 것이 可能한 거다. 그렇게 좋아하지도 않는 女子라도, 아무런 抵抗感없이 안을 수가 있거든.」

「不潔 해.」

「不潔하다고 느끼겠지만, 그것이 男子의 本質이다. 男子의 生理는 그렇게 되어있어. 그러나, 여기에 새로운 사랑이 움트고 있다면, 바로 그때가 問題란 말씀이야.」

「어떤 問題인데?」

「사랑하고 있기 때문에 그女를 속이는 일은 하고 싶지 않다는 거지.」

「이미 戀人이 있는 以上, 그런 資格 없어요.」

「그럼, 바로 그거야. 資格이 없지. 그렇지만, 어떻게 하고 싶다. 다른 男子에게 넘겨주고 싶지 않다. 親密한 사이가 되고 싶다. 그게 바로 男子라는 거야.」
무레야마는 료헤이(良平)에게 協力하기 始作했다.
그러나 야마모도(山本)는 그와 反對로,
「속아 넘어가지 않도록 注意하세요.」
眞摯한 語調로 오사또(小里)에게 忠告를 하는 것이다.
「男子란 입이 巧妙하니까요. 分明히 線을 긋고 사귀는
  것이 옳다고 봐요.」
「저도 그렇게 생각하고 있어요.」
「그리고 當身, 와까스기(若杉)氏를 좋아하고 있나요?」
「그래서, 어쩌면 좋을지 모르겠어요.」
하고 對答한다.
틈도 주지 않고 야마모도(山本)는,
「困難할꺼까진 없어요.」
하고 斷言한다.
「그만 두세요.」
「그렇게 하는 게 좋겠죠?」
「그게 安全해요.」
「그렇네요.」
「뭔가 異常하게 돌아가는 것 같은데요.」
무레야마(郡山)가 고개를 갸우뚱 한다.
「자네가 어째서 그런 保守的인 말을 하고 있는 거니?」

「나요, 保守的이에요. 그러니까 더더욱, 當身에게 찰싹
 달라붙어서 떨어지지 않을 테니까요.」
「그거야, 기쁘기 짝이 없군.」
마지막에는 結果的으로 료헤이(良平)들에게 보여주는
셈이 되고 말았다.
亦是 두 사람은, 무엇보다 自身들의 일이 第一 主要한
것이다.
그렇게 하고나서, 료헤이(良平)와 무레야마(郡山)들은
다른 손님들이 들어오는 것을 빌미로 해서 그 집을 나와
서 驛으로 向했다.
驛에서 헤어질때에, 무레야마(郡山)는 료헤이(良平)에게,
「이번에 제가 쓴 作品, 와까스기(若杉) 先輩께서 맨 먼
 저 읽어 주세요.」
하고 말한다.
『街』에 作品을 發表하는 것은 同人의 自由이지만, 一
旦은 다른 同人이 읽어 보고서 同意해 주는 것이 바람
직한 것이다. 作品을 發表한 사람은 杖數에 따라서 揭
載費를 더 많이 내게 되어 있다. 이것은 同人이 불어나
서 發表하는 者와 하지 않는 者가 똑같이 負擔을 하게
되면 不公平하므로, 學生 同人雜誌의 大部分은 그런 制
도로 運營되고 있다.

「그러지. 읽어주겠다.」
료헤이(良平)는 그렇게 하 기로 했고,
무레야마(郡山)들은 사라져 갔다.
료헤이(良平)는 오사또(小里)를 본다.
「좀 이르기는 하지만 그냥 돌아갈래요?」
「더 以上 마시지 않는 게 좋겠어요.」
아니야, 그게 아니란 말이다. 료헤이(良平)는 오사또(小里)를 旅館으로 데리고 가고 싶었던 것이다. 그러나, 그런 天眞爛漫한 모습을 보니까, 가령 "아무 짓도 안 할 테니까."라고 말을 한다 해도 이끄는 것이 躊躇스러웠다. 結局, 두 사람은 電車에 올랐다.
日曜日 이었으므로, 저녁때이고 보니 電車는 텅텅 비워서 왔고, 두 사람은 나란히 앉을 수가 있었다.
「무레야마(郡山)氏, 끊임없이 야마모도(山本)氏에게 사랑 한다고 몇 番이고 되풀이하고 있었지만, 정말일까요?」
목소리를 높이고 强調하듯이 말했기 때문에 오히려 第三者로서 疑心이 가는 것이다.
「글쎄다, 어떨 런지.」
電車를 내려서 건널목을 건너, 비스듬히 고갯길을 내려간다. 左右에는 나지막한 山이 계속되고 있다.

료헤이(良平)는 오사또(小里)의 어깨를 안았다.
「잠깐 저쪽으로 가지.」
背後에 사람이 오지 않는 것을 確認하고서 山 쪽으로 오사또(小里)를 이끌었다.
오사또(小里)는 아무런 抵抗도 하지 않고 몸의 方向을 바꾸었다. 작은 길을 따라 山으로 들어가, 途中에 樹木이 鬱蒼한 속으로 올라갔다.
周圍는 캄캄하다. 저 아래쪽에, 가로燈이 點在해 있는 길이 보인다.
自然스럽게 오사또(小里)를 끌어안고, 입술을 合쳤다.
긴긴 입맞춤을 하고나서, 료헤이(良平)는 오사또(小里)의 귀에다 속삭였다.
「亦是, 아직도 내게 마음을 주지 않는 거지?」
「……………」
「눈을 딱 감고 달려 올 마음이 일어나지 않는 거지?」
「……………」
말보다는 行動이라는 것을 알고는 있지만, 그래도, 順序를 밟고 넘어가고 싶다.
오사또(小里)는 對答이 없다. 료헤이(良平)는 다시 입을 맞추었다.
그것을 오사또(小里)는 避하지 않는다. 避하지 않는다는 것이 對答中의 하나라는 것은 알고 있지만, "입맞춤 程度라면." 하고 相對는 생각하고 있는지도 모르는 것이다.
입을 맞추면서, 乳房을 만져준다. 乳房은 이미 許諾을 받아놓고 있다. 부라우스 위로해서, 천천히 눌러준다.
그것도 오사또(小里)는 避하지 않는다.
드디어, 료헤이(良平)는 입술을 떼었다.
「좀 더 걸을 까.」
나뭇가지를 밟으면서 걸어갔다.
작고 나지막한 山이기 때문에, 反對側은 開墾되어서 밭으로 變해 있다.
밭을 樹木들이 둘러쌓고 있는 모습이다.
前方에 하얀 物體가 보인다.
(先客이 있군그래.)
아마도, 男女가 풀밭위에 누워 있는 것처럼 보였다.
료헤이(良平)는 발을 멈추었다.
「되돌아가요.」
낮은 목소리로 료헤이(良平)의 귀에다 속삭인다.
「잠깐 기다려 봐요.」
료헤이(良平)는 소나무의 둥치 뒤로 다가갔다.
하얀 그림자가 熱心히 움직인다.
별빛이 비치고 있기 때문에, 稀微하기는 하지만 그 程度

는 알 수가 있다.
(交歡하고 있는 게로 구나.)
그렇게 直感으로 느꼈다. 오사또(小里)는 거기까지에는 생각이 미치지 못하고 있는 것 같다. 알려주고 싶은 欲求가 료헤이(良平)의 가슴속에 울어 났다.
료헤이(良平)는 오사또(小里)를 끌어안았다.
풀밭위에 누워있는 그림자는, 十메-터程度의 前方이다. 몇 그루의 나지막한 雜木이 가리워져 있거나 서 있을 뿐이므로 이쪽에서는 그 모습들을 잘 볼 수가 있다.
틀림없이 같은 場所에서 움직이고 있는 것이다.
료헤이(良平)는 오사또(小里)의 귀에다 입을 대었다.
「두려워 할 必要 없어. 아베-크니까.」
이쪽도 아베-크 이므로, 저쪽에서 알아차리더라도, 不平할 理가 없다.
「이봐요, 그만 돌아가요.」
오사또(小里)의 목소리가 떨려 나온다.
「우리도 모르는 척 여기에 앉아요.」
료헤이(良平)는 오사또(小里)의 어깨를 눌러 앉혔다. 두 사람은 소나무 아래에 앉았다. 그리고 그대로 껴 안았다. 바로 그때에,
「氣分이 좋아져온다.」

確實한 男子의 목소리가 들려왔다. 그것은 료헤이(良平)의 推測이 틀리지 않았다는 것을 말해 주고 있다.

26
約 束

오사또(小里)의 입에 입을 맞추고 난 다음, 그 어깨를 안고 있는 손에 힘을 주면서 료헤이(良平)가 속삭인다.
「들리지?」
「네에, 무언가 말하던데.」
「저쪽에 있는 두 사람,」
確實하게 알려 놓는 것이 좋을 것 같다.
「사랑의 交歡을 하고 있단다.」
「…………」
「봐 봐.」
안은 채로 고개를 뽑아서 저쪽을 본다. 그림자는 같은 位置에서 같은 動作으로 繫屬 움직이고 있다.
오사또(小里)는 고개를 젓는다.
「그만 해.」
「아니야, 재미있잖아.」

그때에, 女子가 한숨 넘어가는 소리를 지르는 것이다.
오사또(小里)는 료헤이(良平)의 가슴에 얼굴을 묻는다. 겨우 료헤이(良平)의 말의 意味를 알아 챈 것 같다.
료헤이(良平)는 그런 오사또(小里)를 保護하듯 꼭 껴안은 채, 前方을 바라보았다.
氣分이 그래서 인지, 上下움직임이 빠르게 進行되고 있는 것 같다.
男子의 呻吟소리도 들려온다.
女子의 목소리는 漸次로 높아져 갔고, 드디어는 確實하게 頂上을 달리고 있을 때의 一般的인 單語를 입에 올린다. 繼續해서 男子 몸의 俗稱을 연달아 입에 올리고 있다. 료헤이(良平)는 唐慌스러웠다.
이제까지의 體驗으로 봐서, 女子가 露骨的으로 그것을 외치는 적이 없었다.
(이거야말로, 대단한 女子로구나. 普通의 아가씨가 아냐.)
오사또(小里)에게도 들렸음에 틀림없다.
「싫엇.」
낮게 그렇게 중얼거리면서, 료헤이(良平)의 가슴에 뺨을 세게 밀어온다.
女子의 부르짖음은 繼續되었고, 男子의 咆哮(포효)도 合唱으로 들려온다. 男子도 亦是 女子의 몸의 俗稱을 繼續

말하고 있는 것이다. 놀랄 노字다.
그리고 나서, 前方이 조용해졌다.
하고 생각하는데,
「자아, 얼른 가요. 얼른 商店으로 돌아가야만 해요.」
아까까지와는 完全히 다르게 分明한 語調로 女子가 男子를 재촉하는 것이다. 그 목소리는, 젊은 女子의 목소리가 아니다.
「알고 있다니깐.」
풀을 스치는 소리가 들리고, 男女는 일어서서는 조용히 사라져 갔다. 료헤이(良平)는 어안이 벙벙해져 버렸다. 조금 後에 오사또(小里)의 머리를 매만져 주면서 그 귀에다 속삭였다.
「이젠 安心이다. 가버렸단다.」
오사또(小里)는 끄덕여 보인다.
그러나, 뺨은 료헤이(良平)에게서 떨어지려고도 않는다.
「어떤 느낌이었지?」
「愉快하지는 않아요.」
료헤이(良平)의 期待에 反해서, 오사또(小里)는 刺戟을 받지 않은 것 같다. 아니라면, 男女의 露骨的인 말이 숫處女의 마음에 反發心을 일으켰는지도 모른다. 하는 수 없지 뭐. 료헤이(良平)는 오사또(小里)의 뺨에 입을 맞추고는 입술을 떼고서, 다시 입에 입을 맞추었다.
「이젠 安心이다. 돌아가 버렸어.」
그러나, 오늘밤 여기에서는, 이 以上의 것은 하지 않는 게 좋겠다. 그렇게 判斷했다.
그렇다고 하더라도, 그냥 山을 내려가서 헤어진다는 것은 不滿이었다. 오사또(小里)도 그것을 바라고 있는 것이 아닌 것 같다. 이미 저쪽은 가버리고 없는 것이다.
밤하늘에는 옅은 구름이 드넓게 깔려 있다. 둥근 달이 구름 저쪽에 하얀 모습을 보이고 있다.
드디어 료헤이(良平)의 가슴에서 얼굴을 떼고서, 오사또(小里)는 그 달을 쳐다본다.
「내일 비가 올는지도 모르겠네요.」
「비가 오는 날에는 學校를 쉬는 學生이 있단다. 父母의 遺言으로, 비오는 날은 感氣에 걸리기 쉬우므로 나가 돌아다니지 말라 구.」
「아까의 무레야마(郡山)氏, 眞짜로 앞의 戀人과 헤어진 걸까요?」
그렇게 묻는 오사또(小里)의 腦裡에는 요시꼬(美子)의 일이 머릿속에 꽉 차 있는 것 같다.
「글쎄다.」
료헤이(良平)는 고개를 갸우뚱 해 본다.

「나로서는 疑心스러워. 그러나, 現在의 中心이 오늘의 야마모도(山本)에게 기울고 있다는 것은 틀림없는 것 같애.」
「그런 걸까요?」
「응.」
「그렇담, 이번에는, 야마모도(山本)氏에게로 부터 다음 女子에게로 옮겨 갈 可能性이 있다는 거군요.」
「그럴 可能性이 없는 것도 아니지.」
그것이 獨身 男子의 一面이기도 하다. 모든 男子는 그러한 要素를 지니고있다. 사람에 따라서 要素의 적고 많음만이 있을 뿐이다.
「그러나 그런 것을 생각하다보면 限이 없는 거야.」
結局, 료헤이(良平)와 오사또(小里)는 마지막 길고 긴 입맞춤을 하면서, 그러면서 료헤이(良平)의 손은 부라우스 위로해서 오사또(小里)의 乳房을 만져주는 것으로, 下半身에의 意志를 보이지 않은 채, 그 場所를 뒤로했다.
오사또(小里)를 집에까지 바래다주기로 했다.
오사또(小里)의 집은 驛으로부터 若干 멀기 때문에, 오사또(小里)는 료헤이(良平)의 下宿집앞에까지 왔을 때에,
「아직 이르니까, 여기에서 좋아요.」

하고 말했지만, 료헤이(良平)는 그 말에 따르지 않았다.
暫間동안 걸어가다가 이번에는 오사또(小里)가,

「강둑을 좀 거닐까요. 三十分 程度라면 늦어도 괜찮으
니 까요.」

하고 말한다. 勿論, 그것은 료헤이(良平)가 바라는 바였
다. 더군다나 이것은 처음으로 오사또(小里)가 료헤이
(良平)를 이끌어 내는 말이다.

강둑을 거닐면서, 멈춰 서서는 입술을 나누고, 나누고서
는 다시 걸어간다. 漸次로 오사또(小里)도 能動的으로
應해오고 있다.

그러는 中에 료헤이(良平)는,

(이렇게 입술을 交歡하는데 조금도 抵抗을 하지 않는다
는 것은, 이미 내게 마음을 許諾하고 있다는 것을 證明
하고 있는 것은 아닐까.)

하고 생각하기에 이르렀다. 必要 以上으로 自身이 너무
操心하고 있다는 氣分이 드는 것이다.

「이쯤에서 좀 쉬었다 갈까?」

「네에.」

료헤이(良平)의 提案에, 오사또(小里)는 躊躇함이 없이
承諾한다. 여기는 여름 放學 歸省 전날 밤, 쉬었던 곳이
다. 周圍는 논이다. 人家의 電燈은 저 멀리 보인다.

지나는 사람도 없다. 달도 구름 속에 숨어 있다.
두 사람은 江물을 바라보며 나란히 앉았다. 이 場所에서 오사또(小里)의 모든 것을 알려고 하는 野心은, 료헤이(良平)에게 일어나지 않았다. 그 祭典은, 周圍를 걱정하지 않는 場所가 아니면 안 된다고 하는 것을 스스로 깨우쳐 주고 있다.
그렇지만, 료헤이(良平)의 몸은 언제부터 인지도 모르게 뜨겁게 달아오르고 있는 것이다.
어깨를 끌어안고, 오늘밤 몇 번째인지도 모르게 입을 맞춘 다음, 갑자기 료헤이(良平)는 衝動的인 熱情의 命令에 따라, 오사또(小里)의 귀에 입을 대었다.
「너를 탐내서, 나의 몸은 이렇게 저려오고 있단다. 이런 狀態로 헤어진다는 것은 너무 殘酷하다고 생각하지 않니?」
冷情하게 생각해 본다면, 쓸데없는 質問이었다.
氣가 쎈 女子였다면,
「그런 거야, 當身 마음이지.」
라고 말했음에 틀림없을 것이다. 또한 료헤이(良平)로서도, 프라이드 있는 男子의 發言이 아니라는 것쯤은 알고 있다.
當然, 입에 올리고 난 다음,

(너, 멋대가리 없는 말을 했단 말이야.)
自身에게 어이가 없고, 自己 嫌惡感을 느껴야만 했다.
그렇지만, 곧 그 말을 取消한다는 것도 멋 적은 일이다.
그런 다음, 어깨만을 끌어안은 채, 가만히 있었다.
對答은 期待하지도 않았다.
若干 時間이 흐른 뒤에 오사또(小里)가 말했다.
「난 어떡하면 되는 건가요?」
그 質問에 료헤이(良平)는 救濟를 받은 듯 했다. 그래서 얼른,
「아니야, 어떻게 하지 않아도 돼.」
하고 對答하고서,
「마음에 두지 않아도 괜찮아.」
하고 덧 붙였다.
하자 오사또(小里)는 낮은 목소리로,
「어리석다고 사람들은 말 할는지는 모르겠지만,」
중얼거리는 듯한 語調로 거기까지 말했다. 잠깐 말을 끊었다가, 暫時 後에 다음 말을 繼續하는 것이다.
「自身이 좋아하고 있다는 것에 忠實하고 싶다고 생각해요.」
제법 멀찌감치 빙글 돌려서 말했기 때문에, 그 意味를 理解하는데에 료헤이(良平)는 몇 秒가 걸렸다.

오사또(小里)로서는 멀찌감치 빙글 돌려서 하는 말 밖에는 할 수가 없었음에 틀림없다.
어깨를 안고 있는 손에 힘을 넣었다.
「그럼, 좋다는 거니?」
이번에는 말없이 고개만 끄덕인다.
「언제쯤?」
「다음번 만날 때.」
「그건 언젠데? 난 언제든지 좋아.」
빠르면 빠를수록 좋겠다고 말 할 뻔한 自身을 意識하고서, 自制를 했다. 덩달아 놀아나면 안 된다.
「저도, 언제든지 좋아요. 그날, 會社를 쉬어도 좋구요.」
그렇다고 해서, 當場 來日이라고 말 할 수는 없다는 것을 료헤이(良平)는 알고 있다.
暫時 생각 한듯 하면서,
「木曜日은 어때?」
하고 相議해 본다.
「좋아요.」
얼른 오사또(小里)는 고개를 끄덕인다.
「木曜日 아침, 와까스기(若杉)氏의 房으로 가겠어요.」
「그렇게 하지. 기다리고 있을 테니.」
約束의 입맞춤을 交歡한 다음 두 사람은 일어섰다.

오사또(小里)를 바래다주고 房으로 돌아오니까,
親舊들은 한 房에 모여앉아 燒酒파-티를 열고 있었다.
自身의 房으로 들어가기 前에, 끌려 들어갔다.
싫던 좋던間에 료헤이(良平)는 이끌려 앉아마자, 燒酒盞을 받게 되었다.
「이봐, 어이, 와까스기(若杉).」
하고 곤도(近藤)가 말했다.
「나 말이다. 給料의 二割을 주고, 女子에게 프레센트를 했단다. 이런 無知莫知한 일이 이 世上에 어디에 또 있겠냐. 그 계집애, 나의 프레센트를 아무렇지도 않게 받아 넣는 주제에, 愛人마져 있단 말이다.」
하고 말하자 옆에 앉아있던 사까다(酒田)가 비꼬는듯이 웃었다.
「쬐끔도 無知莫知하지도 않아. 넌 그냥 주었던 거 아니니? 키스와 交歡한 것도 아니지 않니? 그냥 주는 것을 받는다. 그것과, 自己에게 愛人이 있느냐 없느냐와는 全然 關係가 없는 거 아니니? 黑心이 있어서 女子의 歡心을 사려 했던 너야말로 어딘가 잘못된 거다.」
그에 對해서 가메다(龜田)가,
「글쎄요, 理由를 따져서 말한다면, 그렇게 되겠지만, 亦是 人情으로 봐서 그女를 非難하고 싶네요. 이렇게 비

싼 것은 받을 수 없어요. 하고 말하는 것이 通常的인 마음가짐 아니겠어요. 곤도(近藤)先輩는 富者집 도령이 아니거든요. 따져보면 苦學生이란 말씀이야. 나 같으면 그런 女子는 認定 할 수 없다구요.」

곤도(近藤)는 豪傑처럼 거드럭거리고는 있지만, 女子에 對해서는 너무 달콤한 생각을 가지고 있다.

힘든 生活이, 所謂 女子에 關해서만은 너무도 익숙지 못한 것 같다. 사까다(酒田)는 가메다(龜田)의 말에 고개를 갸우뚱거리며, 목소리를 높여 反論을 편다.

「아니야, 그 女子는 正當해. 받는 것으로 利益을 챙겼다. 그쪽을 擇한거다. 곤도(近藤)는 프레센트 한다는 즐거움을 얻기 爲해서 아무런 代價를 要求하지 않는 純粹한 意味에서 프레센트를 한다. 그렇게 解釋 했겠지.」

「이렇든 저렇든 간에,」

곤도(近藤)가 食卓을 두드린다.

「그때 그女는 分明히 내게 마음이 있는 듯한 모습을 보였단 말이야. 그래서 난 재미가 없다는 거야.」

「結論的으로 말하자면, 先輩는 속아 넘어 갔다는 거요. 속이는 女子가 나빠요.」

가메다(龜田)는 곤도(近藤)에게 同調하는체 하면서, 곤도(近藤)의 어리석음을 嘲笑(조소)하고 있는 것이다.

「글쎄다. 좋은 게 좋은 거 아니겠냐.」
료헤이(良平)는 곤도(近藤)의 어깨를 두드려 준다.
「프레센트에 들어간 돈, 떨어뜨려 잃어버렸다고 생각하고, 斷念해. 可能한한 빨리 다른 女子에게 빠져버리는 게 좋겠다.」
「그럴 時間이 어데 있냐.」
곤도(近藤)는 료헤이(良平)를 노려본다.
「나, 只今, 신쥬꾸(新宿) 二町目으로 가려고 생각中이다.」
「그래, 그것도 좋겠는데.」
가메다(龜田)는 贊成한다.
「그렇다면 나도 함께 할 거다. 이럴 때에 함께 해 주는 것이 親友의 義理라는거니까.」
「友는 友겠지만 말하자면 惡友라는 거겠지.」
료헤이(良平)는 고개를 저었다.
「女子에게 채였다 해서 賣春婦를 안으려 간다. 그렇게 奇拔한 着想은 못된다고 생각되지 않니?」
「그런 거 아무래도 좋아. 난 그만 나가 볼 란 다.」
곤도(近藤)가 일어섰다. 다리가 비틀거리지도 않는다.
가메다(龜田)도 덩달아,
「자아, 함께 가자 구요.」

하면서 일어섰다.

「내일은 二町目에서 出勤하겠다.」

더 以上 료헤이(良平)는 制止하지 않았다.

사까다(酒田)는 얼마 동안 고개를 左右로 흔들면서,

「하는 수 없는 子息들이로군. 요컨대 女子에게 굶주려 있는 꼬락서니들이란.」

하면서 무언가를 중얼거리고 있다. 료헤이(良平)와 사까다(酒田)를 除外한 全員이 곤도(近藤)의 말에 同調하면서 外出할 準備를 서두르고 있다. 빗을 들고 거울을 쳐다보는 놈, 醉해서 비틀거리면서도 면도칼을 뺨에 들이대는 놈, 가지 各色 이다.

한바탕 왁자지껄 모두가 나간 다음, 료헤이(良平)와 사까다(酒田)는 사까다(酒田)의 房에 들어 누웠다.

「저치들, 즐거움에 용솟음치며 나갔지만, 來日 아침이 되면 허전하고 後悔스럽고 自己嫌惡를 느끼면서 女子房에서 나오게 될 껄.」

하고 사까다(酒田)가 말한다.

「글쎄다, 眞짜 그럴까.」

료헤이(良平)는 고개를 갸우뚱 해 본다.

「이젠 女子를 사는데도 能熟해 있으니까, 그렇지도 않을 거야.」

青春의 必然的인 排泄行爲인 것이다. 한편으로는 숫된 로맨틱한 戀愛를 하면서도, 紅燈의 거리에서 遊女를 안는다. 그곳에 矛盾이 있을 턱이 없다.
모두가 驛에 到着했을 즈음에 비가 내리기 始作 했다.
「내일은 비가 내릴 것 같다고 그女는 豫言 했지만, 벌써부터 내리고 있군 그래.」
「그런데 말이야.」
天井을 쳐다보고 있던 사까다(酒田)가 물어 왔다.
「너, 大學講義가 재미가 있던?」
「別로 재미있는 것도 아니고, 그렇다고 工夫가 된다는 생각도 없어.」
「同感이구나.」
「그러나, 네게는 運動이라는게 있잖니?」
「아니야, 요즈음에 와서 漸漸 그것에 關해서 疑問을 느끼고 있단다. 난 말이지, 생각해 보면, 民衆을 사랑하고 있는 게 아니야. 正義를 믿고 있는 것도 아니거든. 힘이 强해서 世界를 제 마음대로 주물럭거리고 있기 때문에, 아메리카를 憎惡하고 있는 거다. 또한 그 權力을 타고 있는 무리들과 그 機構에 反發心을 느끼고 있다. 但只 그것뿐이야.」
「그것으로 足하지 않냐. 하고싶은 일을 하는 것이 靑春

의 特權이거든.」

「아 아니 이제부터는 着實하게 有效한 工夫를 하지 않으면 안 되겠다고 생각하고 있단다.」

「네가 그렇게 생각하고 있단 말이가?」

「그렇다. 언제까지나 젊음에 매달리고 있을 수는 없잖니? 너도 말이야, 그렇잖니. 도쿄(東京)에서 만도, 몇 萬名의 文學靑年들이 쉴 새 없이 原稿用紙를 더럽히고 있다. 까닭도 알 수 없는 개똥哲學을 내세우면서 벙벙 거리고 있다. 只今은 너도 그 中의 한 사람에 지나지 않아.」

「그래, 잘 보았다. 그것으로 좋잖니.」

「自信 있는 거니?」

「있을 때도 있고, 없을 때도 있다. 그러나, 自信과는 關係가 없는 거야. 쓰고 싶은 것을 쓰고 싶은 대로 쓰는 거지. 但只 그것 뿐이다.」

「그렇게 해서 貴重한 靑春을 消費 해 버리고 나서, 아무것도 되지 않는다면, 어떡하려고 그래?」

「글쎄, 그렇게 優秀하지는 못하겠지만 敎師라도 되는 거지 뭐.」

「요전번에 내가 안은 女子 말인데, 結局에는 平凡한 어느 宅 夫人이 될지도 모르지.」

사까다(酒田)房에서 한 時間 程度 이야기를 나누다가, 료헤이(良平)는 잠을 자기 爲해서 自身의 房으로 되돌아왔다.
門의 안쪽에 하얀 封套(봉투)가 떨어져 있다. 집고서, 電燈을 켰다. 요시꼬(美子)로부터의 便紙였다.
료헤이(良平)는 가슴이 저려오는 것을 느꼈다.
窓門이 덜커덩거린다.
바람이 甚하게 불어오는 것 같다.

【第四部·終】

【第五部에로 繼續】

後 記 其-Ⅳ

♣靑春이란 彷徨의 季節이다. 어떤 者는 現實에서 여러 곳을 彷徨하고, 어떤 者는 平凡한 日常生活속에 常住하면서, 靈魂의 放浪을 繼續하는 것이다.

많은 試行錯誤를 거치면서, 無意味한 行動을 되풀이한다. 그러는 行動속에서, 本人이 意識하건 意識하지 못하건 間에 스스로의 길을 摸索해 가고 있는 것이다.

靑春은 또한 浪費의 時代이기도 하다. 時間을 浪費하고, 에네르기(Energie=獨=Energy=英)를 浪費하고, 生命 그 自體까지도 浪費한다. 浪費없는 靑春은 靑春이 아니고, 그처럼 小心하고 조촐하게 成長해 온 사람에게서는, 人間的인 魅力이 엷다.

도리 켜 보면, 當時의 數많은 文學靑年들은, 浪漫派의 詩人들이 노래 한 것처럼, "술, 노래, 담배, 그리고 女子, 外는 배울게 없음."하고 입에 올리면서, 헛된 生命의 燃燒를 體驗해 가면서, 自己에게 알 맞는 大學 四年間을 지내 온 것 같다. 걸레쪽 같은 後悔도 人生의 內面에 있겠다.

本篇은 前篇인 『와세다(早稻田)의 멍청이들』을 脫稿한지 二年 後에 『週刊 프레이보이』에 連載된 것이다. 되돌아본다면, 本篇 自體가 매우 서성거렸던 存在인 것이다. 當初의 豫定보다도 오랜 歲月동안 停滯하고 말았던 것이다. 이것은 端的으로 말해서 作者의 怠慢이라 할 수 밖에 없겠다.

그에 따라서, 『靑春의 野望』은, 野望을 空轉시켜서 第五部에로 繼續하지 않으면 안 되게 되었다.

       昭和 五五年 五月 十日
       도미시마 다케오.(富島健夫)

附 錄

즐거운 【漢 字 工 夫】

이 附錄에는 이 册에 使用된 漢子를 項目別로 分類해서 收錄해 놓았다. 그러므로 册을 읽다가 모르는 漢子가 나오면 玉篇이 必要 없이 附錄을 보면 項目別로 漢子를 찾을 수가있다. 漢子를 익히면서 讀書를 즐길 수 있도록 이 册을 編纂했다.

♣ 거리의 娼女들
　　　　【衡】 저울 형
♣ 훔쳐보는 재미
　　　　【驚】 놀랠 경
♣ 두마리의 나비
　　　　【嫌】 의심둘 혐
♣ 歸京의 창가
　　　　【芻】 짐승먹이 추　　【獵】 사냥할 렵
♣ 이불 속에서
　　　　【歇】 쉴 헐
♣ 見學의 밤
　　　　【睡】 졸 수
♣ 計劃性
　　　　【藉】 깔 자. 어수선할 적　【蠻】 새소리 만
♣ 約 束
　　　　【謂】 이를 위

【第四部·終】
【第五部로 繼續】

靑春의 野望·Ⅳ·下

發行日	:	2024年 6月 1日
著者	:	토미시마 다케오
譯者	:	曺　信　鎬
發行者	:	曺　信　鎬
發行所	:	德逸 미디어
住所	:	서울시 영등포구　63로 40,
		라이프오피스텔 1410호
電話	:	(02) 786-4787/8
FAX	:	(02) 786-4786
登錄	:	제 134-2033호(2005.2.15)
ISBN	:	978-89-89266-17-4(전2권)(04830)
ISBN	:	978-89-89266-19-8(04830)

값 : 18,000.원

* 著者와 相議하여 印紙를 省略하였습니다.
* 이 출판물은 저작권법에 해당됨으로 허가없이 모방할 수가 없습니다.
* 잘못된 책은 卽時 바꿔 드립니다.